Stefan Lehrner

Ömers Team

Gefährliche Schatten im Feriencamp

AF210749

Stefan Lehrner

# Ömers Team

Gefährliche Schatten im Feriencamp

Bibliografische Information der Deutschen Nationalbibliothek:
Die Deutsche Nationalbibliothek verzeichnet diese Publikation
in der Deutschen Nationalbibliografie; detaillierte
bibliografische Daten sind im Internet über http://dnb.dnb.de
abrufbar.

Lektorat: Sumeja Abdula
Verlag: BoD · Books on Demand GmbH, In de Tarpen 42,
22848 Norderstedt, bod@bod.de
Druck: Libri Plureos GmbH, Friedensallee 273, 22763 Hamburg
ISBN: 978-3-7693-2057-2

# I

Die Sonne brannte bereits vom Himmel, obwohl es noch früh am Morgen war. Ömer stand mit verschränkten Armen vor der Schule und schaute auf die großen Glastüren, durch die er nun seit fast einem Jahr ein und ausgegangen war. Oliver lehnte entspannt an einer der Säulen daneben, während Kimberly an ihrem Handgelenk herumzupfte, wo sie gerade ihr neues Armband befestigt hatte.

„Nur noch eine Woche bis zum Zeugnis", sagte Ömer mit einem breiten Grinsen. „Das Finale von Street-Soccer 3S haben wir gewonnen, die Prüfungen sind durch und ..." – er ließ eine kleine Pause, damit die beiden ihn erwartungsvoll ansahen – „ich habe Sara geküsst."

Oliver verzog das Gesicht und stieß ihn leicht mit der Schulter an. „Das musst du nicht jedes Mal erwähnen, weißt du? Langsam reicht's!"

„Neidisch?" Ömer grinste nur breiter.

„Neidisch? Pff, ich?" Oliver verdrehte die Augen. „Bitte, das wäre ja, als wäre ich neidisch, dass du besser Fußball spielst als ich. Und das passiert nicht."

Kimberly lachte. „Olli, du bist vielleicht der Technik-Crack, aber beim Fußball bleibt Ömer der Boss."

„Danke, Kimmy." Ömer tippte sich an die Stirn, als würde er einen imaginären Hut ziehen. „Ich wusste, dass du Geschmack hast."

„Ich meine nur die Wahrheit. Aber um ehrlich zu sein ..." Kimberly drehte sich zu Oliver und zog eine Augenbraue hoch. „… bei Technik bist du tatsächlich unschlagbar. Ohne dich hätten wir nie den Zufallsgenerator enttarnt."

„Danke." Oliver nickte theatralisch. „Ich bin eben das Genie der Gruppe."

Ömer schnaubte. „Genie oder nicht, ich werde in den Ferien trotzdem besser im Technik-Kram als du."

„Oh, echt?" Oliver lachte laut. „Ich würde sagen, ich bringe dir ein paar Basics bei. Aber lass uns mal sehen, ob du überhaupt die Geduld dafür hast."

Kimberly grinste. „Das will ich sehen. Ömer vor einem Computer, statt auf dem Spielfeld? Das wird ein Spektakel."

„Sehr witzig." Ömer verschränkte die Arme, tat aber so, als würde er beleidigt sein. „Wisst ihr, worauf ich mich wirklich freue? Die ersten zwei Wochen Ferien mit euch."

Kimberly nickte, ihre Augen funkelten. „Ich auch. Zwei Wochen im Ferienlager – ohne Schule, ohne Verpflichtungen. Einfach nur Sonne, Spaß und … naja, vielleicht ein paar Abenteuer."

Oliver zog eine Augenbraue hoch. „Abenteuer? Ich dachte, wir machen Urlaub, Kimmy, nicht irgendeine Mission Impossible."

„Ach, Olli." Kimberly winkte ab. „Mit euch beiden weiß man nie, was passiert. Es könnte sein, dass wir einfach nur entspannte Tage am See haben. Oder … vielleicht stolpern wir wieder über irgendwas Mysteriöses."

„Ich hoffe mal, ersteres." Oliver schüttelte den Kopf. „Ich brauche keine weiteren nächtlichen Einbrüche in komische

Räume, versteckte Datenbanken oder – Gott bewahre – Zufallsgeneratoren, die doch keine sind."

„Komm schon, das war doch spannend!" Ömer klatschte ihm auf den Rücken. „Außerdem: Du liebst es, den Helden zu spielen."

„Na gut, vielleicht ein bisschen." Oliver grinste, bevor er die Augen verdrehte. „Aber ich hoffe trotzdem, dass dieses Ferienlager einfach nur chillig wird."

Kimberly stemmte die Hände in die Hüften. „Sicher. Denn wir alle wissen, wie entspannt ihr zwei euch benehmt, wenn euch langweilig wird."

Ömer zuckte mit den Schultern. „Wir werden schon etwas finden, keine Sorge. Und wenn es nur der Wettkampf ist, wer länger vom Sprungbrett tauchen kann."

„Oder wer mehr Marshmallows ins Lagerfeuer fallen lässt", fügte Oliver trocken hinzu.

Kimberly lachte. „Na gut, Jungs. Aber ernsthaft: Ich freue mich riesig auf die Ferien mit euch."

„Ich auch", sagte Ömer, diesmal ohne das typische Grinsen. Es war ein Moment der echten Freude. „Es wird großartig."

Oliver nickte. „Und was das Beste ist: keine Prüfungen, keine Lehrer ... und keine Hausaufgaben."

„Sag das nicht zu laut", murmelte Kimberly und deutete über die Schulter auf das Schulgebäude. „Sonst fällt Professor Deutsch noch ein, uns am letzten Tag eine Sommerarbeit aufzubrummen. Und übrigens – kommt Professor Lehrner nicht auch mit ins Feriencamp?"

„Oh Mist, stimmt ja!" Ömer schlug sich mit der Hand an die Stirn. „Das hatte ich komplett vergessen. Na toll, der Typ ist ja fast schlimmer als eine Sommerarbeit."

„Wieso?" Oliver grinste schief. „Hast du Angst, dass er uns beim Nachsitzen im Wald erwischt?"

„Haha, sehr witzig." Ömer verdrehte die Augen. „Ich habe genug geschuftet. Das wird trotzdem der perfekte Sommer. Und diesmal ohne Ärger. Punkt."

Die drei lachten, obwohl sie insgeheim wussten, dass ein Sommer ohne Ärger, Abenteuer oder zumindest ein bisschen Chaos mit ihrer Clique kaum möglich war. Aber genau das machte ihre Freundschaft so besonders.

Sebastian saß mit verschränkten Armen am Küchentisch und starrte genervt auf die Holzmaserung. Seine Mutter, die an der Spüle stand und versuchte, ruhig zu bleiben, drehte sich zu ihm um.

„Sebastian, das reicht jetzt! Du hast das ganze Schuljahr nichts gemacht, und als ob das nicht genug wäre, bist du sitzengeblieben. Irgendwann reicht es!" Ihre Stimme war streng, aber müde.

Sebastian rollte mit den Augen. „Ja, ich weiß, ich bin ein Versager. Danke, dass du es nochmal sagst", sagte er zynisch und klopfte sarkastisch auf den Tisch.

„Hör auf damit!" Ihre Stimme wurde lauter. „Ich rede mit dir, weil ich will, dass du endlich Verantwortung übernimmst. Aber offensichtlich muss ich dich zu deinem Glück zwingen." Sie hielt kurz inne und atmete tief durch. „Deshalb wirst du in

9

den ersten zwei Wochen der Ferien ins Feriencamp der Maschinenbau-HTL fahren."

Sebastian riss die Augen auf. „Was?! Auf keinen Fall! Ich fahre nicht in dieses bescheuerte Camp! Mit diesen ganzen Nerds und Strebern? Vergiss es!"

„Das ist keine Diskussion, Sebastian", sagte sie streng. „Es wird dir guttun, aus diesem Umfeld herauszukommen. Vielleicht lernst du mal, wie man sich ein bisschen zusammenreißt."

Sebastian sprang auf. „Das ist doch lächerlich! Du willst mich da hinschicken, damit ich mich noch mehr zum Idioten mache? Die werden mich alle verarschen!"

„Sebastian, setz dich hin!" Sie sah ihm direkt in die Augen, und ihre Stimme hatte diesen Ton, den er kannte: Jetzt gab es kein Zurück mehr. „Ich habe dir so viele Chancen gegeben. Aber du sitzt hier bockig herum, machst nichts, und ich bin es leid. Also pack deine Sachen. Du fährst."

„Das ist doch nicht dein Ernst …" Sebastian knallte zurück auf den Stuhl und verschränkte wieder die Arme.

Seine Mutter seufzte und versuchte, ihre Stimme weicher zu machen. „Vielleicht wird es ja gar nicht so schlimm. Frag doch deinen Freund Nover, ob er mitkommt. Dann seid ihr nicht allein."

Sebastian schnaubte. „Nover? Ja, klar … Der macht doch, was ich ihm sage." Er grinste schief. „Vielleicht könnte ich ihn überreden. Wenigstens habe ich dann jemanden, mit dem ich Spaß haben kann."

„Dann ruf ihn an." Sie warf ihm das Telefon hin. „Und hör auf, dich wie ein Kind aufzuführen."

Sebastian nahm widerwillig das Telefon und wählte Novers Nummer. Es dauerte ein paar Sekunden, bis Nover ran ging.

„Yo, was geht?", meldete sich Nover mit seiner typischen lässigen Stimme.

„Hey, Alter", begann Sebastian und lehnte sich zurück. „Du glaubst nicht, was meine Alte sich ausgedacht hat. Die will mich in irgendein blödes Feriencamp der Maschinenbau-HTL schicken. Zwei Wochen mit diesen Strebern."

„Haha, echt jetzt? Klingt scheiße", lachte Nover.

„Ja, genau das sage ich. Aber hör zu, ich hab 'ne Idee. Du kommst einfach mit."

„Mitkommen? Spinnst du?" Novers Lachen verstummte. „Warum sollte ich mir das antun?"

Sebastian grinste breit. „Weil wir da zusammen die ganze Zeit Unfug machen können. Überleg mal: Da sind bestimmt diese ganzen Klugscheißer und Sportidioten. Wir könnten die zwei Wochen richtig Spaß haben und die ein bisschen aufmischen."

Nover zögerte. „Hmm ... Klingt ja ganz witzig. Aber was genau sollen wir da machen?"

„Keine Ahnung, Alter. Irgendwas fällt uns schon ein. Wir können uns die Nerds vornehmen, uns bei irgendwelchen Wettbewerben vordrängeln oder die Regeln brechen. Du weißt schon, das Übliche." Sebastian setzte eine übertrieben unschuldige Stimme auf: „Und außerdem … du willst doch nicht, dass ich da allein verrecke, oder?"

„Haha, okay, okay, du hast mich überzeugt. Ich checke noch, ob Momo auch mitkommt" Nover klang amüsiert. „Zwei Wochen Chaos, das könnte schon witzig werden. Aber wenn das scheiße wird, bist du dran."

„Klar, Mann, mach dir keinen Kopf. Das wird unser Sommer!" Sebastian grinste und legte auf.

Er sah zu seiner Mutter, die immer noch in der Küche stand. „Na bitte, der geht mit. Zufrieden?"

„Das werden wir sehen", antwortete sie trocken.


Sara blieb wie angewurzelt stehen, als sie den Aushang in der Aula entdeckte. „Feriencamp der Maschinenbau-HTL – Sport, Spaß, Abenteuer", stand da in großen Buchstaben. Daneben Fotos von lachenden Jugendlichen am See, Lagerfeuer, Sportturnieren und einer idyllischen Waldkulisse. Ihr Herz begann schneller zu schlagen.

„Was hat es mit diesem Feriencamp auf sich?", fragte sie Bibi, die gerade neben ihr auftauchte. Sara und Bibi waren in den letzten Wochen engere Freundinnen geworden, seit sie zusammen mit den Cheerleaderinnen das große Finale von Street-Soccer 3S unterstützt hatten.

Bibi zuckte mit den Schultern. „Ach, das macht die Schule jedes Jahr. Ein paar Professoren organisieren das, sie beaufsichtigen uns, aber wir haben echt viel Freiheit. Es gibt sportliche Aktivitäten, Workshops und Abende am Lagerfeuer. So was halt."

„Klingt ja irgendwie cool", sagte Sara, während sie sich die Bilder auf dem Aushang genauer ansah. Die Vorstellung, zwei Wochen in einer solchen Kulisse zu verbringen, ließ sie träumen. Doch dann kam ihr ein Gedanke. „Sag mal ... wer fährt denn da alles mit?"

Bibi überlegte kurz und zählte auf: „Naja, Kimberly hat's mir erzählt, dass sie mitfährt. Und Oliver. Und – ach ja, natürlich auch Ömer."

Sara spürte, wie sich ein Kribbeln in ihrem Bauch ausbreitete. *Ömer fährt mit? Ihr Ömer?* Sie musste sich ein Lächeln verkneifen. Die letzten Wochen waren wie ein Traum gewesen: Ihr erstes Date mit ihm in seinem geheimen Raum, das aufregende Finale von Street-Soccer 3S, bei dem er den Sieg geholt hatte – und natürlich ... der erste Kuss.

Doch jetzt, da die Ferien vor der Tür standen, hatte sie Angst, ihn nicht zu sehen. Ömer hatte erwähnt, dass er in den Ferien oft in die Türkei flog. **Aber wenn er ins Feriencamp fährt ... könnte sie doch auch mitfahren, oder?**

„Glaubst du, ich kann mich noch anmelden?", fragte Sara aufgeregt.

Bibi nickte. „Klar, ich glaube, da ist noch Platz. Aber du musst das schnell machen – nächste Woche sind schon Ferien."

„Okay, dann schreibe ich gleich meinen Eltern!", sagte Sara entschlossen und zog ihr Handy aus der Tasche. Sie wollte diese Gelegenheit auf keinen Fall verpassen.

Sara: *Hi Mama!* 😊 *Ich habe gerade was total Cooles gesehen. Die Schule organisiert ein Feriencamp für die ersten zwei Wochen der Ferien. Ich würde soooo gern mitfahren!*

Mama: *Feriencamp? Mit wem? Und wo ist das?*

Sara: *Mit ein paar Schülern aus meiner Klasse. Es ist in einem Camp am See. Voll schön und sicher. Und Professoren von der Schule sind dabei!*

Mama: *Sara, ich weiß nicht … Du bist noch nicht so lange an der Schule. Ich kenne die anderen Kinder nicht. Und was, wenn dir etwas passiert?*

Sara: *Mamaaaa, bitte! Ich habe hier schon voll Anschluss gefunden! Und ich bin nicht allein – Bibi, Kimberly, Oliver und Ömer fahren auch mit. Ich fühle mich hier echt wohl. Außerdem bist du ja immer nur einen Anruf entfernt.*

Mama: *Hmm … Und die Professoren? Sind die wirklich dabei?*

Sara: *Ja, Professor Lehrner zum Beispiel. Er ist total nett und passt bestimmt auf alle auf. Ich verspreche, ich melde mich regelmäßig bei dir!*

Mama: *Na gut … Aber nur, wenn du mir vorher sagst, wann ihr losfahrt und wann ihr zurückkommt.*

Sara: *Jaaaa, danke Mama! Du bist die Beste!* 😊

Sara sah vom Handy auf, ein breites Lächeln im Gesicht. „Ich darf mit!"

„Wirklich?", fragte Bibi begeistert. „Das wird so cool! Ich kann's kaum erwarten."

„Ich auch nicht! Aber ich bin mir noch nicht sicher … Soll ich Ömer sagen, dass ich mitfahre, oder soll ich ihn einfach überraschen?", fragte Sara, während sie verträumt an ihn dachte.

Bibi grinste. „Hm, ich würde sagen: Überrasche ihn! Stell dir mal sein Gesicht vor, wenn du plötzlich dort auftauchst."

Sara kicherte. „Ja, das wäre genial. Und ich kann ja eh noch so tun, als ob ich nichts von seinen Plänen weiß."

„Genau", stimmte Bibi zu. „Und weißt du, was wir alles machen könnten? Abgesehen von den Sportaktivitäten und den Lagerfeuern meine ich."

Sara nickte, ihre Augen funkelten vor Vorfreude. „Ich könnte meinen Videoblog endlich wiederbeleben! Ich habe den so vernachlässigt. Cheerleading, Projekt D.C. und ... naja, Ömer. Es war einfach keine Zeit."

„Perfekt! Wir könnten einen Beauty-Workshop machen", schlug Bibi vor. „Du könntest ein paar Tutorials aufnehmen, und ich helfe dir beim Filmen."

„Ja!", sagte Sara begeistert. „Ich wollte schon lange Mal ein Video mit Camp-Thema machen – so 'Summer Looks' oder sowas. Das passt perfekt."

Die beiden malten sich weiter aus, was sie im Feriencamp alles erleben würden. Sara war so aufgeregt, dass sie es kaum abwarten konnte. Zwei Wochen voller Spaß, Abenteuer – und mit Ömer. Die Ferien konnten kommen.

# II

Die letzte Schulwoche war angebrochen, und die Stimmung in der HTL für Maschinenbau war eine ganz besondere. Die Prüfungen waren geschafft, die Noten standen fest, und der reguläre Unterricht wurde durch die beliebten „Alternativ-Tage" ersetzt. Diese Woche war bei den Schülern heiß begehrt, denn die Professoren boten ein breites Programm an, aus dem die Jugendlichen frei wählen konnten. Von Sportturnieren über kreative Workshops bis hin zu kulturellen Ausflügen – für jeden Geschmack war etwas dabei.

Professor Lehrner hatte in diesem Jahr ein besonderes Highlight vorbereitet: „Rollenspiel im EU-Parlament". Schon bei der Anmeldung war sein Angebot sofort ausgebucht gewesen. Das beliebte Rollenspiel ermöglichte es den Teilnehmern, in die Rolle eines EU-Parlamentsmitglieds zu schlüpfen. Sie konnten Verhandlungen führen, Bündnisse schmieden und Kompromisse schließen – all das basierend auf realen Prozessen und Gesetzen. Für Professor Lehrner, der selbst in Politikwissenschaften promoviert hatte, war es die Gelegenheit, seine Begeisterung für Politik mit den Schülern zu teilen.

Am ersten Tag der Alternativ-Tage standen Ömer, Oliver und Kimberly zusammen in der Aula und lasen neugierig das Tagesprogramm. Ömer deutete auf die Beschreibung des Rollenspiels. „Das klingt irgendwie spannend. Was meint ihr?"

Kimberly, die sich ohnehin für Politik interessierte, nickte begeistert. „Unbedingt! Ich wollte sowas schon immer mal machen. Mal sehen, wie gut wir in Verhandlungen sind."

Oliver jedoch verzog das Gesicht. „Ich weiß ja nicht. Politik ist doch eh immer nur ein großes Theater. Aber gut, wenn ihr beide dabei seid, komme ich halt mit. Vielleicht gibt's ja wenigstens Pizza."

Kimberly verdrehte die Augen und grinste. „Oliver, bei dir gibt's immer nur zwei Motivationen: Technik und Essen."

Ömer lachte. „Na los, Olli, sei kein Spielverderber. Wer weiß? Vielleicht wirst du ja EU-Kommissar."

Gemeinsam trugen sie sich für das Rollenspiel ein und machten sich am nächsten Morgen pünktlich auf den Weg zum vorbereiteten Sitzungssaal.

Der Saal war beeindruckend. Rund um einen großen Tisch standen Mikrofone und Namensschilder. Die Teilnehmer wurden in Fraktionen aufgeteilt und erhielten kurze Dossiers mit Informationen zu ihrer Rolle. Ömer, Kimberly und Oliver landeten in der „Europäischen Jugendpartei", einer Fraktion, die sich für Jugendthemen und Bildung einsetzte. Professor Lehrner stand vorn und erklärte mit leuchtenden Augen die Regeln.

„Herzlich willkommen im Europäischen Parlament! Heute werdet ihr über einen Gesetzesentwurf abstimmen, der die Einführung eines europaweiten, kostenlosen Zugtickets für Jugendliche unter 20 Jahren vorsieht. Euer Ziel ist es, Bündnisse zu bilden, zu verhandeln und einen Kompromiss zu finden, der eine Mehrheit erreicht. Denkt daran: In der Politik geht es nicht nur um das, was ihr wollt, sondern auch darum, was ihr anderen bieten könnt."

Kimberly strahlte. „Das wird großartig! Endlich kann ich mal richtig debattieren."

Ömer grinste. „Ich weiß nicht, ob ich so gut im Verhandeln bin, aber es klingt wie ein cooles Spiel. Und hey, kostenlos durch Europa reisen – da bin ich dabei!"

Oliver seufzte. „Na ja, lasst uns einfach loslegen. Vielleicht wird's ja doch interessant."


Während die drei sich im Sitzungssaal auf ihr Rollenspiel vorbereiteten, hatten sich Sara und Bibi für einen Workshop bei Professor Kurz entschieden. Das Thema war „Einblicke in die Arbeit beim Fernsehen", und Sara konnte ihre Begeisterung kaum verbergen. Schon bei der Anmeldung hatte sie gewusst, dass dies die perfekte Gelegenheit war, Tipps und Tricks für ihren lange vernachlässigten Videoblog zu sammeln.

„Das wird so cool", schwärmte Sara, als sie mit Bibi vor dem Studio stand. „Ich wollte schon immer mal sehen, wie das hinter den Kulissen abläuft. Vielleicht kann ich meinen Blog damit endlich wieder starten."

Bibi nickte zustimmend. „Ich bin sicher, du bekommst hier jede Menge Inspiration. Und wenn du berühmt bist, werde ich deine Managerin."

Sara lachte. „Deal! Aber lass uns erst mal schauen, wie das hier läuft."

Professor Kurz begrüßte die Gruppe und führte sie durch das Studio. Die großen Kameras, die leuchtenden Scheinwerfer und die Monitore im Regieraum faszinierten die beiden Mädchen. Ein professioneller Kameramann erklärte geduldig, wie die Technik funktionierte und gab den Teilnehmern die Möglichkeit, selbst vor und hinter der Kamera zu arbeiten.

„Das ist der Wahnsinn!", rief Sara, als sie zum ersten Mal hinter der Kamera stand. „Ich hätte nie gedacht, dass es so viel Arbeit ist, eine einzige Szene zu filmen."

Bibi beobachtete Sara mit einem Lächeln. Es war schön zu sehen, wie ihre Freundin in ihrem Element aufblühte. Nach der Führung und ein paar praktischen Übungen ging Professor Kurz mit der Gruppe ein Eis essen, wo Sara begeistert ihre Pläne für ihren Blog teilte. „Ich werde ein neues Thema ausprobieren – vielleicht etwas über Reisen oder Mode. Und diesmal mache ich es richtig professionell."

Bibi nickte. „Das wird super! Und ich werde dafür sorgen, dass du dranbleibst."

Zur gleichen Zeit kämpften sich Ömer, Kimberly und Oliver durch ihre erste Verhandlungsrunde. Kimberly glänzte mit ihrer Argumentation und konnte sogar eine konservative Fraktion von der Idee des Zugtickets überzeugen. Ömer zeigte seine Stärken als Beschützer der Gruppe, indem er sich Sebastian und Nover, die als Mitglieder der Gegenfraktion immer wieder stichelten, souverän entgegenstellte.

„Also, Ömer", spottete Sebastian, „du glaubst echt, dass das Zugticket eine gute Idee ist? Das wird doch nie durchgehen."

Ömer verschränkte die Arme und hielt seinem Blick stand. „Vielleicht nicht, wenn du so weitermachst. Aber wenn wir alle zusammenarbeiten, könnten wir tatsächlich etwas Sinnvolles erreichen."

Nover mischte sich ein. „Ja, klar. Und wer bezahlt das? Du etwa?"

„Vielleicht", konterte Ömer ruhig, „solltest du dich lieber auf die Sache konzentrieren, anstatt ständig dagegen zu reden. Aber das liegt wahrscheinlich nicht in deiner Natur."

Kimberly unterdrückte ein Kichern, während Oliver flüsterte: „Wow, Ömer in Bestform. Das sollten wir öfter machen."

Professor Lehrner, der das Ganze beobachtete, nickte zufrieden. „Das ist genau der Punkt, meine Damen und Herren. In der Politik geht es nicht nur um Sachargumente, sondern auch darum, wie man mit Widerstand umgeht."

Am Ende des Tages hatten die drei ihre Mehrheit für den Gesetzesentwurf gewonnen. Während sie den Sitzungssaal verließen, sagte Ömer grinsend: „Das hat sogar Spaß gemacht. Vielleicht sollte ich doch Politiker werden."

„Oder Anwalt", ergänzte Kimberly mit einem Zwinkern. „Du bist erstaunlich gut darin, Leute in die Schranken zu weisen."

„Ach, hör auf", lachte Ömer. „Das war nichts. Aber jetzt will ich erst mal Pizza."

Oliver nickte. „Endlich mal was, worauf wir uns alle einigen können."

# III

Der letzte Freitag im Juni war da, und mit ihm das Ende eines ereignisreichen Schuljahres. Es war Zeugnisvergabe – ein Tag, den die meisten Schüler und Schülerinnen mit gemischten Gefühlen erwarteten. Einerseits bedeutete er den offiziellen Start in die Sommerferien, andererseits war er ein Moment, an dem alle Leistungen des vergangenen Jahres noch einmal bewertet wurden. Vor allem in der HTL für Maschinenbau, wo die Schüler regelmäßig an ihre Grenzen gehen mussten, hatte dieser Tag eine besondere Bedeutung.

In der **1AFMB** hatten sich die Schüler schick gemacht. Ömer trug eine schwarze Stoffhose und ein weißes Hemd – eine Seltenheit für den sonst eher sportlich gekleideten Jungen. Kimberly hatte sich für ein luftiges Sommerkleid entschieden, das ihr bis zu den Knien reichte, und ihre Haare zu einer Schleife gebunden. Oliver hingegen scherte sich wie gewohnt wenig um Dresscodes und kam in Shorts und einem lässigen T-Shirt. Dann war da noch Andi, der mit seinem Anzug, der ihm viel zu kurz geworden war, die Aufmerksamkeit auf sich zog. Mit seinen stolzen 10 Zentimetern Wachstum innerhalb des letzten Jahres war er sichtlich aus der Kleidung herausgewachsen.

Es war heiß – fast 30 Grad schon am frühen Morgen – und die Luft im Klassenzimmer stand. Trotzdem war die Stimmung ausgelassen, und ein leises Murmeln und Lachen erfüllte den Raum, als die Schüler sich gegenseitig über ihre Pläne für den Sommer austauschten. Die Hitze schien niemanden zu stören – zumindest nicht bis zu dem Moment, als Professor Lehrner mit der schwarzen Mappe unter dem Arm das Klassenzimmer betrat.

Ganz in Schwarz gekleidet – passend zur Feierlichkeit des Anlasses – ging er mit bedächtigen Schritten nach vorne und legte die Mappe feierlich auf das Lehrerpult. Sofort wurde es still im Raum. Alle Blicke richteten sich auf ihn, während er einen prüfenden Blick in die Runde warf.

„Setzt euch bitte", sagte er schließlich mit einem leichten Lächeln, das durch die ernsthafte Aura seiner Kleidung beinahe ironisch wirkte. Kaum hatten sich die Schüler gesetzt, schoss ein Junge aus der dritten Reihe mit einer Frage hervor: „Bekommen wir jetzt die Zeugnisse?"

Ein leises Stöhnen ging durch die Reihen, während Andi genervt zu Kimberly flüsterte: „Das hätte er sich echt sparen können. Der Zeugnistag läuft seit über neun Jahren immer gleich ab."

Kimberly lächelte verschmitzt und konterte: „Für manche sogar noch viel länger."

Professor Lehrner, der das Geflüster bemerkte, schien sich davon nicht stören zu lassen. Er richtete seinen Blick auf den fragenden Schüler und sagte trocken: „Nun, wonach sieht diese Mappe auf meinem Tisch denn aus?"

Ein Kichern ging durch die Klasse, während der Junge rot anlief und sich in seinen Stuhl zurücksinken ließ. Dann richtete der Professor das Wort an die ganze Klasse.

„Zunächst einmal möchte ich euch allen gratulieren. Ihr habt ein aufregendes und anspruchsvolles Schuljahr hinter euch – und ich freue mich, euch mitteilen zu können, dass ihr alle eure Prüfungen bestanden habt. Ihr dürft also alle in die nächste Klasse aufsteigen."

Ein leises Jubeln ging durch die Reihen, einige Schüler klatschten sich gegenseitig auf die Schultern. Doch dann fügte er hinzu: „Ihr seid damit wesentlich besser als der Jahrgang über euch, wo es schließlich einen Repetenten gibt."

Oliver, der Professor Lehrners Bemerkung, ohne aufzusehen hörte, hob plötzlich den Kopf und fragte laut: „Was ist ein Repetent?"

Die Klasse hielt für einen Moment den Atem an, während Lehrner einen Moment innehielt. Schließlich antwortete er mit ruhiger Stimme: „Ein Schüler, der das Schuljahr wiederholen muss. Aber Oliver, auch am letzten Schultag wäre es schön, wenn du dich meldest, bevor du sprichst."

Oliver lief jetzt knallrot an, während ein paar Schüler leise kicherten. Kimberly nutzte die Gelegenheit und hob die Hand. „Wer ist es denn?", fragte sie neugierig.

Plötzlich legte sich ein Schatten über das Gesicht des Professors. Seine Stimme wurde ernster, als er antwortete: „Es ist Sebastian. Und ich muss ehrlich sagen, ich bin nicht begeistert, dass er in eure Klasse kommt."

Ömer erstarrte, sein Blick wanderte zu Oliver. „Nicht begeistert ist noch untertrieben", zischte er leise. „Es ist eine Katastrophe."

Professor Lehrner hörte die Bemerkung und richtete sich direkt an Ömer. „Mach dir keine Sorgen. Wir werden ihn schon in seine Schranken weisen. Und wenn es Probleme gibt, dann kommst du direkt zu mir. Ist das klar?"

Ömer zögerte, doch dann entschied er sich, ehrlich zu sein. „Sebastian ist ein Ausländerfeind, Herr Professor. Das kann nicht gutgehen, wenn er in der gleichen Klasse ist."

Der Professor nickte nachdenklich. „Ich verstehe deine Bedenken, Ömer. Aber ich möchte, dass wir ihm eine Chance geben. Frau Professor Kurz hat sich dagegen ausgesprochen, dass er in ihre Klasse kommt, also bleibt uns keine andere Wahl. Aber wir werden das gemeinsam schaffen, okay?"

Kimberly, die bisher aufmerksam zugehört hatte, war zuversichtlicher. „Wir ignorieren ihn einfach. Das ist das Beste."

Lehrner schmunzelte. „Genau. Ihr erinnert euch doch an den Workshop im EU-Parlament? Widerstand zu leisten, ohne die eigene Haltung zu verlieren, ist eine wichtige Lektion."

Ömer nickte widerwillig, während Professor Lehrner fortfuhr und die Leistungen des Schuljahres hervorhob. Er lobte die Klasse für ihre Teamarbeit und betonte, wie beeindruckend die Half-Time-Show des Freestyle-Teams gewesen sei. Lucca, Tino und Andi klopften sich stolz auf die Brust. Als er die selbstlose Unterstützung von Ömer und Oliver bei der Hacker-Jagd erwähnte, lachte plötzlich ein

Schüler leise auf. „Selbstlos?", flüsterte er amüsiert. „Ömer ist jetzt mit Sara zusammen."

Ein anderer Schüler flüsterte zurück: „Das ist noch lange nicht sicher."

Schließlich begann die Zeugnisvergabe. Kimberly wurde mit einem ausgezeichneten Erfolg gewürdigt und bekam ein besonderes Lob von Lehrner. Ömer, Oliver und die anderen waren erleichtert, als sie ihre Zeugnisse in den Händen hielten. Die Klasse wurde offiziell in die Sommerferien entlassen.

In der **2AHBMT** verlief die Zeugnisvergabe ähnlich. Frau Professor Kurz hielt eine herzliche Rede, in der sie die Integration von Sara lobte und den Sieg des Projekts D.C. hervorhob. Sara und Lena erhielten beide ein ausgezeichnetes Zeugnis und wurden von der Klasse gefeiert.

„Ich freue mich schon darauf, die ersten zwei Wochen der Ferien mit Bibi und Sara zu verbringen", fügte Professor Kurz am Ende hinzu, was Sara ein breites Lächeln ins Gesicht zauberte. In beiden Klassen war die Stimmung gelöst, als die Schüler und Schülerinnen das Schulgebäude verließen. Es war Zeit für den Sommer – und das nächste Abenteuer wartete bereits.

# IV

Die Sonne schien an diesem frühen Sommermorgen durch die Blätter der Bäume vor der Schule, als sich eine kleine Gruppe Jugendlicher mit ihren Eltern vor dem Eingang versammelte. Die Stimmung war ausgelassen, die Vorfreude auf zwei Wochen Feriencamp kaum zu übersehen. Überall standen bunte Tramper Rucksäcke bereit, denn sie alle wussten: Vom Parkplatz des Feriencamps aus mussten sie noch etwa drei Kilometer durch einen urwaldähnlichen Wald laufen – Koffer wären da mehr Hindernis als Hilfe gewesen.

Ömer, Oliver und Kimberly standen nebeneinander und warteten geduldig. Ömers Mutter, eine kleine, resolute Frau mit einem freundlichen, aber bestimmten Gesichtsausdruck, sprach eindringlich auf ihn ein.

„Ömer, oğlum, hocaların sözünü dinle, tamam mı? İyi davran, kavga etme",[1] sagte sie streng und deutete mit dem Finger auf ihn.

„Evet anne, söz veriyorum",[2] antwortete Ömer mit einem Seufzen, versuchte aber, dabei ernst zu bleiben.

Kimberly schmunzelte und stupste ihn an. „Na, gibt's wieder die ewigen Verhaltensregeln?"

Ömer zuckte mit den Schultern. „Das Übliche. Benehmen, keine Schlägereien, brav sein. Du kennst das doch."

---

[1] „Ömer, mein Sohn, hör auf die Lehrer, okay? Benehme dich gut und streite dich nicht."

[2] „Ja, Mama, ich verspreche es."

Währenddessen unterhielten sich Kimberlys Vater und Olivers Vater fröhlich miteinander. Beide wirkten entspannt und lachten herzhaft. „Es ist schön zu sehen, dass sich Kimberly und Oliver so gut verstehen", sagte Kimberlys Vater und warf einen warmen Blick zu den beiden herüber.

Olivers Vater nickte. „Teenager! Manchmal sind sie ja schwer zu verstehen, aber wenn sie so glücklich aussehen, muss man wohl nichts weitersagen." Beide Männer lachten erneut und beobachteten ihre Kinder.

Die gute Laune schien ansteckend, bis Professor Lehrner mit einer Mappe in der Hand die Szene betrat. Er räusperte sich laut, um sich Gehör zu verschaffen. „So, liebe Eltern, liebe Schülerinnen und Schüler, wir wollen loslegen. Ich werde jetzt die Anwesenheitsliste durchgehen. Wenn ich euren Namen vorlese, gebt mir bitte Bescheid."

Er begann, die Namen laut und deutlich vorzulesen. „Bibi? Dario?" Beide riefen laut „Hier!" Ömer, Oliver und Kimberly wurden direkt hintereinander aufgerufen und meldeten sich prompt. Doch dann erstarrte Ömer, als er die nächsten Namen hörte:

„Sebastian … Nover … Momo …"

Oliver drehte sich zu Ömer. „Was?! Die beiden kommen auch mit? Das kann doch nicht wahr sein."

Ömer runzelte die Stirn. „Warum müssen die gerade jetzt dabei sein? Ich dachte, das wird der perfekte Sommer."

Kimberly zuckte mit den Schultern und blieb gelassen. „Ach, macht euch doch nicht gleich verrückt. Wir kriegen das schon hin. Lasst sie einfach links liegen."

Doch ihre Zuversicht wurde auf die Probe gestellt, als Sebastian, Moo und Nover auftauchten – natürlich ohne Tramper Rucksäcke. Stattdessen hatten sie große Koffer dabei, die wohl kaum für die Wanderung zum Camp geeignet waren. Professor Lehrner verschränkte die Arme und musterte die beiden.

„Ihr wisst schon, dass wir drei Kilometer durch den Wald gehen müssen, oder?", fragte er mit einem Hauch von Verärgerung.

Sebastian grinste nur breit. „Kein Problem, Herr Professor. Irgendjemand wird schon helfen."

Nover nickte zustimmend. „Wir schaffen das schon."

Professor Lehrner schüttelte den Kopf, aber bevor er etwas sagen konnte, kam der nächste Name: „Sara!"

Ömer spürte, wie sein Herz plötzlich schneller schlug. Er drehte sich suchend um, und da sah er sie: Sara. Sie stieg gerade aus dem Auto ihrer Mutter, in weißen Shorts, einem Poloshirt und mit ihren langen, braunen Haaren, die unter einer weißen Kappe zu einem Zopf gebunden waren. Sie sah wunderschön aus.

„Du?!", brachte Ömer stockend hervor, als sie ihm entgegenlächelte.

Sara grinste und lief auf ihn zu. „Ich. Ich wollte dich überraschen – und es sieht so aus, als wäre mir das gelungen." Sie stellte sich vor ihn, lehnte sich leicht vor und hauchte ihm einen kurzen Kuss auf die Lippen.

Ömer stand da wie versteinert, während sein Herz Purzelbäume schlug. „Ich kann's nicht glauben ... Zwei Wochen mit dir!"

Sara lachte leise. „Siehst du, ich habe dir doch gesagt, der Sommer wird toll."

Bibi, die direkt hinter Sara ausstieg, grinste verschmitzt. „Also, ich sehe schon – ich werde euch wohl öfter allein lassen müssen."

Kurz darauf fuhr der Bus vor, ein kleiner, aber luxuriöser VIP-Bus, der die Gruppe zum Feriencamp bringen sollte. Die Jugendlichen verabschiedeten sich von ihren Eltern. Ömers Mutter drückte ihm noch einmal fest die Hand und sagte eindringlich: „Ömer, unutma: İyi davran, profesörlerin sözünden çıkma ve Sara'ya dikkat et."[3]

„Tamam anne, merak etme."[4]

Im Bus sorgten Sebastian, Momo und Nover direkt für den ersten Ärger. Sie setzten sich in die letzte Reihe, wo es fünf Plätze gab, und machten es sich dort breit, obwohl sie nur zu dritt waren. Als Ömer sie zur Rede stellte, weil er das unfair fand, grinste Sebastian ihn provokant an. „Okkupieren heißt das, Ömer. Schon mal davon gehört?"

---

[3] „Ömer, vergiss nicht: Benehme dich, höre auf die Professoren und pass auf Sara auf."

[4] „Okay, Mama, mach dir keine Sorgen."

Oliver, der die Bemerkung mitbekam, wandte sich leise an Kimberly. „Ähm, Kimmy? Was bedeutet Okkupieren[5] eigentlich?"

Kimberly trat näher an ihn heran und flüsterte es ihm ins Ohr. Dabei grinste sie, als sie spürte, wie Oliver sich schüchtern entspannte und sie kurz sanft an sich drückte. „Danke", murmelte er leise. „Das bleibt unser Geheimnis, okay?"

Professor Lehrner und Professor Kurz lösten die Situation schließlich, indem sie sich selbst auf die Plätze neben Sebastian und Nover setzten und die beiden so auseinanderdrängten. Ömer, Oliver, Kimberly, Sara und Bibi nahmen die vorderen Plätze ein. Ömer saß neben Sara und warf ihr immer wieder verliebte Blicke zu, während sie lächelnd mit Bibi plauderte.

Die Fahrt verlief ruhig, abgesehen von ein paar Kommentaren von Sebastian, die alle ignorierten. Professor Kurz stellte den Jugendlichen einige interessante Geschichten über das Camp in Aussicht, während Professor Lehrner seine Liste überprüfte. Ömer, Oliver und Kimberly begannen leise zu flüstern und schmiedeten Pläne für die Wanderung und die ersten Tage im Camp.

Der Sommer hatte gerade erst begonnen – und das Abenteuer wartete schon.

---

[5] Okkupieren bedeutet so viel wie ein fremdes Gebiet besetzten oder übernehmen.

# V

Die Schüler der HTL für Maschinenbau stiegen endlich aus ihrem VIP-Bus, und die Erleichterung war ihnen ins Gesicht geschrieben. Die Fahrt zum Feriencamp war lang, aber die Aussicht auf zwei Wochen abseits des Schulalltags ließ die Müdigkeit schnell vergessen. Die Jugendlichen schnallten sich ihre gut gepackten Tramper Rucksäcke auf die Schultern und versammelten sich in Gruppen. Der Parkplatz, an dem der Bus hielt, war von hohen, dichten Bäumen umgeben, die wie eine grüne Wand den Blick in den Wald verbargen.

Professor Lehrner blickte in die Runde und rief: „Alles klar? Wir haben noch drei Kilometer Fußmarsch vor uns – durch unwegsames Gelände. Aber das sollte für euch Sportklasse-Schüler doch kein Problem sein!"

Die meisten nickten motiviert, außer Sebastian und Nover, die mit ihren viel zu großen Koffern dastanden. Sebastian warf einen missbilligenden Blick auf die anderen, die allesamt mit Rucksäcken ausgestattet waren. „Drei Kilometer? Durch dieses Gestrüpp? Wie soll das denn gehen?", murrte er.

„Ihr hättet euch ja vorbereiten können", bemerkte Kimberly trocken und warf einen bedeutungsvollen Blick auf die beiden. Sebastian zuckte mit den Schultern und schnappte sich den Griff seines Koffers, als hätte er vor, ihn zu ziehen – ein Plan, der sich schon nach den ersten Metern als Fehleinschätzung herausstellte. Das Gelände wurde unebener, und die Räder der Koffer blieben ständig an Baumwurzeln, Steinen und Unebenheiten hängen.

„Das wird eine Katastrophe", murmelte Oliver leise und trat näher zu Ömer. „Wetten, wir kommen nicht vor Sonnenuntergang an?"

Ömer grinste und antwortete: „Lass uns einfach gehen. Die werden schon sehen, dass Koffer hier nichts bringen."

Doch das war leichter gesagt als getan. Bereits nach wenigen Minuten mussten Sebastian, Momo und Nover ihre Koffer tragen, was ihnen sichtlich schwerfiel. Schon nach 50 Metern stoppten sie keuchend, ließen die Koffer fallen und setzten sich auf die nächstbeste Baumwurzel. Die ganze Gruppe hielt unfreiwillig an und wartete genervt.

„Mann, wie lange wollt ihr denn noch brauchen?", rief Bibi entnervt, während sie ihre Hände in die Hüften stemmte.

„Was regst du dich so auf?", fauchte Sebastian zurück. „Mit deinen Streichholzärmchen würdest du den Koffer keine zwei Meter tragen!"

Oliver verdrehte die Augen. „Warum habt ihr überhaupt Koffer mitgebracht? Das war doch klar, dass das hier nicht geht."

Sebastian ließ sich nicht aus der Ruhe bringen. „Immerhin sind wir stilvoll unterwegs, im Gegensatz zu dir mit deinem Camping-Look. Und diese blauen Haare – ernsthaft, hast du keinen Spiegel zu Hause?"

Oliver spannte seine Kiefermuskeln an, und Kimberly, die den wachsenden Zorn in seinem Blick sah, trat schnell an seine Seite. „Lass dich von dem nicht provozieren", flüsterte sie leise und zog ihn mit sanftem Druck am Arm aus Sebastians Schussfeld. „Er will nur Ärger machen."

Ömer hingegen schien von Sebastians Provokationen unbeeindruckt. Sein Blick suchte immer wieder Sara, die lächelnd mit Bibi in der Gruppe plauderte. Die kleinen Nadelstiche von Sebastian prallten einfach an ihm ab – er hatte nur Augen für seine Sara. Das merkte auch Sebastian und murrte: „Ach, was soll's. Er ist eh beschäftigt mit seiner Freundin. Ziemlich kitschig, oder?"

Nach fast zwei Stunden – für eine Strecke von nur drei Kilometern – erreichte die Gruppe endlich das Camp. Ömer warf einen Blick auf seine Uhr und schüttelte den Kopf. *Hätten wir die beiden nicht gehabt, wären wir in unter einer Stunde hier gewesen,* dachte er genervt. Doch die Anstrengung wich schnell der Begeisterung, als sie das Camp zum ersten Mal sahen.

Eine wunderschöne Lichtung, umgeben von einem dichten Wald, lag vor ihnen. Die bunten Holzhütten, jede mit kunstvollen, individuellen Malereien verziert, standen in einem lockeren Kreis um eine große Feuerstelle, an der Tische und Bänke aufgestellt waren. Der See war nicht zu sehen, aber ein schmaler, einladender Weg führte direkt hinein in das Dickicht der Bäume.

Kimberly hakte sich bei Oliver ein und schüttelte begeistert ihren Kopf. „Ist das nicht wunderschön? Das ist wie im Bilderbuch!"

Oliver brachte vor Staunen keinen vernünftigen Satz heraus, also nickte er nur. Kimberly sah sein verlegenes Lächeln und musste leise kichern. „Ach, Olli, was würde ich nur ohne dich machen?"

Inzwischen hatte Sara den schweren Rucksack auf ihrem Rücken völlig vergessen. Sie drehte sich zu Ömer, der lässig an einer der Hütten lehnte, und rief: „Schau mal, wie schön es hier ist!" Ohne zu überlegen, sprang sie ihm um den Hals. Die Wucht brachte Ömer aus dem Gleichgewicht, und beide purzelten lachend auf den weichen Boden.

„Ihr seid wie zwei Schildkröten", lachte Kimberly. Selbst Professor Lehrner musste schmunzeln. „Nicht so stürmisch, ihr zwei. Wir sind ja nicht auf der Flucht."

Die Jugendlichen begannen, ihre Rucksäcke abzulegen und das Camp zu erkunden. Professor Lehrner gab ihnen die ersten Anweisungen: „Ihr könnt euch jetzt ein bisschen umsehen. Der See ist nur den schmalen Weg hinunter. Es ist heiß, also wer Lust hat, kann sich gerne abkühlen."

Kaum hatte er das gesagt, war Kimberly schon losgerannt. Sie warf ihren Rucksack achtlos in die Wiese und zog unterwegs ihr Shirt über den Kopf, während sie den Weg zum See hinunterlief. Natürlich hatte sie einen Bikini unter ihrer Kleidung an. „Wer als Letzter im Wasser ist, ist Letzter im Wasser!", rief sie lachend über ihre Schulter.

Oliver, der ihr mit den Augen folgte, stotterte: „Ähm ... sollte man nicht ... vielleicht ... vorher die Tiefe prüfen?"

„Das mache ich doch gerade!", rief Kimberly zurück und sprang beherzt vom Steg. Während sie in der Luft war, überkam sie ein Moment der Panik: *Was, wenn das Wasser nicht tief genug ist?* Doch ihre Sorge war unbegründet. Mit einem lauten *Platsch* landete sie im tiefen, kühlen Wasser. Als sie wieder auftauchte, rief sie erleichtert: „Alles gut, ihr könnt kommen!"

Bibi, Sara, Ömer und Oliver liefen den Weg hinunter, lachten und zogen sich ebenfalls hastig aus, bevor sie ins Wasser sprangen. Ömer hielt Sara lächelnd die Hand, bevor sie gemeinsam ins Wasser liefen. Oliver hingegen sprang direkt hinein, ohne groß nachzudenken.

Nach einer Weile im kühlen Wasser und ausgelassener Planscherei kehrten sie zum Camp zurück. Ömer hielt Saras Hand, während Kimberly sich bei Oliver eingehakt hatte. Alle waren bester Laune, und Bibi, die alleine ging, war einfach nur glücklich, mit ihren Freunden hier zu sein. Zwei Wochen fernab von Stress und Alltag – der perfekte Start in die Sommerferien.

Das Ferienlager war ein kleines Paradies mitten im Wald. Jede der Hütten bot Platz für sechs Jugendliche und war mit einfachen, aber gemütlichen Stockbetten ausgestattet. Neben den Schlafhütten gab es noch eine Hütte für Lebensmittel, eine als Küche und eine kleinere Hütte für die Professoren, die aus zwei Schlafräumen bestand. Als die Jugendlichen sich nach dem Baden zum Lagerfeuer begaben, begrüßte sie Frau Professor Kurz mit einem schelmischen Lächeln.

„Haben alle die Liederhefte mit?", fragte sie plötzlich in die Runde. Die Gruppe sah sich verwirrt an. „Welche Liederhefte?", murmelte Oliver, während Kimberly fast die Fassung verlor.

„Oh nein! Mein Liederheft!", stammelte sie hektisch. „Ich habe es vergessen! Wie soll ich jetzt mitsingen?" Ihre Panik wurde jedoch von Professor Kurz schnell gelöst, die in schallendes Gelächter ausbrach. „Keine Sorge, Kimberly", beruhigte sie sie. „Es gibt gar keine Liederhefte. Wir singen heute nicht. Ich wollte euch nur aufziehen."

Die ganze Gruppe atmete erleichtert auf, während Kimberly schüchtern lächelte. „Das ist nicht witzig", murmelte sie leise, was Oliver zu einem leisen Kichern brachte.

Abseits des Trubels standen Sebastian, Nover und Momo. Es hatte sich herausgestellt, dass keiner von ihnen eine Badehose dabeihatte, da sie den See schlichtweg ignoriert hatten, als sie die Camp-Infos bekamen. Natürlich machte Sebastian dafür Nover verantwortlich, der wiederum Momo beschuldigte. Der Streit eskalierte schnell und artete in Schubsen und gegenseitige Beleidigungen aus.

Professor Lehrner bemerkte das Durcheinander und ging entschlossen, mit seiner Grillschürze umgebunden und einer Grillzange in der Hand, dazwischen. „Jetzt reicht's! Wenn ihr euch nicht sofort benehmt, schicke ich euch auf der Stelle nach Hause!"

Sebastian, rot vor Wut – und auch ein wenig vor Scham –, versuchte sich zu rechtfertigen. „Wir brauchen Badehosen! Wann können wir in den Supermarkt?"

„Morgen ist Sonntag", erklärte Professor Lehrner. „Da hat der Supermarkt geschlossen. Aber Montag könnt ihr gehen.

Bis dahin springt ihr eben in Shorts ins Wasser – oder nackt, wie ihr wollt."

Sebastian stammelte peinlich berührt: „Ich gehe sicher nicht nackt schwimmen!"

Die anderen Jugendlichen schüttelten nur den Kopf über das Verhalten der drei, während sie sich um die Feuerstelle versammelten.

Die Feuerstelle war schnell hergerichtet. Ömer und Oliver, die von Professor Lehrner beauftragt worden waren, gingen gemeinsam in den Wald, um Holz zu sammeln. Beide kehrten mit Ästen zurück und stapelten sie unter den bewundernden Blicken von Kimberly und Sara fachmännisch auf.

„Die beiden machen das echt gut", flüsterte Kimberly Sara zu, während Oliver, ganz stolz auf sich, sein Werk betrachtete.

Professor Lehrner zündete das Feuer an und wies die Jugendlichen ausdrücklich darauf hin, niemals selbstständig ein Feuer zu machen. „Die Gefahr eines Waldbrandes ist viel zu groß. Ihr versprecht mir, dass ihr euch daran haltet?"

Die Jugendlichen nickten alle, doch bei Sebastian, Nover und Momo war der Zweifel spürbar.

Als die Würstel – sowohl vegane als auch klassische – fertig waren, begann das Abendessen. Professor Lehrner hatte sie gekonnt zubereitet, während die Jugendlichen gespannt auf das Essen warteten.

Während des Essens stellte Professor Kurz die Lagerregeln vor. „Also, Kinder. Es gibt ein paar Grundregeln, die ich euch ans Herz legen möchte:

1. Keine Smartphones, außer in der Zeit von 21.00 bis 22.00 Uhr. Tagsüber sind sie im Handytresor.
2. Nachtruhe beginnt um 22.00 Uhr.
3. Keine Besuche in anderen Hütten während der Nacht.
4. Kein Alkohol, keine Drogen, kein Mobbing."

Professor Lehrner nickte zustimmend und fügte hinzu: „Wer sich nicht daran hält, wird sofort nach Hause geschickt."

„Gibt es Fragen?", erkundigte sich Professor Kurz schließlich.

Sara hob zögernd die Hand. „Ich würde gerne einen Videoblog machen. Dazu habe ich meine Videokamera mit. Zählt die auch zu den Smartphones?"

Professor Lehrner schüttelte den Kopf. „Nein, eine Kamera ist eine Kamera. Aber wie sieht es mit einem Notebook aus?"

„Ich habe mein Notebook dabei, aber ich werde es sicher nicht ständig benutzen", erklärte Sara.

„Das ist in Ordnung", stimmte Professor Lehrner zu. „Aber denkt daran: Wir sind hier, um die Natur zu genießen."

Nach dem Essen folgte die Hütteneinteilung, und die Stimmung kippte plötzlich. „Ömer, Oliver, Dario, Nover, Sebastian und Momo bekommen Hütte Nummer 3", verkündete Professor Lehrner.

Ömer und Oliver wechselten entsetzte Blicke, während Dario nur ein entnervtes Stöhnen ausstieß. Sebastian und Nover grinsten hämisch, sichtlich zufrieden mit der Situation.

„Kimberly, Sara, Bibi und drei andere Mädchen teilen sich Hütte Nummer 2", verkündete Professor Kurz.

„Oh Gott", murmelte Ömer leise zu Oliver. „Das werden zwei sehr lange Wochen."

Kimberly hingegen zuckte entspannt mit den Schultern. „Ignoriert sie einfach", sagte sie optimistisch, während sie Sara zuzwinkerte.

Während der Abend langsam ausklang, genossen die Jugendlichen das wärmende Feuer, erzählten Geschichten und lachten über die kleinen Missgeschicke des Tages. Ömer und Sara saßen eng beieinander, während Kimberly und Oliver in einem schüchternen Gespräch versunken waren.

Die Sterne funkelten über dem Camp, und die friedliche Stille des Waldes ließ die Aufregungen des Tages langsam verblassen. Doch tief im Inneren wussten alle: Diese zwei Wochen würden noch einige Überraschungen bereithalten.

Um 21.30 Uhr erhob sich Professor Lehrner, der mittlerweile etwas lockerer wirkte, und klatschte in die Hände, um die Aufmerksamkeit auf sich zu ziehen. „So, meine Damen und Herren", begann er mit einem Augenzwinkern, „es wird Zeit, den Abend zu beenden. Zähneputzen und ab in die Hütten! Keine nächtlichen Besuche – wir sind wach und werden Verstöße gnadenlos ahnden."

Ein leises Murren ging durch die Reihen, denn niemand wollte den schönen Abend schon beenden. Doch die ermahnenden Blicke von Professor Lehrner und Professor Kurz ließen keinen Raum für Diskussionen. Die Jugendlichen erhoben sich widerwillig und machten sich auf den Weg zu den Waschgelegenheiten.

Ömer, der Saras Hand hielt, blieb noch einen Moment zurück. Zaghaft zog er sie zu sich, hielt ihr Gesicht in seinen Händen und sah ihr tief in die Augen. „Gute Nacht, Sara", flüsterte er, bevor er ihr einen sanften Kuss auf die Stirn drückte. Dieser Kuss drückte mehr aus als Worte es je könnten – Zuneigung, Vertrauen und eine tiefe Verbindung. Sara spürte ein warmes Kribbeln durch ihren ganzen Körper und war wie elektrisiert. Sie fühlte sich, als würde sie schweben.

Oliver nutzte die Gelegenheit, um Kimberly einen schüchternen Gute-Nacht-Kuss auf die Wange zu geben. Kimberly lächelte sanft, doch innerlich hoffte sie, dass Oliver bald mutiger werden würde. Sie wusste, dass er sie mochte, aber sein Zögern war für sie fast schon niedlich. Oliver hingegen kämpfte mit seinen Gefühlen. Der Anblick von Kimberly im Bikini am Nachmittag hatte ihm förmlich den Atem geraubt, und das warme Kribbeln in seinem Bauch wollte einfach nicht aufhören.

Bibi beobachtete die Szene aus der Ferne und konnte sich ein Schmunzeln nicht verkneifen. Sie wünschte sich insgeheim, dass Oliver endlich den Mut finden würde, Kimberly zu zeigen, was er für sie empfand. Doch sie war froh, dass ihre Freunde offensichtlich glücklich waren.

Die Mädchen saßen später auf ihren zusammengeschobenen Betten, während die Sterne durch die Fenster schimmerten. Sara konnte nicht aufhören, von Ömers Kuss zu schwärmen. „Er ist einfach unglaublich", seufzte sie mit einem glücklichen Lächeln, während sie ihre Haarmaske einmassierte.

„Ja, ja, wir haben es verstanden", neckte Kimberly sie mit einem Grinsen. „Aber du hast recht. Ihr seid echt süß zusammen."

„Finde ich auch", stimmte Bibi zu. „Aber genug von Ömer – wir haben noch zwei Wochen, um uns über ihn zu unterhalten." Sie lachte und zeigte auf Saras Kamera. „Wie wäre es mit einem Vlog über deinen ersten Tag hier?"

Sara nickte begeistert und positionierte sich vor der Kamera.

Die Kamera klickte, und das rote Licht begann zu leuchten. Sara hatte sich auf ihrem Bett positioniert, hinter ihr saßen Kimberly und Bibi auf den zusammengeschobenen Betten und grinsten in die Kamera. Im sanften Licht der Lampe, die das kleine Hüttenzimmer erhellte, wirkten Saras braune Haare fast wie ein Wasserfall aus Bronze, der über ihre Schultern floss – oder vielmehr durchzogen war von der Haarmaske, die sie sorgfältig aufgetragen hatte.

„Hey Leute!", begann Sara strahlend und blickte direkt in die Kamera. „Hier ist Sara, live aus unserem Feriencamp mitten im Wald! Ihr glaubt nicht, wie wunderschön es hier ist – direkt am See, von Bäumen umgeben, und die Hütten sind so bunt bemalt, dass man sich wie in einem Märchen fühlt."

Sie machte eine kurze Pause und grinste schüchtern. „Der Tag heute war schon total aufregend! Wir mussten durch einen richtigen Dschungel laufen, um hierherzukommen – ich habe das Gefühl, ich bin irgendwo in einem Abenteuerfilm gelandet. Gut, dass ich meinen Rucksack dabei hatte. Andere – ich nenne keine Namen – hatten Koffer dabei. Das war ... sagen wir mal, anstrengend." Sie zwinkerte in die Kamera.

Hinter ihr schnaubte Kimberly belustigt, während Bibi sich auf die Lippe biss, um nicht laut loszulachen.

Sara fuhr fort: „Und das Beste? Ömer ist auch hier!" Ihre Stimme wurde sanfter, als sie seinen Namen aussprach, und ein verträumtes Lächeln breitete sich auf ihrem Gesicht aus. „Wir hatten so einen schönen Moment am Lagerfeuer. Ich sag's euch, Leute: Er ist einfach unglaublich. Charmant, süß und unglaublich beschützend. Ach ja, und er hat mir einen Gute-Nacht-Kuss gegeben – auf die Stirn!" Sie legte ihre Hände dramatisch über ihr Herz. „Das war einfach ... magisch."

Kimberly verdrehte spielerisch die Augen. „Ach, wir haben es verstanden, Sara. Ömer ist perfekt."

„Aber er ist es wirklich!" Sara warf Kimberly einen freudestrahlenden Blick zu, bevor sie sich wieder der Kamera widmete. „Egal, zurück zum Camp. Wir haben hier übrigens so ein cooles Lagerfeuer, das von unseren Professoren angezündet wurde – und das Essen! Ich sage euch, die gegrillten Würstchen waren der Wahnsinn. Auch wenn ich ein bisschen aufpassen muss, dass ich nicht den ganzen Urlaub lang nur esse."

Sie lachte, schüttelte ihren Kopf und streifte dann eine Haarsträhne aus ihrem Gesicht. „Oh, und bevor ich es vergesse – ich teste gerade diese Haarmaske hier!" Sie hielt eine bunte

Tube in die Kamera. „Sie heißt ,Deep Hydration Magic' und ist absolut perfekt für die Haare nach einem langen, heißen Sommertag. Seht mal!" Sie drehte ihren Kopf leicht zur Seite, sodass ihre glänzenden, mit der Haarmaske durchzogenen Strähnen ins Bild kamen. „Fühlt sich sooo weich an, und der Geruch – mmmh, nach Kokos und Vanille. Richtiges Urlaubsfeeling."

Kimberly, die Saras Souveränität bewunderte, schüttelte lachend den Kopf. „Ich weiß nicht, wie du das immer so locker hinkriegst. Ich wäre wahrscheinlich viel zu nervös vor der Kamera."

„Das liegt nur an der Übung", erwiderte Sara mit einem warmen Lächeln und warf Kimberly einen aufmunternden Blick zu. „Du könntest das auch – und du würdest super darin sein! Vielleicht mache ich mit dir mal ein Vlog-Tutorial."

„Gern, aber nicht über Haarmasken", meinte Kimberly grinsend.

Sara lachte leise, bevor sie wieder in die Kamera sprach. „Okay, Leute, das war's erstmal für heute. Morgen gibt's mehr Einblicke ins Camp, vielleicht eine kleine Tour und …" Sie hielt inne und grinste verschwörerisch. „Wer weiß, was wir hier noch alles erleben. Also bleibt dran! Bye-bye!"

Sie winkte in die Kamera, bevor sie diese ausschaltete.

Kurz vor 22 Uhr war Sara mit ihrem Vlog fertig. Das Licht wurde pünktlich ausgemacht, und sie alle legten sich mit einem zufriedenen Lächeln schlafen.

Die Stimmung in der Jungs-Hütte war weniger harmonisch. Ömer, Oliver und Dario hatten die unteren Betten der Stockbetten bezogen und die Bereiche mit Decken abgehängt, um etwas Privatsphäre zu schaffen. Die älteren Jungs – Sebastian, Nover und Momo – beanspruchten die oberen Betten und wirkten, als hätten sie das Camp für sich gepachtet.

Oliver setzte sich auf die improvisierte ,Liegewiese' und flüsterte: „Ömer, sollen wir nicht die Mädchen besuchen? Nur kurz?"

Ömer schüttelte den Kopf und sah ihn ernst an. „Heute? Auf keinen Fall. Glaub mir, das wäre die dümmste Idee. Die Professoren sind heute besonders wachsam. Wenn wir jetzt Mist bauen, haben wir den Rest des Camps Stress."

Dario nickte zustimmend. „Er hat recht. Lass uns ein paar Tage abwarten. Dann lockert sich die Stimmung, und wir können planen."

Oliver seufzte und legte sich auf das Bett. „Na gut. Aber ich bin mir sicher, dass Sara und Kimberly uns auch vermissen."

Mit einem leichten Lachen arrangierten sie ihre Betten und legten sich hin. Während die Lichter gelöscht wurden, schloss Ömer die Augen und dachte an Saras Lächeln. Oliver spürte immer noch das Kribbeln im Bauch, wenn er an Kimberly dachte. Trotz der frostigen Atmosphäre mit den älteren Jungs war dies für sie beide ein Moment der Vorfreude auf die kommenden Tage.

# VI

Unweit des Camps, verborgen hinter dem dichten Grün des Waldes, stand eine unscheinbare Hütte. Auf den ersten Blick wirkte sie wie ein verfallenes Lagerhaus – mit morsch wirkenden Wänden, schiefen Dachbalken und einem Dach, das von Moos und Flechten überwuchert war. Alles an diesem Gebäude schien darauf ausgelegt, den Eindruck von Bedeutungslosigkeit zu vermitteln und jegliches Interesse fernzuhalten. Doch hinter dieser unscheinbaren Fassade verbarg sich ein dunkles Geheimnis: ein versteckter Raum, so raffiniert verborgen, dass selbst ein neugieriger Beobachter im Inneren der Hütte nichts Verdächtiges entdecken würde.

Der Zugang zu diesem verborgenen Bereich war ein Rätsel für sich. An den Holzwänden der Hütte waren rätselhafte Symbole eingraviert – unscheinbare Muster, die auf den ersten Blick wie alte Schnitzereien wirkten, aber in Wirklichkeit den Schlüssel zum Geheimversteck darstellten. Nur wer den Code entschlüsselte und die Symbole in der richtigen Reihenfolge berührte, konnte die nahtlos in die Wand integrierte Geheimtür entriegeln. Ein leises Klicken verriet den Erfolg, und die Tür schwang auf, um den Zugang zu einem fensterlosen Raum freizugeben – ein hochmodernes Versteck, das direkt aus einem Spionagefilm stammen könnte.

Der Raum war in kaltes, künstliches Licht der Monitore getaucht, das die düstere Atmosphäre noch verstärkte. An den Wänden summten leise die Server, und der Boden war ein Gewirr aus Kabeln, die sich wie Schlangen durch den Raum schlängelten. Auf den Tischen häuften sich technische Geräte, unordentlich verstreute Notizzettel und klebrige Überreste von Energy-Drinks. Der Raum war klein, aber er war ein Zentrum hochprofessioneller Cyberkriminalität.

Die Geheimtür selbst war nicht nur eine Barriere, sondern auch eine ausgeklügelte Falle. Wer die Symbole in der falschen Reihenfolge berührte, löste einen versteckten Alarm aus, der die Kriminellen sofort warnte. Nur Eingeweihte mit dem Wissen um den genauen Code konnten den Raum betreten, ohne ein Risiko einzugehen. Der Raum war eine uneinnehmbare Festung, perfekt getarnt durch seine Umgebung und abgeschirmt von der Außenwelt.

Drinnen arbeiteten die Cyberkriminellen in präzisem Zusammenspiel. Mehrere Monitore zeigten unzählige Zahlen, Daten und Fortschrittsleisten – Informationen, die sie von Smartphones und Laptops ihrer Opfer abgegriffen hatten. Kameras und Richtantennen waren so ausgerichtet, dass sie unbemerkt Geräte in der Umgebung anzapfen konnten. Das Camp, mit seinen technikaffinen und oft unvorsichtigen Jugendlichen, bot eine ideale Zielgruppe. Handys und Laptops waren ungeschützt, private Daten leicht zugänglich. Alles, von Fotos und Nachrichten bis hin zu Passwörtern und Finanzinformationen, wurde systematisch gesammelt und in Echtzeit ausgewertet. Die Luft war schwer – durchzogen vom Summen der Server und dem unverwechselbaren Geruch von erhitzter Elektronik, abgestandenen Energy-Drinks und dem Hauch von Adrenalin, der in der Anspannung der Täter lag. Hier, in dieser abgeschiedenen Hightech-Basis, war niemand sicher. Es war der perfekte Ort, um unbemerkt Chaos zu stiften – ein Versteck, das niemand vermuten würde.

Der Raum glich eher einem digitalen Schlachtfeld als einem Büro. Kabel und Steckleisten schlängelten sich über den Boden wie Schlangen, eine Vielzahl an Bildschirmen flimmerte und zeigte Listen von Telefonnummern, E-Mail-Adressen und Einwahlcodes. An einer Seite des Raumes stand eine hochmoderne Richtantenne, die präzise auf das Camp ausgerichtet war. Ihre Funktion: Das lokale WLAN anzuzapfen und die Kontrolle über die Smartphones und Laptops der Jugendlichen zu übernehmen.

Ein paar Täter saßen vor den Monitoren und tippten in Windeseile, während andere leise miteinander sprachen. Auf einem der Bildschirme leuchtete der Name „Sara W." auf, darunter Daten wie WLAN-Zugang, Gerätekennung und aktuelle Apps, die sie nutzte.

„Haben wir Zugriff?", fragte eine tiefe Stimme aus der Ecke. Der Mann, der vor dem Monitor saß, nickte. „Ja. Ihr Handy ist jetzt komplett unter unserer Kontrolle. Ich kann es jederzeit aktivieren, Fotos aufnehmen oder Daten herunterladen. Sie hat eine Kamera-App offen – perfekt für ihren Vlog. Das wird uns nützlich sein." Er grinste.

Die Täter waren ein eingespieltes Team. Ihre Strategie war einfach, aber effektiv: Zuerst verschafften sie sich über das WLAN-Zugriff auf die Geräte der Camp-Teilnehmer. Von dort aus konnten sie Daten abgreifen, Geräte fernsteuern und sogar Nachrichten verfälschen oder senden. Einmal installiert, schien ihre Malware unsichtbar zu sein – wie ein unsichtbarer Dieb, der den Nutzern unbemerkt über die Schulter schaute.

Ein Mann mittleren Alters, den die anderen nur „Der Programmierer" nannten, überprüfte eine laufende Verbindung auf einem zweiten Monitor. „Die Jugendlichen sind naiv", sagte er grinsend. „Schaut mal hier: Instagram, WhatsApp, sogar Banking-Apps. Die haben alles drauf, was wir brauchen."

Ein Kollege, der an der Richtantenne arbeitete, meldete sich: „Wir haben Zugriff auf drei Smartphones und zwei Laptops. Sieht aus, als wären es Geschwister oder Freunde. Es gibt viele Fotos und Videos von den gleichen Leuten."

„Gut", sagte der Programmierer. „Kopiere alles. Chats, Fotos, Kontakte. Wir finden schon etwas, womit wir sie erpressen können, wenn nötig."

Während einer der Täter durch Saras Videodateien scrollte, grinste er. „Schaut euch das an – das Mädchen macht Vlogs. Vielleicht können wir ihren Account übernehmen. Wäre doch lustig, wenn wir plötzlich ein paar ‚andere' Nachrichten über sie verbreiten würden."

„Nein", sagte der Anführer scharf. „Kein Risiko. Wir sind hier, um Daten zu stehlen, nicht um Aufmerksamkeit zu erregen. Wenn wir ihre Konten übernehmen, könnte sie Verdacht schöpfen."

Ein anderer Mann, der gerade Daten von Ömers Smartphone auslas, lachte leise. „Der Junge hat wirklich viele Fotos von sich mit diesem Mädchen. Es scheint ernst zwischen ihnen zu sein."

„Interessant", sagte der Anführer nachdenklich. „Behalte ihn im Auge. Vielleicht können wir ihn emotional angreifen, wenn es nötig wird."

Nicht alle im Team waren gleichermaßen skrupellos. Ein jüngerer Mann, der neu im Team war, wirkte unruhig. Er starrte auf die Liste der erbeuteten Daten, während seine Kollegen über mögliche Erpressungsmöglichkeiten sprachen. „Müssen wir wirklich so weit gehen?", fragte er schließlich. „Es sind nur Jugendliche. Warum konzentrieren wir uns nicht auf Firmen oder Banken?"

Der Anführer drehte sich langsam um und sah ihn mit kaltem Blick an. „Du bist hier, um zu tun, was dir gesagt wird. Diese ‚Jugendlichen' sind ein einfacher Testlauf. Wenn wir das erfolgreich durchziehen, können wir größere Ziele anpeilen. Also, wenn du Zweifel hast, überleg dir besser, ob du hierbleiben willst."

„Es ist fast 23 Uhr", sagte einer der Täter. „Die meisten Geräte im Camp sind jetzt inaktiv. Ich werde die Antenne in den Stand-by-Modus setzen. Morgen Abend, wenn sie ihre Smartphones wieder benutzen dürfen, greifen wir erneut zu."

„Gut", sagte der Anführer und klopfte dem Programmierer auf die Schulter. „Stell sicher, dass die Daten sicher gespeichert sind. Morgen starten wir Phase zwei: Nachrichten verfälschen, Konten übernehmen und ein paar Testtransaktionen durchführen. Ich will sehen, wie weit wir gehen können, bevor sie Verdacht schöpfen."

Einer der Täter gähnte, während er seinen Monitor abschaltete. „Was machen wir, wenn sie uns auf die Spur kommen?"

Der Anführer lächelte kalt. „Sie werden nichts merken. Und wenn doch – wir sind sowieso schon weg, bevor sie etwas unternehmen können."

Die Täter waren bereit für den nächsten Schritt. Während das Camp in friedlichem Schlaf lag und die Jugendlichen von den Abenteuern des Tages träumten, waren ihre Daten längst in Gefahr. Das harmlose Ferienlager war zu einem Spielfeld für Cyberkriminelle geworden – und die ahnungslosen Jugendlichen standen im Mittelpunkt ihres perfiden Plans.

## VII

Der Gong der Camp-Glocke weckte die Jungs am frühen Morgen, und die Sonnenstrahlen fielen bereits durch die kleinen Fenster ihrer Hütte. Ömer, Dario und Oliver waren sofort wach und leise auf den Beinen. Sie warfen sich kurze, verschwörerische Blicke zu und bewegten sich auf Zehenspitzen durch die Hütte, um Sebastian, Nover und Momo nicht zu wecken. Jeder Moment ohne die drei Quälgeister war ein gewonnener Moment.

„Psst, schnell raus", flüsterte Ömer und schob Oliver sanft in Richtung Tür. Dario nickte und grinste. Gemeinsam schnappten sie ihre Zahnbürsten und schlichen leise zur Waschhütte.

Als die drei den Lagerplatz betraten, wurden sie von einem köstlichen Duft empfangen. Der Geruch von frisch gebratenem Speck, fluffigem Rührei und heißem Kaffee hing in der Luft. Die Fensterläden der Küchenhütte waren weit geöffnet, und Professor Lehrner und Professor Kurz schienen die frühen Morgenstunden genutzt zu haben, um das Lager perfekt herzurichten.

Am Tisch vor den Bänken saßen bereits die Mädchen. Sara, Kimberly und Bibi waren lässig in Shorts und T-Shirts gekleidet und plauderten angeregt. Als die Jungs näher kamen, winkten sie ihnen fröhlich zu. Oliver rief ihnen ein „Guten Morgen!" zu, während Ömer Sara mit einem strahlenden Lächeln begrüßte. Sie erwiderte seine Umarmung herzlich.

„Wie habt ihr geschlafen?", wollte Oliver von Kimberly wissen.

Kimberly streckte sich und gähnte. „Wie tot! Diese Luft hier ist unglaublich. Ich glaube, ich war innerhalb von fünf Minuten weg und habe die halbe Nacht nicht einmal einen Finger gerührt."

Oliver grinste schüchtern. „Dann hat sich die frische Luft ja ausgezahlt." Seine Stimme klang etwas nervös, und Kimberly bemerkte, dass er nicht wusste, wohin mit seinen Händen. Sie legte ihm kurz ihre Hand auf die Schulter, was ihn augenblicklich entspannte.

Professor Lehrner balancierte das Frühstückstablett voller Teller und Besteck zum Essensplatz und begrüßte die Jugendlichen mit einem gut gelaunten „Guten Morgen zusammen!" Ein schelmisches Grinsen huschte über sein Gesicht, als er hinzufügte: „Es wäre allerdings nett, wenn jemand mithelfen würde."

Ohne zu zögern, standen Sara und Ömer auf. „Wir machen das!", rief Sara und zog Ömer gleich mit. Die beiden gingen – dicht nebeneinander – zur Küchenhütte, wo Professor Kurz bereits mit dampfenden Kaffeekannen wartete.

„Bitte seid vorsichtig. Das hier ist heiß", warnte sie und reichte ihnen zwei Tabletts mit Kaffeetassen, Besteck und Tellern. Sara balancierte ihres geschickt, während Ömer sein Tablett vorsichtig nahm, aber etwas unsicher wirkte. Sie warf ihm einen ermutigenden Blick zu und schritt leichtfüßig voran.

Als Ömer das Tablett schließlich sicher abstellte, klopfte Sara ihm grinsend auf die Schulter – oder eher auf den Po. „Gut gemacht!", sagte sie mit einem schelmischen Zwinkern. Ömer lief augenblicklich rot an und stammelte ein schüchternes „Danke" Sein Herz raste, und er fragte sich, ob sie nun offiziell ein Paar waren. Doch für eine Klärung war jetzt nicht der richtige Moment.

Während alle gemütlich frühstückten, fragte Oliver – natürlich mit vollem Mund – Professor Lehrner, was denn heute auf dem Programm stünde.

„Nun", begann Professor Lehrner mit einem Blick auf sein Klemmbrett, „es gibt viele Aktivitäten, und ihr müsst mindestens zwei am Tag ‚buchen'. Für den Vormittag haben wir Waldsoccer und Yoga am See. Am Nachmittag dann Beachvolleyball."

„Soccer!", rief Ömer sofort. Kimberly und Oliver meldeten sich ebenfalls, was nicht überraschte. Aber auch Sebastian, Nover und Momo – die mittlerweile mürrisch zum Frühstück erschienen waren – wählten Waldsoccer.

Sara und Bibi hingegen entschieden sich für Yoga, was Dario ebenfalls mit einem Schulterzucken tat. Das führte zu unterdrücktem Kichern bei den Jungs.

Nach dem Mittagessen erklärte Professor Lehrner weiter, stünde Beachvolleyball am See auf dem Plan. Die Clique – Ömer, Oliver, Kimberly, Sara, Dario und Bibi – meldete sich begeistert dafür an. Sebastian, Nover und Momo hingegen entschieden sich, die Umgebung zu erkunden. Das Kichern verstummte, als Professor Lehrner ihnen eine Aufgabe zuteilte: einen Wald-Natur-Lehrpfad mit Klemmbrettern abzugehen.

Sebastian verschränkte die Arme und protestierte: „Das ist ein Feriencamp, keine Schullandwoche. Ich sehe nicht ein, warum wir lernen sollen."

Professor Lehrner ließ sich davon nicht beeindrucken. „Kennst du den Spruch ,Lebenslanges Lernen'? Es gibt immer etwas Neues zu entdecken." Maulend nahm Sebastian die Aufgabe an.

Bevor die Gruppe zu ihren Aktivitäten aufbrach, nutzte Professor Kurz die Gelegenheit, das Abendprogramm vorzustellen. „Heute Abend, meine Lieben, gibt es einen Bachata-Workshop am See!"

Oliver runzelte die Stirn. „Was ist Bachata?", fragte er skeptisch.

„Bachata ist ein Tanzstil aus der Karibik", erklärte Professor Kurz. „Es ist ein Paartanz mit einfachen Grundschritten, der aber sehr romantisch und leidenschaftlich sein kann."

Zuerst verdrehte Oliver die Augen. Doch als er sich vorstellte, mit Kimberly eng beieinander zu tanzen, änderte sich seine Haltung schlagartig. „Ähm, klingt … interessant", murmelte er. Ömer grinste, denn ihm gefiel die Idee ebenfalls.

Die Mädchen waren begeistert und mussten nicht lange überzeugt werden. „Das wird sicher super!", rief Sara strahlend, während Kimberly nickte. „Ich hoffe, du tanzt gut", flüsterte sie Oliver schelmisch ins Ohr. Der lief rot an, brachte aber ein zaghaftes Lächeln zustande.

Nachdem das Frühstück beendet war, räumten die meisten Jugendlichen ihr Geschirr ab und halfen beim Abwasch. Natürlich nicht alle. Sebastian, Nover und Momo drückten sich wie immer. Ömer und Oliver warfen sich bedeutungsvolle Blicke zu, entschieden aber, die Sache ruhen zu lassen. Professor Lehrner jedoch beobachtete die drei mit missbilligendem Blick, schwieg aber vorerst.

Die Jugendlichen machten sich für die Aktivitäten bereit, und die Gruppe teilte sich auf: Wald-Soccer für die einen, Yoga für die anderen.

Die Lichtung war perfekt für das Spiel: Baumstämme bildeten die improvisierten Tore, der Boden war weich, bedeckt mit Moos und vereinzelten Ästen, die das Dribbeln zu einer echten Herausforderung machten. Ömer, Oliver und Kimberly hatten ihre Mannschaft schnell formiert, während Sebastian, Nover und Momo auf der anderen Seite standen. Professor Lehrner, ausgestattet mit einer Trillerpfeife, übernahm die Rolle des Schiedsrichters. Er stand am Spielfeldrand und ließ seinen Blick über die beiden Teams gleiten.

„Okay, Jungs und Mädels", rief er. „Fairplay ist angesagt! Kein Foulen, kein Meckern. Und denkt daran, wir spielen hier in der Natur – also Respekt vor den Bäumen!"

Sebastian schnaubte abfällig und verschränkte die Arme. „Respekt vor den Bäumen ... als ob das Ömer interessieren würde."

Ömer ignorierte ihn, ballte aber die Fäuste, bereit, sich auf dem Feld zu beweisen. Kimberly grinste und zwinkerte Oliver zu. „Lass sie kommen", sagte sie. „Wir rocken das."

Professor Lehrner pfiff laut, und das Spiel begann.

Auf der sonnigen Wiese am See hatte Professor Kurz ihre Yogamatte ausgerollt. Sie stand in einer entspannten Haltung und erklärte gerade den "herabschauenden Hund". Sara und Bibi folgten konzentriert den Anweisungen, während Dario sich bemühte, nicht wie ein plattgedrückter Frosch auszusehen.

„Die Hüften höher, Dario!", rief Professor Kurz. „Stell dir vor, du bist ein dreieckiges Zelt."

Dario verzog das Gesicht. „Ich fühle mich eher wie ein kaputtes Zelt", murmelte er, während Sara leise lachte und ihm einen aufmunternden Blick zuwarf.

Der Ball rollte, und das Spiel das Spiel wurde zunehmend intensiver. Ömer umkurvte Nover mit einem schnellen Schritt, die lockeren Steine unter seinen Füßen knirschten. „Kimmy, ich komme!", rief er und passte den Ball perfekt zu Kimberly, die blitzschnell reagierte und den Ball Richtung Tor dribbelte.

Sebastian stellte sich ihr in den Weg, doch Kimberly zog einen ihrer berühmten Tricks: Sie täuschte nach rechts, zog nach links und schoss – nur knapp am Tor vorbei.

„Ha, daneben!", spottete Sebastian.

„Noch lachst du, Sebastian", konterte Kimberly grinsend. „Aber warte ab."

Sebastian versuchte, den Ball wieder unter Kontrolle zu bringen, doch Oliver kam von der Seite angerauscht und schnappte ihm den Ball weg. „Sorry, Sebastian, war wohl deiner", rief Oliver spöttisch.

„Jetzt der Krieger", erklärte Professor Kurz und nahm eine stolze Haltung ein. Sara machte die Pose fast perfekt nach, während Bibi das Gleichgewicht auf einem Bein verlor und umfiel. „Uff!", rief sie, als sie im Gras landete. „Das ist härter als gedacht."

Dario versuchte sich ebenfalls am Krieger, doch seine Arme zitterten, und er kippte nach hinten, bevor er sich mit einem peinlichen Satz wieder aufrichtete. „Ich glaube, ich bleibe beim Fußball", stöhnte er, was Sara und Bibi zum Lachen brachte.

Die Anspannung wuchs. Ömer hatte gerade den Ball zurückerobert und kämpfte sich durch die Verteidigung von Nover und Momo, als Sebastian ihn frontal angriff. Beide prallten aneinander, und Sebastian verlor das Gleichgewicht. Er stolperte rückwärts in eine kleine Bodensenke und landete unsanft im Moos.

„Foul!", brüllte Sebastian, während er sich den Rücken rieb.

„Das war kein Foul", sagte Ömer ruhig, obwohl seine Augen vor Anspannung funkelten. „Du bist einfach nur gestolpert."

„Ja, klar!", fauchte Sebastian und stand auf, während Professor Lehrner die Pfeife in den Mund nahm und das Spiel weiterlaufen ließ.

Kimberly nutzte den Moment und schnappte sich den Ball, während Sebastian sich noch den Dreck von den Händen klopfte. Sie stürmte auf das Tor zu, machte einen geschickten Schlenker um Momo und schoss. Der Ball landete mit einem satten Plopp zwischen den improvisierten Baumstamm-Torpfosten.

„Yes!", rief Kimberly, während Ömer und Oliver jubelnd auf sie zuliefen.

Währenddessen hatten die Yoga-Teilnehmer eine neue Pose erreicht: die „Kobra". Professor Kurz lag elegant auf ihrer Matte, während sie den Oberkörper geschmeidig nach oben hob. Sara und Bibi schafften es mit Leichtigkeit, aber Dario ... nicht so sehr.

„Ich glaube, meine Wirbelsäule protestiert", jammerte er und legte sich flach aufs Gras. „Wie zur Hölle soll das entspannend sein?"

Sara grinste. „Vielleicht, wenn du es richtig machen würdest?"

Bibi nickte lachend. „Oder wenigstens nicht dabei stöhnen wie ein sterbender Wal?"

Das Spiel ging in die letzte Runde, und beide Teams gaben alles. Ömer schoss den Ball geschickt zu Oliver, der ihn direkt an Kimberly weitergab. Doch Nover versuchte, das Spiel zu blockieren, und trat nach dem Ball – nur um ihn ins eigene Tor zu lenken.

Sebastian war außer sich. „Was machst du da, du Trottel?!", brüllte er.

„War ein Unfall!", verteidigte sich Nover, aber es war zu spät. Das Spiel war vorbei, und Professor Lehrner pfiff laut, während er das Endergebnis bekannt gab: „Drei zu eins! Sieg für Ömer, Oliver und Kimberly!"

„Jawohl!", jubelte Ömer und hob die Faust in die Luft. Oliver und Kimberly klatschten sich ab, während Sebastian, rot vor Wut, mit funkelnden Augen auf Ömer zustürmte.

Professor Kurz kam mit den Yoga-Schülern zum Spielfeld zurück und klatschte anerkennend. „Das sah ja nach einem spannenden Spiel aus", sagte sie lächelnd.

„War es auch", sagte Kimberly zufrieden, während sie sich eine Haarsträhne aus dem Gesicht strich.

Sebastian knurrte nur und stapfte davon, während Nover und Momo ihm nachgingen. Ömer zuckte mit den Schultern. „Man kann halt nicht immer gewinnen", sagte er gelassen.

Sara kam zu ihm und klopfte ihm auf die Schulter. „Für mich bist du immer ein Gewinner", sagte sie mit einem Lächeln, das Ömer rot anlaufen ließ.

„Okay, genug Fußball für heute", sagte Professor Lehrner und zog die Pfeife vom Hals. „Lasst uns zum Mittagessen gehen – ich hoffe, ihr habt noch Energie für den Beachvolleyball nachher!"

Das Camp summte vor Aktivität, als die Jugendlichen gemeinsam das Mittagessen zubereiteten. Die Küche war erfüllt vom Duft von Kräutern und dem sämigen, herzhaften Aroma der veganen Lasagne. Ömer und Oliver schnitten Tomaten und Paprika, während Sara mit Bibi die Béchamelsauce zubereitete. Kimberly, die wie immer alles unter Kontrolle hatte, überwachte die Pasta und rief Anweisungen in die Runde.

„Oliver, die Tomaten müssen kleiner geschnitten werden", sagte sie mit strenger, aber freundlicher Stimme.

„Ich schneide, wie ich will", murrte Oliver und schnitt mit absichtlich übertrieben großen Bewegungen weiter. Die anderen lachten, und Kimberly rollte nur die Augen.

Nach einem gelungenen Mittagessen, das von allen gelobt wurde, halfen alle beim Abwasch – mit einer Ausnahme. Sebastian, Momo und Nover hatten sich wieder einmal geschickt gedrückt und in die Hütte zurückgezogen. Professor

Lehrner warf einen missbilligenden Blick in deren Richtung, sagte aber nichts.

Die Mittagshitze ließ das Camp in einen ruhigen Zustand gleiten. Ömer hatte sich eine Decke geschnappt und es sich im Schatten einer hohen Kiefer bequem gemacht. Sara lag mit ihrem Kopf auf seinem Bauch und spielte abwesend mit einer Haarsträhne. Seine Finger glitten durch ihr Haar, und er konnte nicht glücklicher sein. *Ist das jetzt Liebe?* fragte er sich. Er wollte sie fragen, ob sie zusammen waren, aber er wollte den Moment nicht ruinieren. *Vielleicht morgen.*

Sara genoss die Nähe. Es fühlte sich so natürlich an, bei Ömer zu sein, doch sie fragte sich, wie er wirklich fühlte. *Warum sagt er nichts?* Natürlich gab es Hinweise – seine Nervosität, die Art, wie er sie ansah. Aber reichte das? Sie beschloss, das Warten zu beenden. *Morgen werde ich mit ihm reden.*

Kimberly lag auf dem Bauch, ein Buch vor sich, und versank in den Worten. Gelegentlich warf sie einen Blick zu Oliver, der auf seiner Konsole spielte. *Warum ist er nur so schüchtern?* dachte sie. Oliver bemerkte ihren Blick, lächelte scheu und wandte sich schnell wieder seinem Spiel zu.

Ein paar Meter entfernt saßen Bibi und Dario mit einem Schachbrett. Bibi, die die Grundregeln kannte, lernte schnell, und Dario hatte sichtlich Spaß daran, ihr das Spiel näherzubringen.

„Wenn du meinen Läufer schlägst, setze ich deinen König in zwei Zügen matt", warnte er.

„Du bluffst", sagte Bibi entschlossen und schlug trotzdem den Läufer. Zwei Züge später sah sie sich mit einem grinsenden Dario konfrontiert.

Pünktlich um 14:00 war die Ruhe vorbei. Professor Lehrner stand auf dem Lagerplatz und rief die Jugendlichen zusammen. „Sebastian, Momo und Nover – Zeit für den Wald-Natur-Lehrpfad. Die Aufgaben warten." Er reichte ihnen die Klemmbretter, was Sebastian mit einem genervten Blick quittierte.

„Das ist ein Feriencamp, keine Schule", murrte er, doch er nahm das Klemmbrett widerwillig entgegen.

„Lebenslanges Lernen", sagte Professor Lehrner trocken und schickte die drei los.

Die anderen Jugendlichen machten sich voller Vorfreude auf den Weg zum Beachvolleyballfeld am See.

Der Pfad führte durch den dichten Wald, die Bäume warfen lange Schatten, die den Weg angenehm kühl hielten. Nover und Momo rannten, wie übermütige Welpen, vor und zurück, während Sebastian langsamer ging, um die Fragen auf dem Klemmbrett zu beantworten.

„Wie viele Jahre braucht eine Buche, um eine Höhe von 30 Metern zu erreichen?", las er laut vor.

„Wen interessiert das?", murmelte er und schrieb wahllos „50 Jahre" hin.

Plötzlich trat ein Mann hinter einem Baum hervor. Er trug einen grauen Anzug, ein weißes Hemd und eine grau-schwarz karierte Krawatte – vollkommen unpassend für diese Umgebung.

„Heh, du", zischte er. „Du bist doch aus dem Camp, oder?"

Sebastian hielt inne, seine Unsicherheit war ihm anzusehen. „Ja, was wollen Sie?"

„Willst du dir einen Hunderter verdienen?" Der Mann hielt einen grünen Schein in die Luft.

Sebastians Interesse war geweckt. „Was muss ich tun?"

Der Mann zog ein Handy hervor und zeigte Fotos von Sara, Ömer, Kimberly, Bibi, Oliver und Dario. „Was kannst du mir über die hier sagen?"

Sebastian grinste. „Die Idioten? Ömer steht total auf Sara. Kimberly und Oliver hängen immer zusammen. Sara, Bibi und Dario sind in der gleichen Klasse. Warum wollen Sie das wissen?"

„Ein bisschen Unfrieden stiften", sagte der Mann. „Mehr musst du nicht wissen."

Sebastian schnaubte amüsiert. „Dafür hätte ich nicht mal bezahlt werden müssen." Doch der Mann im grauen Anzug zog einen Hunderter aus der Tasche, drückte ihn ihm in die Hand und zischte kalt: „Halt den Mund. Wenn du etwas verrätst, bist du erledigt!"

Kurz darauf tauchten Nover und Momo wieder auf. „Was machst du da?", fragte Nover.

„Nichts", sagte Sebastian und schob den Schein unauffällig in seine Hosentasche.

Am Beachvolleyballfeld hatten sich die Jugendlichen in drei Teams aufgeteilt: Ömer und Sara, Kimberly und Oliver sowie Bibi und Dario. Das erste Match war zwischen Ömer und Sara gegen Bibi und Dario. Ömer war in seinem Element, sprang hoch und blockte die Schläge, während Sara geschickt den Ball annahm und platziert zurückspielte.

„Dein Schlag war zu schwach", neckte Ömer Sara. Sie zog eine Augenbraue hoch und schlug den nächsten Ball so stark zurück, dass Ömer ihn gerade noch abwehren konnte.

Das zweite Match war ein Kopf-an-Kopf-Rennen zwischen Kimberly und Oliver gegen Bibi und Dario. Kimberly zeigte überraschendes Talent, während Oliver Schwierigkeiten hatte, mit ihrem Tempo mitzuhalten.

„Komm schon, Olli!", rief Kimberly. „Du kannst das!"

Das dritte Spiel war ein intensiver Schlagabtausch zwischen Ömer und Sara gegen Kimberly und Oliver. Der Ball flog über das Netz hin und her, während die Teams um jeden Punkt kämpften. Schließlich gewannen Ömer und Sara knapp mit 15:13.

Das Wasser des Sees war kühl und klar, ein perfekter Kontrast zur warmen Sommersonne. Lachend sprangen die Jugendlichen nacheinander ins Wasser, wobei die spritzenden Tropfen in der Sonne funkelten wie kleine Diamanten. Ömer war als einer der Ersten im Wasser, dicht gefolgt von Sara. Während die anderen schon ein Stück hinausgeschwommen waren, ließ Sara sich plötzlich zu einem spielerischen Angriff hinreißen: Sie tauchte Ömer von hinten unter.

Prustend tauchte er wieder auf und wischte sich das Wasser aus den Augen. „Ach, so ist das also?", rief er grinsend. „Du willst Krieg?" Ohne eine Antwort abzuwarten, begann er, sie mit Wasser zu bespritzen. Sara quietschte und wich lachend zurück, bevor sie ihn erneut mit Wasser überschüttete. Ihre Stimmen und das fröhliche Lachen hallten über den See.

Die anderen, die das Treiben beobachteten, schmunzelten und zogen sich diskret zurück. Kimberly, Oliver, Dario und Bibi schwammen weiter hinaus, ließen Ömer und Sara ungestört. Die beiden bemerkten es kaum, zu sehr waren sie in ihr eigenes Spiel vertieft.

Ömer paddelte langsam zurück in Richtung Sara. Als sie ihn mit ihren braunen Augen ansah, hatte er für einen Moment das Gefühl, alles um sich herum zu vergessen. Die Welt schien stillzustehen. Ihr Haar, das nass an ihren Schultern klebte, glänzte in der Sonne. Ihr Lächeln war so strahlend, dass es ihm fast den Atem raubte.

Er versuchte, die Spannung aufzulockern und sagte spaßeshalber: „Ich brauche Mund-zu-Mund-Beatmung." Seine Worte klangen heiter, aber in seinem Inneren raste sein Herz. Was, wenn sie ihn nicht ernst nahm?

Doch Sara zögerte keine Sekunde. Ein schalkhaftes Lächeln umspielte ihre Lippen, während sie langsam zu ihm hinschwamm. Als sie direkt vor ihm stand, blickte sie ihm in die Augen, so tief, dass er das Gefühl hatte, sie könnte seine Gedanken lesen. Dann legte sie sanft ihre Hände auf seine Schultern, zog sich ein Stück näher zu ihm – und küsste ihn. Ihr Kuss war warm, weich und gleichzeitig voller

Leidenschaft. Es war kein flüchtiger Moment, sondern einer, der alles andere um sie herum ausblendete.

Als sie sich nach einem Augenblick wieder von ihm löste, lächelte sie verschmitzt. „Da hast du deine Beatmung", sagte sie leise, mit einem Hauch von Verspieltheit in der Stimme.

Ömer war sprachlos. Sein Herz klopfte so laut, dass er sicher war, sie konnte es hören. Ein breites Grinsen breitete sich auf seinem Gesicht aus, und ohne ein weiteres Wort schwammen sie nebeneinander, fast wie selbstverständlich, zu den anderen.

Sara fühlte sich, als würde sie schweben. Der Kuss hatte etwas in ihr ausgelöst, dass sie nicht beschreiben konnte. Es war mehr als nur ein romantischer Moment – es fühlte sich an, als hätten sie eine unausgesprochene Verbindung, die Worte nicht erklären konnten. Sie spürte, wie Ömers Hand unter Wasser vorsichtig nach ihrer griff. Sie ließ es zu, und so schwammen sie, Hand in Hand, zu den anderen zurück, ohne ein weiteres Wort zu wechseln. Worte schienen in diesem Moment einfach nicht nötig.

Als die Jugendlichen zurück ins Camp gingen, sahen sie Nover, Momo und Sebastian, die ebenfalls gerade zurückkamen. Sebastian wirkte ungewöhnlich zufrieden, doch niemand schenkte ihm Beachtung. Stattdessen freuten sich alle auf den Bachata-Workshop am Abend.

# VIII

Das Abendessen war schnell vorbei – frisches Brot, Käse und Wurst sättigten die Jugendlichen zwar, aber der eigentliche Höhepunkt des Abends stand noch bevor. Mit Spannung erwarteten alle den Bachata-Workshop, zu dem Frau Professor Kurz direkt im Anschluss einlud.

Die Stimmung war voller Vorfreude, als sie sich auf den Weg zur Uferpromenade des Sees machten. Professor Lehrner hatte die Lichtstimmung perfekt vorbereitet: Über den Bäumen hingen Lichterketten, die ein warmes, einladendes Leuchten verbreiteten, und am Rande der Promenade standen leuchtende Fackeln, die ein wenig karibisches Flair zauberten. Eine kleine Musikanlage spielte bereits rhythmische Klänge aus der Dominikanischen Republik – das typische Bachata-Gitarrenriff erfüllte die laue Sommerluft.

Am Rande standen vorbereitete Tabletts mit alkoholfreien Mojitos, die Professor Lehrner den Jugendlichen mit einem Zwinkern anbot. „Damit ihr in die richtige Stimmung kommt", sagte er lächelnd, während er jedem ein Glas reichte. Die Jugendlichen nahmen die Getränke dankbar an und nippten neugierig. Ömer konnte die Säure der Limette und die Süße des Zuckers schmecken, und er fühlte sich, als wäre er plötzlich an einem exotischen Strand.

Sara, neben ihm, sah begeistert aus. „Wow, das ist echt schön hier. Ich hätte nie gedacht, dass die Lehrer sich so viel Mühe machen", sagte sie leise und nippte ebenfalls an ihrem Mojito.

Ömer war so fasziniert von ihrem Lächeln, dass er für einen Moment vergaß, zu antworten.

Frau Professor Kurz klatschte in die Hände, um die Gruppe zu sammeln. „Okay, alle mal herhören! Ich zeige euch jetzt die Grundschritte von Bachata. Keine Sorge, das ist ganz leicht, und wir haben genug Zeit, um zu üben."

Sie stellte sich an die Spitze der Gruppe und erklärte zunächst den Schritt für die Damen. Sara, Kimberly, Bibi und die anderen Mädchen folgten aufmerksam, während sie die ersten Bewegungen nachmachten. Die Mädchen lachten, wenn ihre Bewegungen nicht perfekt saßen, aber schnell bekam jede ein Gefühl für den Rhythmus. Dann waren die Jungs an der Reihe. Ömer, Oliver und Dario standen in einer Reihe und versuchten, die Schritte nachzumachen.

Oliver flüsterte leise zu Dario: „Ich schwöre, meine Beine bewegen sich nicht so, wie sie sollen." Dario schnaubte leise vor Lachen und versuchte selbst, die Schritte hinzubekommen. Ömer hingegen war völlig konzentriert. Er wollte auf keinen Fall als ungeschickt dastehen, besonders nicht vor Sara.

„Vergesst nicht den Hüftschwung!", rief Frau Professor Kurz. „Und bei den Jungs: Ihr führt! Also macht euch locker, sonst wird das nichts."

Locker, dachte Ömer. Leichter gesagt als getan, wenn Sara ihm zusah. Er merkte, wie seine Hände schwitzten, und wischte sie heimlich an seiner Hose ab, bevor er weitermachte. Oliver tat es ihm gleich, obwohl er versuchte, das Ganze mit einem kleinen Witz zu überspielen: „Hey, wenigstens tanze ich und sitze nicht auf der Ersatzbank." Kimberly grinste und schüttelte den Kopf. „Ja, aber bitte tritt mich nicht gleich mit deinem linken Fuß um."

Nachdem die Grundschritte einigermaßen saßen, kam der spannende Teil. Frau Professor Kurz rief lächelnd: „Jetzt wählt sich jeder Junge eine Tanzpartnerin! Und denkt daran: Wir wechseln die Partner regelmäßig, also macht euch keine Gedanken, mit wem ihr zuerst tanzt."

Es dauerte keine Sekunde, bis Ömer mit klopfendem Herzen auf Sara zuging. Sie erwiderte sein Lächeln, ihre Augen funkelten in der Dämmerung, und sie stellte sich ihm gegenüber auf.

Oliver zögerte etwas länger, aber schließlich ging er zu Kimberly. „Willst du? Also, mit mir tanzen? Ich meine, ich bin nicht gut, aber ..." Kimberly lachte. „Natürlich, Oli. Wir schaffen das schon."

Bibi und Dario bildeten, wie selbstverständlich, ein Paar, was beiden ein scheues Lächeln aufs Gesicht zauberte. Doch während die ersten Paare sich in Position brachten, standen Sebastian, Nover und Momo unschlüssig herum. Schließlich forderten sie drei Mädchen aus der Parallelklasse auf, die ihnen zögernd zustimmten.

Sara lachte leise, als sie die ersten unsicheren Schritte von Nover und Momo sah. „Irgendwie sieht das aus wie ein Roboter mit kaputten Gelenken", flüsterte sie Ömer zu. Er grinste und versuchte, sich nicht von ihrem leisen Lachen ablenken zu lassen.

Die Musik wurde etwas lauter gedreht, und Frau Professor Kurz gab ein Zeichen: „Okay, los geht's! Achtet auf den Takt und entspannt euch. Das hier soll Spaß machen!"

Ömer nahm Saras Hände in seine. Er spürte, wie warm ihre Haut war, und sein Herzschlag beschleunigte sich. „Ich hoffe, ich trete dir nicht auf die Füße", murmelte er schüchtern. Sara grinste. „Solange du mich nicht aus Versehen in den See schubst, ist alles gut."

Während sie die Schritte übten, bewegten sie sich langsam zur Musik. Ömer versuchte, den Rhythmus zu halten, doch die Nähe zu Sara ließ ihn manchmal aus dem Takt kommen. „Ganz ruhig", sagte sie leise und lächelte ihn aufmunternd an. „Wir haben Zeit."

Kimberly und Oliver tanzten direkt daneben. Oliver war sichtlich nervös und konnte seinen Blick kaum von Kimberlys Gesicht abwenden. „Du musst mich führen", sagte sie sanft und rückte ein Stück näher. Olivers Hände zitterten leicht, und er wischte sie unauffällig an seiner Hose ab. „Sorry, ich bin … ein bisschen aufgeregt", gab er zu. Kimberly lächelte. „Das merkt man kaum", flüsterte sie und ließ ihn weitermachen.

Nach ein paar Minuten rief Frau Professor Kurz: „Und jetzt wechseln wir die Partner!" Die Mädchen und Jungen tauschten die Plätze, und plötzlich fand sich Sara bei Nover, Kimberly bei Momo und Bibi bei Sebastian wieder.

Sara spürte sofort, wie Nover steif und ungeschickt war. Er hielt ihre Hände zu fest und bewegte sich ruckartig. „Äh, du musst lockerer sein", versuchte sie höflich zu sagen, doch Nover grinste nur breit. „Klar, ich bin der geborene Tänzer."

Kimberly hatte es bei Momo nicht besser. Er war so unkoordiniert, dass sie ihm ständig ausweichen musste, um nicht auf ihre Zehen getreten zu werden. „Schritt nach rechts, nicht nach vorne", sagte sie ruhig, aber innerlich hoffte sie, dass der Wechsel bald vorbei war.

Sebastian, der mit Bibi tanzte, wirkte sichtlich genervt. Er machte kaum Anstalten, den Takt zu halten, und murmelte: „Das ist doch Quatsch. Warum machen wir das überhaupt?" Bibi versuchte, freundlich zu bleiben, aber sie war erleichtert, als Professor Kurz schließlich erneut zum Wechsel aufrief.

Als die Paare wieder in ihren ursprünglichen Formationen tanzten, kehrte die Leichtigkeit zurück. Ömer fühlte sich, als würde er schweben, während er Sara durch die Schritte führte. Sie lächelte ihn an, und in diesem Moment war alles andere vergessen. Auch Oliver und Kimberly fanden langsam ihren Rhythmus, und Oliver wurde etwas mutiger, indem er sie sanft näher zu sich zog. Kimberly bemerkte es, lächelte und ließ es zu.

Als die Musik schließlich ausklang, applaudierten die Jugendlichen begeistert. „Das war wirklich großartig", sagte Sara leise, während sie noch immer Ömers Hand hielt. „Ja, das war es", erwiderte er und merkte, dass er die ganze Zeit ihr Lächeln bewundert hatte.

Es war ein Abend, den sie alle so schnell nicht vergessen würden. Die Lichterketten am See flackerten sanft im Wind, und die letzten Klänge der Bachata-Musik hallten noch in ihren Köpfen nach, als Professor Lehrner um 21:30 Uhr die Gruppe mahnend daran erinnerte, dass die Nachtruhe naht.

„Ab in die Hütten, ihr Tanzwütigen! Und vergesst nicht, die Zähne zu putzen", rief er mit einem Lächeln, während er die Jugendlichen zurück zum Camp dirigierte.

Der schmale Weg zum Lagerplatz war von silbernem Mondlicht erhellt. Die Nacht war klar, und der Vollmond hing wie ein großer Scheinwerfer über den Baumwipfeln, begleitet von einem leisen Zirpen der Grillen. Die Jugendlichen liefen in kleinen Gruppen, noch immer angeregt über die Bachata-Erfahrung plaudernd, den Pfad hinauf.

Als sie schließlich das Camp erreichten, blieben Sara und Ömer vor der Mädchen-Hütte stehen. Die anderen verschwanden nach und nach in ihren Hütten, und für einen kurzen Moment waren sie ganz allein.

Sara blieb stehen und drehte sich zu Ömer um. Der Mond warf sein Licht auf ihr Gesicht, und ihre braunen Augen leuchteten in der Nacht wie kleine Sterne. Ömer atmete tief durch, sein Herz schlug schneller, und er konnte nicht widerstehen. Vorsichtig trat er einen Schritt näher, nahm ihre Hand und sah ihr tief in die Augen.

„Sara", sagte er leise, „ich ... ich wollte dir nur sagen, dass du heute wunderschön aussahst. Nicht nur heute Abend. Immer."

Sara lächelte verlegen, ihr Herz pochte wild. „Danke, Ömer. Und ich finde, du hast heute richtig gut getanzt. Für einen Fußballer", neckte sie sanft, doch in ihrer Stimme lag nichts als Zuneigung.

„Oh, du hast mich also beobachtet?", fragte Ömer, der vor Nervosität fast rot anlief, obwohl das Mondlicht es verbarg.

Sara nickte, und ohne weiter zu überlegen, lehnte sie sich leicht nach vorne. Auch Ömer spürte, dass es der richtige Moment war. Langsam, fast wie in Zeitlupe, näherten sich ihre Gesichter, und dann geschah es: Ihre Lippen trafen sich in einem sanften, intensiven Kuss.

Es war, als ob die Zeit stillstand. Der Rest der Welt verschwand, und alles, was zählte, war dieser eine Moment. Das silberne Licht des Mondes umgab sie, als würde die Natur selbst ihre Zuneigung segnen. Es war kein gewöhnlicher Kuss – es war voller Emotion, voller Zärtlichkeit, und für beide fühlte es sich so besonders an, als würden sie gemeinsam in einer anderen Dimension schweben.

Als sie sich langsam voneinander lösten, blieb Ömer noch kurz nah bei ihr, hielt ihre Hände fest in seinen. „Das war … unglaublich", flüsterte er. Sara nickte nur und strahlte ihn an. Sie fühlte sich, als würde ihr Herz eine eigene kleine Bachata tanzen, wild und unkontrolliert, aber wunderschön.

„Gute Nacht, Ömer", sagte sie schließlich leise, bevor sie in die Hütte schlüpfte. Ömer stand noch einen Moment da, die Erinnerung an den Kuss noch ganz präsent, bevor er sich schließlich umdrehte und in seine eigene Hütte ging.

Drinnen wartete Oliver schon auf ihn. Er saß auf seinem Bett und hielt eine Taschenlampe in der Hand, um die anderen Jungs nicht zu wecken. „Wo warst du so lange?", flüsterte er neugierig, die Lampe auf Ömers Gesicht gerichtet.

Ömer grinste breit, setzte sich auf sein Bett und schob die Taschenlampe sanft weg. „Du wirst es nicht glauben", begann er leise, „aber ich habe Sara geküsst."

Oliver klappte der Mund auf. „Was?! Echt jetzt? Erzähle alles!", flüsterte er aufgeregt und rückte näher.

Ömer ließ sich auf sein Bett sinken, die Hände hinter dem Kopf verschränkt, und lächelte. „Es war perfekt, Olli. Der Mond, die Stille … und sie hat mich angelächelt, als ob sie auf mich gewartet hätte. Und dann haben wir uns einfach geküsst. Es war wie … wie in einem Märchen."

Oliver pfiff leise durch die Zähne. „Mann, Ömer, du hast echt Glück. Sara ist echt toll. Aber hey, was heißt das jetzt? Seid ihr zusammen?"

Ömer seufzte und schaute zur Decke. „Ich weiß es nicht genau. Aber ich werde sie morgen fragen. Heute wollte ich den Moment nicht kaputtmachen. Es war einfach … zu schön."

Oliver nickte verstehend. „Guter Plan, Bro. Aber pass auf, dass Sebastian das nicht mitbekommt. Der Typ ist jetzt schon eifersüchtig auf dich, und das würde ihm den Rest geben."

Ömer nickte und rollte sich in seine Decke ein. „Danke, Oli. Gute Nacht."

„Gute Nacht, Romantikheld", antwortete Oliver grinsend und legte sich ebenfalls hin.

Währenddessen saß Sara mit Bibi und Kimberly auf ihrem Bett. Beide Freundinnen bemerkten sofort, dass etwas passiert war – Saras Augen funkelten, und sie konnte ihr Lächeln kaum unterdrücken.

„Okay, raus mit der Sprache", sagte Kimberly grinsend und legte das Buch beiseite, das sie zu lesen versucht hatte. „Was ist passiert?"

Sara strich sich eine Haarsträhne aus dem Gesicht und lächelte schüchtern. „Wir … wir haben uns geküsst", flüsterte sie, und ihre Stimme klang wie eine Mischung aus Freude und Ungläubigkeit.

Bibi quiekte leise vor Aufregung. „Oh mein Gott, wirklich? Und wie war es?"

Sara schloss kurz die Augen und ließ den Moment noch einmal Revue passieren. „Es war … magisch. Der Mond hat uns beleuchtet, und es war, als ob die Welt aufgehört hätte, sich zu drehen. Ich fühle mich, als ob die Schmetterlinge in meinem Bauch gerade Bachata tanzen würden."

Kimberly lächelte. „Wow, das klingt wirklich schön, Sara. Glaubst du, er empfindet dasselbe für dich?"

Sara nickte langsam. „Ich glaube schon. Er war so sanft, so… echt. Aber morgen will ich ihn fragen. Ich will endlich wissen, woran ich bin."

Bibi legte ihr die Hand auf die Schulter. „Das wird schon, Sara. Ihr seid echt süß zusammen."

Die Mädchen kicherten noch ein wenig, bevor sie schließlich ins Bett krochen. Doch Sara konnte noch lange nicht einschlafen. Sie dachte an Ömers Lippen, an seinen Blick, und daran, wie sicher sie sich in seiner Nähe fühlte. Es war, als ob ihr Herz ein eigenes kleines Märchen schrieb.

Draußen war es vollkommen still, nur das leise Rauschen der Blätter und das Zirpen der Grillen erfüllte die Luft. Der Mond stand hoch am Himmel, und über dem Camp lag eine fast magische Ruhe. Doch irgendwo, tief in den Schatten des Waldes, regte sich etwas – etwas, das die Idylle bald stören würde. Doch für diese Nacht war alles friedlich, und die Jugendlichen konnten von Sternen, Tanzschritten und einem Hauch von Liebe träumen.

# IX

Phase Zwei: In der unscheinbaren Hütte, versteckt im dichten Grün des Waldes, herrschte konzentrierte Betriebsamkeit. Der Raum, erleuchtet von den kalten Bildschirmen der Monitore, vibrierte vor Aktivität. Das monotone Summen der Server mischte sich mit den Tastaturanschlägen, während die Cyberkriminellen ihrer perfiden Arbeit nachgingen. Sie waren nicht nur Hacker, sondern Virtuosen des Chaos, die ihre Fähigkeiten nutzten, um Menschen zu manipulieren und Daten zu stehlen.

Der Anführer, ein Mann im perfekt sitzenden grauen Anzug, schritt langsam durch den Raum. Seine Hände ruhten lässig auf dem Rücken, während sein scharfer Blick über die Bildschirme glitt, auf denen unzählige Datenströme vorbeirasten. Er war der Dirigent dieses Orchesters aus Täuschung und Betrug. Plötzlich hielt er vor einem der

Programmierer an – einem blassen, jungen Mann mit fettigem Haar und Brille, der mit Kopfhörern vor einem überladenen Schreibtisch saß. Der Programmierer blickte auf, als er die Präsenz des Anführers bemerkte.

„Ich brauche deine Aufmerksamkeit", sagte der Mann im grauen Anzug kühl, wobei seine Stimme sowohl Präzision als auch Ungeduld ausstrahlte. „Ich will, dass du von einem Handy zu einem anderen eine Nachricht schickst."

Der Programmierer hob eine Augenbraue und zog die Kopfhörer ab. „Kein Problem", antwortete er und zuckte mit den Schultern. „Von wem und an wen?"

Der Anführer schloss kurz die Augen, atmete tief durch und zückte sein Handy. Sichtlich genervt hielt er es dem Programmierer unter die Nase. „Von dem Jungen mit den blauen Haaren. Wie heißt er noch gleich? Ah, Oliver. Und an das Mädchen mit den langen, dunklen Haaren – Sara. Sie sind zusammen in diesem Feriencamp." Er hielt inne, ein kaltes Lächeln umspielte seine Lippen. „Unsere Kameras haben heute Abend gezeigt, dass dieser Typ, den sie Ömer nennen, sie geküsst hat. Er ist in sie verliebt. Das sollten wir ausnutzen. Nichts stiftet mehr Unfrieden als Eifersucht."

Der Programmierer nickte, während er auf seinen Monitor blickte, auf dem der Zugriff auf die Smartphones der Jugendlichen angezeigt wurde. „Klar. Was soll ich schreiben?"

„Schreib ihr Folgendes", sagte der Anführer, seine Stimme nun voller Sadismus:

*„Hallo Sara, hast du eigentlich gewusst, dass Kimberly und Ömer gewettet haben, dass er dich noch im Feriencamp rumkriegt?*

*Vielen Dank, ich habe €200 gewonnen, denn ich habe auf Ömer gewettet."*

Der Programmierer grinste leicht, während er bereits die Kontrolle über Ollis Handy übernahm. „Ein Moment. Ich übernehme die Herrschaft über sein Smartphone. Gleich ist die Nachricht unterwegs."

Während er die Nachricht eingab, flimmerten auf den anderen Bildschirmen die Ergebnisse ihrer eigentlichen Arbeit – betrügerische Banktransaktionen, gehackte Accounts und gestohlene Daten. Einer der Cyberkriminellen am anderen Ende des Raums nahm gerade ein Telefongespräch mit einem neuen Opfer an.

„Guten Tag, hier spricht Max von Ihrem technischen Support", sagte der Mann mit aufgesetzter Freundlichkeit, während er eine ältere Frau am Telefon täuschte. „Wir haben ungewöhnliche Aktivitäten auf Ihrem Konto bemerkt. Könnten Sie bitte Ihre Zugangsdaten bestätigen, damit wir das Problem beheben können?" Auf einem der Bildschirme tauchten bereits die ersten eingegebenen Daten der Frau auf.

„Perfekt", flüsterte der Hacker am Telefon, während er mit seinem Kollegen ein Zeichen austauschte. Mit wenigen Klicks wurden die Informationen in ein Betrugsschema eingespeist, das die Frau in wenigen Minuten um mehrere Hundert Euro erleichtern würde.

„Und jetzt schick ich die Nachricht ab", sagte der Programmierer beiläufig, fast schon gelangweilt, während er Saras und Ollis Geräte im Blick hatte. Mit einem letzten Klick war die Nachricht auf dem Weg.

In der Dunkelheit der Mädchen-Hütte, wo sich Sara, Kimberly und Bibi bereits für die Nacht fertig gemacht hatten, blitzte plötzlich Saras Handy auf. Es lag auf ihrem Nachttisch und vibrierte leise, doch sie war zu müde, um es zu bemerken. Ebenso in der Jungs-Hütte: Ollis Smartphone zeigte kurz das ‚Senden'-Symbol an, bevor es wieder still wurde. Auch dort schenkte niemand dem leisen Summen Aufmerksamkeit.

Der Programmierer drehte sich zufrieden zum Anführer. „Die Nachricht ist raus. Mal sehen, wie lange es dauert, bis sie sich gegenseitig an die Gurgel gehen."

Der Mann im grauen Anzug nickte zufrieden. „Gut. Aber das ist nur ein kleiner Spaß für zwischendurch. Wir haben größere Ziele." Er deutete auf die Monitore, auf denen Live-Aufnahmen des Camps zu sehen waren. „Die Jugendlichen haben keine Ahnung, was wir mit ihren Geräten machen. Sie sind so leichtsinnig – perfekte Zielscheiben für uns. Die echten Daten, die wir brauchen, sind bereits in unseren Händen."

Ein weiterer Mitarbeiter rief von einem anderen Ende des Raums: „Chef, wir haben wieder eine erfolgreiche Überweisung durch! Der Kerl hat gerade 5.000 Euro auf unser Konto geschickt."

„Exzellent", sagte der Anführer und rieb sich die Hände. „Weiter so. Und überprüft die Geräte im Camp regelmäßig. Wenn wir noch ein paar solcher Streiche spielen können, warum nicht?"

Die Cyberkriminellen arbeiteten weiter, doch in ihren Gesichtern spiegelte sich nicht die geringste Reue wider. Für sie war das alles nur ein Spiel – ein perfides Spiel mit dem Leben und den Gefühlen ihrer Opfer.

# X

Die Sonne schien warm und einladend über das Camp, die Vögel zwitscherten in den Bäumen, und es schien, als würde dieser Tag perfekt beginnen – vor allem für Ömer. Heute war der Tag, an dem er endlich all seinen Mut zusammennehmen und Sara seine Gefühle gestehen wollte. Nach all den ungesagten Worten und Momenten der Unsicherheit, wollte er kein weiteres Rätselraten mehr. Er hatte den perfekten Plan: noch vor dem Frühstück würde er sie beiseite nehmen, ihr tief in die Augen schauen und endlich aussprechen, was ihm schon seit Wochen auf der Seele lag.

Mit einem breiten Lächeln und einem fröhlichen Pfeifen auf den Lippen ging Ömer zur Waschhütte. Dort traf er auf Oliver und Dario, die bereits beim Zähneputzen waren. „Na, Ömer, heute gute Laune?", fragte Oliver, während er sich die Zahnbürste in den Mund schob.

„Die beste Laune überhaupt", antwortete Ömer und spritzte sich Wasser ins Gesicht.

Kurz darauf gingen sie gemeinsam in Richtung Frühstücksplatz, wo Sara und Bibi bereits auf einer Bank saßen. Sara hatte den Kopf mit Bibi zusammengesteckt und schien tief in ein Gespräch vertieft. Kimberly war nirgends zu sehen, aber Ömer nahm das kaum wahr. Sein Blick haftete nur an Sara, und sein Herz schlug schneller, als er sie sah. Er hob die Hand, um sie zu grüßen.

„Guten Morgen, Sara!"

Doch als sie ihren Kopf hob und ihn ansah, erstarrte er. Ihre Augen waren rot vom Weinen, und ihr Gesicht war von einer Mischung aus Traurigkeit und Wut gezeichnet. Ihr Blick durchbohrte ihn wie einen Pfeil, und für einen Moment konnte er keinen klaren Gedanken fassen. Was war passiert?

„Sara? Was ist los?", fragte er vorsichtig, während er auf sie zuging.

Sara stand abrupt auf, und bevor er näherkommen konnte, fuhr sie ihn an: „Das weißt du ganz genau, Ömer! Hör auf, den Ahnungslosen zu spielen. Du bist so ein Idiot!" Ihre Stimme war laut und voller Schmerz.

Ömer blieb wie angewurzelt stehen. „Was? Sara, ich verstehe nicht. Was habe ich getan?"

Doch Sara schüttelte nur den Kopf und wischte seine Worte weg wie lästige Fliegen. „Fass mich nicht an! Bleib weg von mir!" Sie drehte sich um, stützte sich auf Bibi und verschwand Richtung Waschhütte. Ihr Schluchzen hallte in der Stille nach, während Ömer sprachlos zurückblieb.

Oliver, der die Szene beobachtet hatte, trat neben ihn. „Was war das denn jetzt? Hast du irgendeinen Streit mit ihr gehabt?"

„Nein! Gar nichts! Ich wollte ihr nur ‚Guten Morgen' sagen. Und dann … sowas." Ömer schüttelte fassungslos den Kopf.

Noch bevor sie das Geschehene verarbeiten konnten, trat Kimberly plötzlich aus der Richtung der Mädchenwaschhütte. Auch sie hatte Tränen in den Augen, die über ihre Wangen liefen. Ihre Lippen bebten, und sie funkelte Oliver wütend an.

„Kimmy? Was ist denn los?", fragte Oliver, besorgt und völlig verwirrt.

„Du fragst wirklich noch? Du weißt es nicht?" Ihre Stimme war voller Empörung, und die Tränen machten ihren Ärger nur noch deutlicher. „Du hast Sara eine Nachricht geschickt, oder?"

„Eine Nachricht?", wiederholte Oliver fassungslos. „Welche Nachricht? Wovon redest du?"

„Diese verdammte Nachricht!", schrie Kimberly, und ihre Stimme brach. „Die Nachricht, in der du Sara erzählst, dass Ömer und ich gewettet hätten, dass er sie rumkriegt! Und dass du 200 Euro gewonnen hast, weil du auf ihn gesetzt hast. Wie kannst du so ein Miststück sein?"

Olivers Augen weiteten sich vor Entsetzen. „Was? Ich? Eine Nachricht? Niemals würde ich sowas schreiben!"

„Hör auf, dich herauszureden!" Kimberly schüttelte den Kopf und schnappte nach Luft. „Du bist so ein … ach, vergiss es einfach!" Tränenüberströmt lief sie in Richtung der Küchenhütte, ohne die beiden eines weiteren Blickes zu würdigen.

„Kimberly, warte! Ich schwöre, ich habe nichts geschrieben!", rief Oliver ihr hinterher. Doch sie reagierte nicht.

Ömer drehte sich zu Oliver, der sichtlich blass geworden war. „Hast du echt so eine Nachricht geschrieben?", fragte er, aber seine Stimme klang eher verzweifelt als vorwurfsvoll.

Oliver schüttelte wild den Kopf. „Natürlich nicht! Warum sollte ich? Aber ... was, wenn jemand mein Handy benutzt hat?"

„Dein Handy? Wo ist es?"

„In meinem Kasten. Ich habe es gestern Abend in den Flugmodus gestellt und eingeschlossen, damit niemand drangeht."

„Dann lass uns nachschauen!", rief Ömer, und die beiden rannten los.

In der Jungs-Hütte angekommen, stürzte sich Oliver sofort auf seinen Spind, der mit einem Zahlenschloss gesichert war. Mit zitternden Fingern tippte er die Kombination ein und öffnete die Tür. Sein Handy lag genau dort, wo er es hingelegt hatte – oder? Irgendetwas fühlte sich falsch an.

„Es ... es ist nicht mehr im Flugmodus", murmelte Oliver, als er das Smartphone in die Hand nahm. „Ich bin mir sicher, dass ich den Flugmodus aktiviert hatte."

„Mach es an! Schau nach, was da los ist!", drängte Ömer, während er nervös von einem Fuß auf den anderen trat.

Oliver entsperrte sein Handy und öffnete WhatsApp. Sein Gesicht wurde noch bleicher, als er die gesendete Nachricht sah. „Oh Gott. Das ist sie ..."

Mit zittriger Stimme las Ömer die Nachricht laut vor:

*„Hallo Sara, hast du eigentlich gewusst, dass Kimberly und Ömer gewettet haben, dass er dich noch im Feriencamp rumkriegt? Vielen Dank, ich habe €200 gewonnen, denn ich habe auf Ömer gewettet."*

Stille breitete sich in der Hütte aus. Nur das leise Summen der Fliegen war zu hören.

„Ich habe das nicht geschrieben", flüsterte Oliver schließlich. „Ich schwöre es dir. Ömer, ich würde dir sowas nie antun."

Ömer sah ihn an, seine Augen voller Fragen, aber auch voller Vertrauen. „Ich glaube dir, Olli. Aber wer hat dann Zugriff auf dein Handy? Es war eingesperrt. Wie ist das möglich?"

Die beiden schauten sich an, während eine unangenehme Stille den Raum füllte. Dann sprach Ömer das aus, was beide dachten: „Sebastian. Es muss Sebastian gewesen sein."

Oliver schüttelte jedoch den Kopf. „Nein. Das geht nicht. Das Handy war in meinem Spind. Niemand war dran."

Ömer ließ sich schwer auf sein Bett fallen. „Dann … dann hat jemand von außen Zugriff auf dein Handy bekommen. Aber wie? Und warum?"

„Ich weiß es nicht, Ömer. Ich weiß es einfach nicht." Oliver war verzweifelt. „Aber was machen wir jetzt? Was ist mit Sara und Kimberly? Die hassen uns jetzt."

„Wir müssen mit ihnen reden. Alles aufklären." Ömers Stimme zitterte vor Emotionen. „Ich muss Sara sagen, dass ich sie liebe. Und dass das alles nicht wahr ist. Und du musst mit Kimberly reden."

Doch tief in seinem Inneren wusste Ömer: Selbst, wenn sie es schafften, die beiden zu überzeugen, blieb die Frage, wer hinter diesem hinterhältigen Angriff steckte – und warum.

Der Vormittag schien sich endlos hinzuziehen. Ömer saß allein in der Jungs-Hütte, das Kinn auf die Hände gestützt, während sein Kopf von Gedanken an Sara schwirrte. Wie konnte alles so schrecklich schieflaufen? Er hatte den Professoren vorgegaukelt, dass es ihm nicht gut ging, um der Aktivität zu entkommen, aber die Wahrheit war, dass er sich einfach nur leer fühlte. Eine Lösung für das Chaos war nicht in Sicht, und das belastete ihn.

Auch Sara hatte für heute abgesagt. Ihre Welt war in sich zusammengebrochen. Ihre Wangen waren von Tränen gerötet, ihre Augen geschwollen. Der Schmerz war unerträglich – nicht nur wegen Ömer, sondern auch wegen Kimberly und Oliver. Sie hatten sie enttäuscht, verraten. Besonders Kimberly. Von Jungs erwartete sie nichts anderes, aber Kimberly hatte sie für eine Freundin gehalten. Der Schmerz darüber fühlte sich fast körperlich an. Bibi war an ihrer Seite geblieben, hielt ihre Hand und tröstete sie mit leisen Worten. Doch Sara konnte den Schmerz nicht abschütteln – alles in ihr fühlte sich wie ein schwarzes Loch an, das sie verschlingen wollte.

Währenddessen stand Oliver am Treffpunkt für die Naturwissenschaften-Aktivität und wartete auf Professor Lehrner und – natürlich – Kimberly. Er wusste, dass sie dabei sein würde. Naturwissenschaften waren genau ihr Ding, und wenn er sie heute nicht sprechen würde, wann dann? Er hatte keine Ahnung, wie er das alles erklären sollte, aber er wusste, dass er es zumindest versuchen musste. Doch als Kimberly auftauchte, wurde ihm mulmig. Ihr Blick, der ihm normalerweise ein wohliges Gefühl gab, war nun voller Verachtung.

„Sind wir die Einzigen?", fragte Oliver unsicher, als Professor Lehrner zu ihnen stieß.

„Sieht ganz so aus", antwortete der Lehrer freundlich. „Das ist aber kein Problem. Wir machen uns zu dritt auf den Wald-Natur-Lehr-Pfad und widmen uns der praktischen Pflanzenkunde."

Kimberly verschränkte die Arme vor der Brust und funkelte Oliver an. „Solange ich nicht mit ihm in einem Team bin, ist alles gut."

Professor Lehrner seufzte, ohne auf den Giftpfeil einzugehen. „Nun, das wird schwer, Kimberly. Ihr seid nur zu zweit, also werdet ihr zusammenarbeiten müssen. Wissenschaft ist Teamarbeit."

Kimberly verzog ihr Gesicht, sagte aber nichts mehr.

Professor Lehrner verteilte die Materialien für das erste Experiment: durchsichtige Plastiktüten, Gummis und Klemmbretter mit Anleitungen. Dann führte er die beiden Jugendlichen in den dichten Wald. Die Atmosphäre zwischen Oliver und Kimberly war angespannt. Oliver wusste, dass er etwas sagen musste, doch jedes Mal, wenn er es versuchte, schnitt Kimberly ihm mit einem scharfen „Lass mich in Ruhe!" das Wort ab.

An einer kleinen Lichtung blieben sie stehen, und Professor Lehrner zeigte ihnen, wie sie die Plastiktüte über einen Ast eines Busches stülpen und sie mit einem Gummi verschließen sollten. Kimberly arbeitete mechanisch, aber ohne ein Wort mit Oliver zu wechseln. Immer wieder versuchte er, ein Gespräch anzufangen.

„Kimmy, hör mal. Ich weiß, dass du sauer bist, aber ich …"

„Nenn mich nicht Kimmy", zischte sie und wandte sich ab. Sie konzentrierte sich stattdessen auf die Blätter in der Plastiktüte.

Professor Lehrner, der die Gelegenheit nutzte, um Moos an einem Baum in der Nähe zu untersuchen, ließ die beiden für einen Moment allein. Oliver wusste, dass er diesen Moment nutzen musste. Er sammelte seinen Mut und trat näher an Kimberly heran.

„Ich habe die Nachricht nicht geschrieben", sagte er leise, aber bestimmt.

Kimberly warf ihm einen skeptischen Blick zu. „Ach nein? Und warum steht dann dein Name darunter? Glaubst du, ich bin blöd, Oliver?"

„Ich weiß, dass es so aussieht, aber es war nicht ich!" Oliver sprach jetzt eindringlicher. „Jemand hat Zugriff auf mein Handy gehabt. Ich weiß nicht wie, aber ich habe das nicht geschrieben. Das musst du mir glauben."

„Warum sollte ich?" Ihre Stimme zitterte vor Wut, aber auch vor Unsicherheit.

Oliver atmete tief durch, spürte den Knoten in seinem Magen und machte dann etwas, das er schon seit Tagen tun wollte. Er packte Kimberly vorsichtig am Arm, zog sie zu sich und legte seine andere Hand sanft an ihre Taille. Ehe sie protestieren konnte, beugte er sich vor und küsste sie.

Kimberly erstarrte. Für einen Moment schien die Zeit stillzustehen. Sie spürte seine Wärme, seine Unsicherheit, aber auch seine Aufrichtigkeit. Doch kaum realisierte sie, was passierte, brach sie aus ihrer Starre aus und schob ihn von sich. Ihre Hand schoss nach oben, und eine schallende Ohrfeige traf Olivers Wange.

„Was … was zur Hölle?", stammelte Kimberly, während sie ihn mit weit aufgerissenen Augen anstarrte.

Oliver rieb sich die Wange, aber anstatt wütend zu werden, sagte er leise: „Weil ich dich mag, okay? Ich mag dich wirklich. Und ich will, dass du weißt, dass ich niemals so einen Mist machen würde."

Kimberly öffnete den Mund, doch es kamen keine Worte heraus. Ihre Gedanken rasten, ihre Gefühle waren ein einziges Chaos. Sie wusste nicht, ob sie wütend, schockiert oder … berührt sein sollte. Schließlich wandte sie sich ab und murmelte: „Was hast du gesagt?"

„Ich mag dich, Kimmy", wiederholte Oliver. „Und ich will, dass du mir glaubst. Ich habe das nicht geschrieben. Ich würde so etwas niemals tun. Bitte … glaub mir."

Kimberly stand reglos da, die Worte hallten in ihrem Kopf wider. Sie fühlte, wie ihre Wangen heiß wurden. Warum war sie so durcheinander? Warum fühlte sie sich plötzlich so verletzlich? Sie sah Oliver an, der sie mit großen, unsicheren

Augen ansah, und sie wusste, dass er die Wahrheit sagte. Er hatte das nicht geschrieben. Sie war sich sicher.

Doch anstatt etwas zu sagen, nickte sie nur leicht und blickte dann starr auf den Busch vor ihr. Für den Moment war sie sprachlos – eine Seltenheit, die selbst Oliver überraschte.

Während sie den Wald-Natur-Lehr-Pfad entlanggingen, schweiften Olivers Gedanken immer wieder zu Saras wütendem Gesicht und Kimberlys verärgerten Blicken. Er hatte das Bedürfnis, endlich mit jemandem zu sprechen, der objektiv bleiben konnte – jemand wie Professor Lehrner.

„Professor?", begann Oliver vorsichtig, als sie an einer Gruppe hoher Kiefern vorbeikamen.

Professor Lehrner, der gerade eine kleine Broschüre über heimische Pflanzen aus seiner Jackentasche zog, blickte auf. „Ja, Oliver? Was gibt's?"

Oliver holte tief Luft, bevor er sprach. „Wir haben ein Problem. Es geht um eine Nachricht, die angeblich von meinem Handy an Sara geschickt wurde. Aber ich schwöre, ich habe sie nicht geschrieben."

Kimberly, die bisher mit verschränkten Armen neben Oliver herging, mischte sich ein: „Er sagt die Wahrheit. Die Nachricht behauptet, Ömer und ich hätten eine Wette darüber abgeschlossen, ob er Sara im Camp 'rumkriegt'. Und dass Oliver angeblich 200 Euro gewonnen hätte, weil er auf Ömer gewettet hat. Aber das ist Unsinn!" Sie sprach immer schneller, während ihre Stimme vor Wut zitterte.

Professor Lehrner hielt inne, runzelte die Stirn und schob die Broschüre in die Tasche zurück. „Moment mal. Eine Nachricht, die Oliver nicht geschrieben hat? Von deinem Handy aus?", fragte er und richtete seinen ernsten Blick auf Oliver.

„Genau", sagte Oliver und zog sein Smartphone aus der Hosentasche. „Ich hatte mein Handy über Nacht im Flugmodus und im Kasten eingeschlossen. Aber als ich heute Morgen nachgesehen habe, war es plötzlich nicht mehr im Flugmodus – und diese Nachricht war verschickt worden."

„Hast du es jemandem geliehen?", fragte Professor Lehrner, während er nachdenklich die Stirn krauste.

Oliver schüttelte heftig den Kopf. „Nein, niemals. Es war verschlossen. Es ergibt keinen Sinn."

Kimberly stieß ein frustriertes Seufzen aus. „Es sieht aber so aus, als ob Oliver der Schuldige wäre. Sara ist total sauer auf uns, und Ömer ist genauso verzweifelt wie ich." Sie hielt inne und ballte die Fäuste. „Wie kann so etwas überhaupt passieren? Kann jemand das Handy aus der Ferne hacken?"

Professor Lehrner, der bisher still nachgedacht hatte, nickte langsam. „Das ist theoretisch möglich, aber es ist äußerst selten. Es gibt Tools, mit denen sich Smartphones hacken lassen – vor allem, wenn sie über WLAN verbunden sind. Aber wenn dein Handy im Flugmodus war ..." Er brach ab und ließ seinen Blick durch den Wald schweifen, als würde er eine unsichtbare Antwort suchen.

Oliver verschränkte die Arme und blickte düster zu Boden. „Es muss jemand sein, der Zugriff auf das WLAN hier im

Camp hat – oder der wirklich gute Technik benutzt. Es fühlt sich an, als ob jemand absichtlich Ärger stiften will."

Professor Lehrner nickte langsam und legte eine Hand auf Olivers Schulter. „Das klingt plausibel. Es könnte tatsächlich jemand versucht haben, Unruhe zu stiften. Aber die Frage bleibt: Wer würde so etwas tun – und warum?"

Kimberly funkelte Oliver an. „Vielleicht Sebastian, Nover oder Momo? Die drei haben doch ständig Ärger gemacht."

„Das wäre eine Möglichkeit", murmelte Professor Lehrner, „aber ohne Beweise sollten wir vorsichtig mit solchen Anschuldigungen sein. Ihr habt recht – das ist ein Fall, der aufgeklärt werden muss. Vielleicht müsst ihr euch zusammentun, um dem nachzugehen."

Oliver spürte, wie sich sein Magen zusammenzog. „Und wie sollen wir das machen? Ich meine, ich weiß, wie ich Geräte analysiere, aber wenn wir es mit jemandem zu tun haben, der sich auf Hacks spezialisiert hat …" Er ließ den Satz unbeendet.

Professor Lehrner lächelte leicht. „Ihr habt alle notwendigen Werkzeuge: kluge Köpfe, Teamwork und Entschlossenheit. Ihr seid doch die perfekte Gruppe, um das zu lösen. Vielleicht könnt ihr gemeinsam Beweise sammeln und nach Hinweisen suchen."

Kimberly seufzte und warf einen Seitenblick auf Oliver. „Also gut. Aber nur, weil ich wissen will, wer mich und Ömer so in diese Lage gebracht hat." Sie drehte sich zu Professor Lehrner. „Können wir die Naturwissenschaftsstunde beenden? Wir haben jetzt wirklich etwas Wichtigeres zu tun."

Professor Lehrner nickte. „In Ordnung. Aber denkt daran: Seid vorsichtig und bleibt auf dem Boden der Tatsachen. Und berichtet mir, falls ihr etwas herausfindet."

Mit einem kurzen Nicken setzte sich Oliver in Bewegung, und Kimberly folgte ihm, wobei sie den Professor hinter sich ließen.

Währenddessen waren Sebastian, Nover und Momo im kleinen Supermarkt nahe des Parkplatzes angekommen. Die dreikilometerlange Strecke, die ihnen mit Gepäck wie ein Marathon vorgekommen war, hatten sie nun in weniger als einer Stunde zurückgelegt. Sebastian holte den 100-Euro-Schein aus seiner Hosentasche hervor und wedelte großzügig damit. "Ich lade uns auf Badehosen ein", verkündete er mit einem gönnerhaften Tonfall.

Nover grinste. "Gute Idee. Aber warum bezahlen? Wir könnten auch einfach 'shoppen, ohne zu zahlen'."

Sebastian winkte ab. "Blödsinn. Ich habe das Geld doch hier. Und außerdem will ich keinen Ärger riskieren."

Die drei suchten sich schnell passende Badehosen aus und stellten sich an die Kasse. Die Verkäuferin, eine ältere Dame mit grauem Haar und strengem Blick, nahm den Schein entgegen, nur um dann die Stirn zu runzeln. "Habt ihr nichts Kleineres? Das ist unser erster Verkauf heute, ich kann nicht herausgeben."

Sebastian runzelte die Stirn und sah sie genervt an. "Haben wir nicht. Ich lebe eben auf großem Fuß."

Die Verkäuferin ließ sich nicht einschüchtern. "Dann sucht euch etwas aus, um auf die 100 Euro zu kommen."

Also schnappte sich das Trio noch Süßigkeiten und Knabberzeug. Schließlich verließen sie den Laden, wobei Sebastian die Tüte mit den Einkäufen lässig über der Schulter schwang. "Na, das war doch mal ein erfolgreicher Ausflug", sagte er zufrieden, während Nover und Momo nur schulterzuckend hinter ihm her trotteten.

Oliver und Kimberly streiften tiefer in den Wald hinein. Der Boden war feucht, und das Licht, das durch das Blätterdach fiel, war spärlich. Oliver versuchte, die angespannte Stille zwischen ihnen zu durchbrechen, aber Kimberly sprach kein Wort. Schließlich stießen sie auf eine Lichtung, auf der eine alte, verfallene Hütte stand. Sie wirkte wie ein Relikt aus einer anderen Zeit: Die Wände waren von Moos überwuchert, und das Dach war mit Löchern übersät.

"Das sieht aus wie der perfekte Ort für Spinnen und andere Viecher", murmelte Kimberly, die sich das Szenario mit einem skeptischen Blick ansah. "Ich sage, wir lassen das Ding links liegen."

Oliver war kurz davor, ihr zuzustimmen, doch dann fiel ihm etwas auf. Er erstarrte. "Warte mal", flüsterte er, "ich glaube, ich habe etwas gesehen."

Kimberly zog eine Augenbraue hoch. "Was denn?"

Oliver zeigte auf das Dach der Hütte. "Da oben, hinter der Schindel ... ich glaube, da ist etwas."

Er ging näher an die Hütte heran, doch sein Weg war von hohen Brennnesseln blockiert. Ohne zu zögern, trat er hinein, und sofort brannten seine Beine wie Feuer.

"Au, verdammt", murmelte er zwischen zusammengebissenen Zähnen.

Kimberly beobachtete ihn und schüttelte den Kopf. "Was machst du da? Das muss doch höllisch wehtun! Komm da raus."

Oliver, der seinen Stolz bewahren wollte, winkte ab. "Geht schon. Ist halb so wild."

Doch als Kimberly seine schmerzverzerrte Miene sah, reichte sie ihm die Hand. "Hier, nimm meine Hand und komm raus, Held."

Dankbar nahm er ihre Hand, und ihr Griff war überraschend sanft. "Danke", murmelte er, während er sich zurückzog und die brennenden Schmerzen ignorierte. "Aber schau mal da oben."

Kimberly folgte seinem Blick und erblickte eine Teleskopantenne, die fast vollständig eingefahren war. Sie war so gut versteckt, dass sie kaum auffiel.

"Das sieht neu aus", sagte sie leise.

Oliver nickte. "Das ist keine antike Hütte. Irgendjemand hat hier etwas installiert. Und ich wette, es hat nichts mit Naturwissenschaften zu tun."

Kimberly musterte die Antenne genauer. "Wie lange glaubst du, dass das hier schon steht?"

"Nicht lange", antwortete Oliver. "Das Material sieht aus, als wäre es erst vor ein paar Wochen montiert worden."

"Das ist seltsam", sagte Kimberly. "Was machen wir jetzt?"

„Was macht so eine Antenne hier draußen?", fragte Kimberly leise.

Oliver trat zurück und rieb sich die schmerzenden Beine, die von den Brennnesseln gezeichnet waren. „Keine Ahnung, aber das hier ist keine normale, verlassene Hütte. Jemand hat hier etwas installiert – und ich wette, es hat nichts mit den Camp-Aktivitäten zu tun." Er deutete erneut mit dem Kopf auf die Antenne und wischte sich den Schweiß von der Stirn.

„Kimmy, was ist los? Ich dachte, du bist der Kopf von ÖKO. Was schlägst du vor?" Er versuchte, die Spannung mit einem Grinsen aufzulockern, doch Kimberly sah ihn mit schmalen Augen an.

„Erstens: Hör auf, mich Kimmy zu nennen", sagte sie, doch ein winziges Lächeln zuckte um ihre Lippen. „Zweitens: Wir halten die Augen offen. Hier ist definitiv etwas im Gange."

Kimberly schaute sich aufmerksam um, ihre Augen wanderten über die Lichtung. Die Umgebung war plötzlich unheimlich still geworden, als hätte der Wald den Atem angehalten. Kein Rascheln der Blätter, keine zwitschernden Vögel. Nur die einsetzende Dämmerung, die lange Schatten über die Lichtung warf. Sie spürte, wie sich ein kalter Schauer über ihren Rücken zog, obwohl die Luft warm war. „Warte mal", flüsterte sie plötzlich und blieb stehen. „Hast du das gesehen?"

„Was denn?" Oliver folgte ihrem Blick, doch er konnte nichts erkennen.

„Da ..." Kimberly deutete mit einem kaum sichtbaren Nicken auf die Baumreihe am Rand der Lichtung. „Ich ... ich weiß nicht. Ich habe das Gefühl, wir werden beobachtet." Sie zog an Olivers Ärmel, um ihn näher zu sich zu ziehen. „Da drüben, zwischen den Bäumen – ich könnte schwören, ich habe einen Schatten gesehen."

Oliver runzelte die Stirn und schob seine Brille hoch. „Schatten? Vielleicht ein Tier? Oder ..." Er verstummte, als er in die Dunkelheit starrte. Die Schatten zwischen den Bäumen schienen sich zu bewegen, aber er war sich nicht sicher, ob das nur sein Kopf war, der ihm einen Streich spielte.

Unweit von Kimberly und Oliver, verborgen hinter den massiven Stämmen der Bäume, stand der Mann im grauen Anzug. Er hatte die Lichtung erreicht, gerade als Oliver in die Brennnesseln gestiegen war. Lautlos hielt er inne, nur ein paar Meter entfernt, und beobachtete die Jugendlichen. Seine Augen verengten sich, als er sah, wie sie die Antenne auf dem Dach entdeckten. „Verdammt", murmelte er leise. „Die Kleinen haben mehr Neugier, als mir lieb ist."

Er hielt sich still im Hintergrund, verborgen hinter einem dichten Vorhang aus Laub. Sein grauer Anzug hob sich unangenehm scharf von der natürlichen Umgebung ab, doch er war sich sicher, dass die Kinder ihn nicht sehen würden. Schließlich war sein Versteck gut gewählt. In seiner Überheblichkeit war er überzeugt, dass niemand jemals die Verbindung zwischen dieser verfallenen Hütte und ihrem Hightech-Versteck erkennen würde.

Während er die beiden weiter beobachtete, bemerkte er Kimberlys wachsam suchenden Blick. Sie sah in seine Richtung – und für einen Moment fragte er sich, ob sie ihn entdeckt hatte. Aber dann schien sie abzuwinken und flüsterte etwas zu Oliver. Er atmete leise auf und ließ seinen Blick wieder auf die Hütte wandern. „Ihr werdet hier nichts finden, Kinder", murmelte er selbstgefällig. „Aber macht nur weiter, spielt eure kleinen Detektivspielchen."

„Oliver", flüsterte Kimberly eindringlich. „Ich schwöre, da drüben ist jemand. Ich sehe nichts Konkretes, aber ... es fühlt sich an, als würde uns jemand beobachten." Sie hielt inne, ihr Herz schlug schneller. „Wir müssen zurück ins Camp. Ömer muss davon erfahren."

„Meinst du, das hat mit der Nachricht zu tun?" Oliver sprach leise, aber seine Stimme zitterte leicht. „Es ist einfach zu viel Zufall."

„Ich weiß es nicht", antwortete Kimberly, immer noch leise. „Aber ich habe das Gefühl, dass wir hier ein Geheimnis auf der Spur sind. Und wenn wir nicht weitermachen, werden wir nie herausfinden, was es ist."

Oliver sah zu ihr, seine Beine schmerzten immer noch von den Brennnesseln, aber Kimberlys Entschlossenheit war ansteckend. „Du willst nochmal herkommen, oder?", fragte er zögernd.

Kimberly nickte. „In der Nacht, sobald es dunkel ist. Dann haben wir vielleicht eine Chance, mehr zu sehen – oder herauszufinden, wer uns beobachtet." Sie sah Oliver fest an. „Bist du dabei?"

Oliver wollte protestieren, doch er wusste, dass es keinen Sinn hatte. Kimberly war entschlossen – und tief im Inneren war er genauso neugierig wie sie. „Okay", sagte er schließlich. „Aber ich bringe meine Taschenlampe mit."

Mit einem letzten Blick auf die Hütte und die Antenne eilten die beiden zurück ins Camp. In ihrem Rücken wuchs das Gefühl, dass die Schatten in den Bäumen sie noch immer beobachteten.

Kimberly und Oliver kamen gerade im Camp an, fest entschlossen, Ömer sofort von ihrer Entdeckung zu erzählen. Doch kaum hatten sie die Jungs-Hütte ins Visier genommen, stellte sich Professor Lehrner ihnen in den Weg. Er trug eine Kochschürze und hatte Mehl an den Händen.

„Ah, da seid ihr ja! Könnt ihr mir bitte kurz in der Küche helfen? Alle anderen sind noch bei den Vormittagsaktivitäten, und wir haben nicht genug Hände."

Oliver tauschte einen resignierten Blick mit Kimberly. Ihre Priorität war eigentlich Ömer, aber Professor Lehrner schien es ernst zu meinen. Widerwillig nickten sie. „Natürlich, Professor", sagte Kimberly.

In der Küche herrschte ein geschäftiges Treiben. „Heute gibt es Pizza", erklärte Professor Lehrner mit einem Lächeln, während er Tomatensauce auf die Teigböden strich. „Ich habe mich mal ins Zeug gelegt. Ihr zwei könntet den Käse reiben und das Gemüse schneiden."

Während sie arbeiteten, versuchte der Professor beiläufig, ein Gespräch zu führen. „Und, wie läuft eure Spurensuche? Habt ihr etwas gefunden?"

Kimberly hielt inne und überlegte. Sie wollte ihm die Wahrheit sagen, doch Oliver war schneller. „Leider nichts, Professor", log er mit einem gequälten Lächeln.

„Ach, keine Sorge", sagte Lehrner und klopfte ihm auf die Schulter. „Manchmal lösen sich Dinge von allein."

Kimberly biss sich auf die Lippe, wusste aber, dass sie den Professor nicht beunruhigen konnten. Innerlich wusste sie jedoch, dass sich hier nichts von allein lösen würde.

Währenddessen kamen Sebastian, Nover und Momo von ihrer Einkaufstour zurück. Mit neuen Badehosen und einer Ladung Süßigkeiten in der Tasche spazierten sie ins Camp, als gehörte ihnen die Welt. Statt in der Küche zu helfen, machten sie es sich sofort im See bequem.

Professor Kurz, die sie bemerkte, fragte streng: „Habt ihr nicht beim Kochen helfen müssen?"

Sebastian grinste frech. „Nein, Professor Lehrner meinte, wir könnten uns entspannen."

Kurz zog skeptisch eine Augenbraue hoch, ließ die drei aber ziehen. Die Jungen lachten unter sich und plätscherten vergnügt im Wasser.

Inzwischen hatte sich Professor Lehrner auf den Weg gemacht, um Ömer und Sara aus ihren Hütten zu holen. Er klopfte zuerst an die Jungs-Hütte, wo er einen mürrischen

Ömer vorfand. „Ömer, alles in Ordnung?", fragte er mit gedämpfter Stimme.

„Es geht schon wieder", murmelte Ömer und wich dem Blick des Professors aus.

„Schön zu hören", sagte Lehrner ermutigend. „Kommst du zum Essen? Danach steht ein Beachvolleyball-Turnier an. Vielleicht tut dir etwas Bewegung gut."

Nach kurzem Zögern nickte Ömer. „Okay, ich komme."

Professor Lehrner klopfte danach an die Tür der Mädchen-Hütte, wo er Sara antraf. Ihre Augen waren rot vom Weinen, und sie schien deutlich niedergeschlagen. „Sara, möchtest du nicht zum Essen kommen?", fragte er sanft.

„Ich habe keinen Hunger", sagte sie leise.

„Ein bisschen frische Luft und Gesellschaft könnten dir guttun", drängte Lehrner vorsichtig. „Es wird dir helfen."

Nach einigem Zureden stimmte sie schließlich zu, erklärte jedoch, dass sie nur kurz bleiben würde.

Alle Jugendlichen versammelten sich schließlich zum Mittagessen. Die Stimmung war angespannt. Sara stocherte lustlos in ihrer Pizza, während Ömer versuchte, ihren Blick einzufangen – erfolglos. Kimberly und Oliver waren ebenfalls nervös, da sie dringend mit Ömer reden mussten, aber keine Gelegenheit fanden.

Sebastian, Nover und Momo saßen abseits und tuschelten, während sie sich die Pizzastücke hineinschoben. Sie lachten vergnügt, als ob sie nichts auf der Welt aus der Ruhe bringen könnte. Sebastian lehnte sich selbstgefällig zurück und rieb sich den Bauch.

„Hast du gesehen, wie die Verkäuferin geguckt hat?", fragte Nover grinsend.

Sebastian zuckte mit den Schultern. „Was soll's? Die checkt doch eh nichts. Hat ja alles funktioniert, oder?"

Momo kicherte nervös, warf jedoch einen Blick über die Schulter, als er sicherstellen wollte, dass niemand ihnen zuhörte.

Die drei machten sich einen Spaß daraus, sich gegenseitig Süßigkeiten aus der gerade gekauften Tüte zuzuwerfen. Sie hatten keine Ahnung, dass ihre Einkaufstour bald ungeahnte Konsequenzen haben würde.

Nach dem Essen stand Sara auf und ging Richtung Waschhütte. Ömer nutzte die Gelegenheit und folgte ihr. „Sara, warte bitte!", rief er, als er sie fast eingeholt hatte.

Sie blieb stehen, drehte sich aber nicht um. „Was willst du, Ömer?", fragte sie kalt.

„Ich muss dir etwas erklären. Es ist nicht so, wie du denkst!" Seine Stimme war voller Verzweiflung.

Doch Sara schüttelte nur den Kopf. „Es gibt nichts mehr zu erklären, Ömer. Lass mich in Ruhe."

„Aber Sara!", rief er erneut. „Es gab keine Wette. Das war nicht ich!"

„Ich habe dir nichts mehr zu sagen." Ohne sich umzudrehen, verschwand sie in der Hütte.

Ömer ließ den Kopf hängen. Gerade, als er sich sammeln wollte, tauchte Professor Lehrner auf. „Ömer, ich brauche dich am See. Du bist für die Vorbereitung des Volleyball-Turniers eingeteilt."

„Natürlich, Professor", antwortete Ömer resigniert. Widerwillig folgte er ihm.

Gerade, als Kimberly und Oliver endlich ihre Entdeckung mit Ömer teilen wollten, rollte ein Polizeiwagen auf den Parkplatz des Camps. Alle Blicke wanderten neugierig zum Fahrzeug, als ein uniformierter Beamter ausstieg. Professor Lehrner, der in der Nähe der Küchenhütte stand, ging dem Polizisten entgegen, gefolgt von Professor Kurz, die ihre Schürze abnahm und ihm ebenfalls entgegenlief.

„Guten Tag", grüßte der Polizist höflich und reichte Professor Lehrner die Hand. „Es geht um einen Vorfall im Supermarkt in der Nähe. Dort wurde heute Morgen ein falscher Hundert-Euro-Schein entdeckt."

Professor Lehrner zog überrascht die Augenbrauen hoch. „Ein falscher Hundert-Euro-Schein? Das ist ja beunruhigend. Was genau hat das mit uns zu tun?"

„Nun, wir wissen natürlich nicht, ob der Schein von jemandem aus Ihrem Camp stammt", erklärte der Polizist sachlich. „Aber wir möchten Sie bitten, die Augen offenzuhalten. Vielleicht fällt Ihnen ja etwas Verdächtiges auf. Es könnte ein Schüler gewesen sein – oder jemand anderes, der zufällig in der Nähe war."

Professor Kurz warf einen besorgten Blick in Richtung der Jugendlichen, die gerade unbeschwert in der Sonne lagen oder beim Abwasch halfen. „Das ist eine ernste Sache", sagte sie. „Natürlich werden wir Ihnen sofort Bescheid geben, falls uns etwas auffällt."

Der Polizist nickte dankbar und zog eine kleine Visitenkarte aus seiner Uniformjacke. „Hier sind meine Kontaktdaten. Wenn Ihnen etwas merkwürdig vorkommt oder Sie Informationen haben, rufen Sie mich bitte direkt an."

„Natürlich", antwortete Professor Lehrner und nahm die Visitenkarte entgegen. „Wir hängen die Karte gleich gut sichtbar auf."

Die beiden Professoren verabschiedeten den Polizisten, und während der Beamte in seinen Wagen stieg, heftete Professor Lehrner die Visitenkarte an das schwarze Brett neben dem Speiseplan. Er drehte sich zu Professor Kurz um und sagte leise: „Hoffen wir mal, dass es niemand aus dem Camp war."

Sebastian, Nover und Momo hatten die Ankunft des Polizisten aus der Ferne beobachtet. Als der Polizeiwagen davonfuhr, drückten sie sich unauffällig hinter die Waschhütte.

„Hast du mit Falschgeld bezahlt?", wollte Momo flüsternd wissen.

Sebastian grinste selbstgefällig. „Das kann schon sein", antwortete er geheimnisvoll. „Aber das bleibt schön unser kleines Geheimnis, klar?"

„Bist du wahnsinnig?", fragte Momo und warf nervöse Blicke auf den davonfahrenden Polizeiwagen.

„Beruhigt euch", antwortete Sebastian cool. „Die können mir nichts beweisen." Trotz seiner selbstbewussten Worte war auch Sebastian nicht ganz wohl bei der Sache. Doch er ließ es sich nicht anmerken.

Während die Jugendlichen sich auf den Nachmittag vorbereiteten, lag eine spürbare Spannung in der Luft. Sara zog sich erneut zurück, während Ömer am Volleyballfeld arbeitete. Kimberly und Oliver planten einen neuen Versuch, mit Ömer zu sprechen, doch die unvorhersehbaren Ereignisse ließen das Camp nicht zur Ruhe kommen.

Die Karten wurden langsam, aber sicher gemischt – und keiner wusste, wie das Spiel ausgehen würde.


# XI

*Endlich konnten sie mit Ömer sprechen*

Das Beachvolleyballturnier war endlich vorüber, und während die anderen Jugendlichen sich lachend ins Wasser stürzten, standen Kimberly und Oliver neben Ömer, der wieder einmal den Sand am Beachvolleyballplatz kehrte. Ömer wollte eigentlich nur mit seinen Gedanken allein sein, doch Kimberly und Oliver schienen darauf keine Rücksicht nehmen zu wollen.

„Endlich können wir mit dir reden!", platzten sie gleichzeitig heraus. Ömer lehnte sich auf den Schaufelstiel und warf ihnen einen verwirrten Blick zu. „Was ist denn los mit euch?", fragte er.

„Wir haben eine Entdeckung gemacht!", begann Oliver aufgeregt. Kimberly hob die Hand, um ihn zu unterbrechen, aber er sprach einfach weiter. „Auf einer Lichtung!", ergänzte er.

„Eine verlassene Hütte", fügte Kimberly hinzu, bevor Oliver noch etwas sagen konnte. „Und eine Antenne!"

„Eine Antenne, die aufs Lager gerichtet ist", warf Oliver ein und bekam dafür einen warnenden Blick von Kimberly. „Naja, zumindest wenn sie ausgefahren ist", korrigierte er sich mit einem entschuldigenden Schulterzucken.

„Könntet ihr das vielleicht noch mal langsam und geordnet erklären?", fragte Ömer, sichtlich genervt.

Kimberly seufzte und begann, die Geschichte zu erzählen: vom Wald-Natur-Lehrpfad, dem Experiment, der Suche nach Spuren und der Entdeckung der Hütte. Natürlich ließ sie aus, dass Oliver sie geküsst hatte – und auch die Ohrfeige erwähnte sie nicht. Während sie sprach, wurde Ömer zunehmend aufmerksam. Als sie geendet hatte, herrschte einen Moment lang Stille.

„Und was habt ihr vor?", fragte er schließlich.

„Heute Nacht wollen wir uns wieder dorthin schleichen", erklärte Oliver. „Nur um nachzuforschen, was da los ist."

„Das wird schwierig", meinte Ömer nachdenklich. „Was ist, wenn uns Nover, Sebastian oder Momo erwischen? Die verraten uns doch sofort."

Kimberly nickte nachdenklich. „Dann gehen nur Oliver und ich. Zu zweit sind wir leiser."

„Zu zweit?", fragte Oliver mit einem Grinsen, was ihm prompt einen Boxhieb von Kimberly einbrachte. „Ich meinte ja nur ..."

Kimberly spürte, wie ihr Gesicht heiß wurde. Dieser Junge brachte sie immer wieder zur Weißglut. Und trotzdem schlichen sich Gedanken an den Kuss von heute Vormittag in ihren Kopf. Der Moment war so überraschend gewesen – und trotzdem war da etwas gewesen, das sie nicht losließ. War es Zuneigung? War es Verärgerung? Oder eine merkwürdige Mischung aus beidem?

Er hatte einfach keine Ahnung gehabt, wie wichtig ein erster Kuss für sie war. Es hätte etwas Besonderes sein sollen – ein magischer Moment, den sie später einmal in ihren Gedanken wieder und wieder abspielen konnte. Aber stattdessen war es so plump gewesen, so impulsiv. Und dann hatte sie ihn auch noch geschlagen. Sie schüttelte unwillkürlich den Kopf, als sie sich daran erinnerte.

Trotzdem hatte sie sich danach entschuldigt. Warum? Vielleicht, weil sie selbst nicht wusste, was sie fühlte. Kimberly schaute zu Oliver hinüber. Seine blauen Haare waren zerzaust, sein Gesicht leicht gerötet von der Sonne, und trotzdem trug er dieses unschuldige Lächeln, das sie gleichzeitig nervte und ihr Herz schneller schlagen ließ.

„Kimmy?", fragte Oliver und riss sie aus ihren Gedanken. „Alles okay?"

„Nenn mich nicht Kimmy", erwiderte sie scharf, doch in ihrem Inneren war sie längst nicht so sicher wie in ihrer Stimme. „Es bleibt dabei. Um Mitternacht schleichen wir uns raus."

Zum Abendessen gab es wieder Brote, Wurst und Käse. Ömer, der vor Hunger kaum etwas herunterbrachte, suchte fieberhaft nach einer Möglichkeit, mit Sara zu sprechen. Als er Bibi entdeckte, die sich gerade etwas auf ihr Tablett lud, ging er eilig auf sie zu.

„Bibi, bitte!", flehte er. „Sag Sara, dass ich dringend mit ihr reden muss. Es ist wirklich wichtig!"

Bibi blieb skeptisch. Sie verschränkte die Arme vor der Brust und schüttelte den Kopf. „Weißt du, Ömer, ich glaube, du hast genug angerichtet. Sie braucht keine weiteren Ausreden von dir. Lass sie in Ruhe."

Ohne ihm eine Chance zu geben, sich zu erklären, drehte sie sich um und ließ ihn stehen. Ömer ließ den Kopf hängen und sah entmutigt zu, wie Sara mit einem Tablett voller Essen zu den Mädchen ging. Sie setzte sich zu ihnen, ohne ihn eines Blickes zu würdigen. Er fühlte sich, als hätte sich ein Stein in seiner Brust festgesetzt.

Später am Abend versammelten sich alle Jugendlichen um das Lagerfeuer. Professor Kurz hatte ihre Gitarre ausgepackt und sorgte mit ihrer Musikauswahl für gute Stimmung. Sie sang Songs von Ed Sheeran, den Beatles und anderen bekannten Bands. Als sie jedoch „Modern Times" von New

Model Army anstimmte, war Ömer sichtlich gerührt. Er trug fast immer ein Bandshirt der Band, und es war eine liebevolle Geste von Professor Kurz, das Lied extra für ihn einzuüben.

„Das ist für dich, Ömer", sagte sie lächelnd, und die anderen Jugendlichen jubelten. Ömer brachte ein schüchternes Lächeln zustande, doch seine Gedanken waren bei Sara. Immer wieder wanderte sein Blick zu ihr hinüber. Sie saß auf der anderen Seite des Feuers und wurde von Bibi und den anderen Mädchen abgeschirmt, als hätten sie eine unsichtbare Barriere errichtet. Ömer fühlte sich, als würde ihm diese Mauer jeden Atemzug schwerer machen.

Professor Lehrner hatte Marshmallows mitgebracht, die die Jugendlichen lachend über das Feuer hielten. Während die meisten ausgelassen lachten und sich in der Musik verloren, blieb die Stimmung in Ömers kleiner Gruppe gedämpft. Kimberly und Oliver saßen neben ihm, während Sebastian, Momo und Nover abseits tuschelten. Dario hingegen saß allein und starrte nachdenklich ins Feuer. Er schien nicht zu verstehen, warum alle so merkwürdig waren.

„Was für eine komische Gruppe", murmelte Dario leise vor sich hin.


Um 21:30 Uhr erhob sich Professor Lehrner und mahnte die Jugendlichen, dass die Nachtruhe bald beginne. „Noch zehn Minuten, Leute", sagte er mit einem Schmunzeln.

„Kein Grund zur Eile", fügte Professor Kurz hinzu und warf ihm einen amüsierten Blick zu. „Ich glaube, wir können die

Nachtwache heute weglassen. Bisher waren alle so vorbildlich, dass wir uns keine Sorgen machen müssen."

Professor Lehrner nickte und schmunzelte. „Ich denke, wir haben die perfekte Gruppe erwischt."

Kimberly und Oliver tauschten einen schnellen Blick aus. Sie wussten, dass ihre nächtliche Mission riskant war, und dass sie sicherstellen mussten, dass niemand ihr Fehlen bemerkte. Ömer hingegen dachte nur an Sara. Sein Herz war schwer, und während er sich in Richtung der Jungs-Hütte aufmachte, murmelte er leise vor sich hin: „Morgen. Morgen werde ich sie dazu bringen, mir zuzuhören."

# XII

Die Bildschirme im fensterlosen Raum flimmerten, als die Cyberkriminellen ihrer Arbeit nachgingen. Das Summen der Server erfüllte die Luft, während der Programmierer sich konzentriert über seinen Laptop beugte. Auf dem Bildschirm war eine fingierte Website zu sehen – ein täuschend echter Nachbau eines bekannten Online-Banking-Portals.

„Das Opfer hat gerade den Bestätigungslink geklickt", sagte der Programmierer mit einem triumphierenden Grinsen. „Ich habe Zugriff auf ihr Konto."

Der Mann im grauen Anzug stand hinter ihm, die Hände hinter dem Rücken verschränkt. Seine Lippen formten ein kühles Lächeln. „Wie viel ist drauf?"

„Über 12.000 Euro", antwortete der Programmierer. Seine Finger flogen über die Tastatur, während er die Kontodaten kopierte und einen Betrag auf eine verschleierte Krypto-wallet[6] übertrug. „Ich überweise gerade 8.000. Der Rest bleibt fürs Alibi."

„Sehr gut", sagte der Anführer. „Kein Verdacht, keine Spuren."

Ein dumpfes Klicken signalisierte, dass die Transaktion abgeschlossen war. Der Mann im grauen Anzug drehte sich zu den anderen beiden im Raum. „Noch ein Treffer. Wir sind gut."

Einer der Männer, der sich bisher an einen Energy-Drink klammerte, grinste schief. „Noch eine Runde?"

Der Anführer schüttelte den Kopf. „Nicht heute. Es reicht. Wir haben genug Unruhe gestiftet." Er sah auf die Überwachungskameras, die auf das Camp gerichtet waren. „Die Nachricht, die wir gestern verschickt haben, wird ihre Wirkung entfalten. Wir lassen sie noch etwas schwelen."

Der Programmierer sah von seinem Laptop auf. „Und die Antenne? Sollen wir sie noch aktiv lassen?"

Der Mann im grauen Anzug überlegte einen Moment, bevor er abwinkte. „Fahr sie ein. Es gibt heute nichts mehr zu überwachen."

---

[6] Krypto-Wallets dienen der Speicherung Ihres privaten Schlüssels, wodurch Sie jederzeit Zugang zu Ihrer Kryptowährung haben. Mit einer Wallet können Sie zudem Kryptowährungen wie Bitcoin und Ethereum senden, empfangen und ausgeben.

„Aber ist das nicht gefährlich? Was, wenn jemand das Camp verlässt?"

„Gefährlich?" Der Mann im grauen Anzug lachte kalt. „Bei den Jugendlichen da unten? Mach dir keine Sorgen. Sie sind nur Kinder. Wir haben die Kontrolle."

Der Programmierer zuckte mit den Schultern, gab ein paar Befehle in den Computer ein, und ein Monitor zeigte die Antenne, wie sie sich langsam zurückzog und im Dach der Hütte verschwand. Ein leises Summen war zu hören, dann Stille.

„Gut", sagte der Anführer. „Packt eure Sachen. Wir machen für heute Feierabend." Er griff nach seiner Jacke und warf noch einen letzten Blick auf die Monitore. „Morgen sehen wir weiter."

Um **23:45 Uhr** verließen die Cyberkriminellen die Hütte. Die Tür schloss sich lautlos hinter ihnen, und bald war nur noch das Zirpen der Grillen und das Flüstern des Windes in den Bäumen zu hören.

Das Camp lag still unter dem sanften Licht des Mondes. Die vereinzelten Rufe einer Eule und das Rascheln der Blätter im Wind verstärkten die gespenstische Ruhe. Plötzlich schlich ein dunkler Schatten von der Mädchen-Hütte in Richtung Jungs-Hütte. Ein leiser Pfiff durchschnitt die Stille, und kurz darauf öffnete sich eine Tür. Ein zweiter Schatten tauchte auf, ein kurzes Nicken, und beide Figuren huschten geduckt in Richtung Wald. Es waren Kimberly und Oliver, die sich aus dem Camp stahlen, jeder Schritt bedacht, jeder Atemzug leise.

„Psst! Du bist viel zu laut!", zischte Kimberly. Oliver trat auf einen Ast, der knackend unter seinem Fuß zerbrach. „Sorry", murmelte er, „das war keine Absicht." Sie rollte die Augen, drehte sich aber nicht um. Sie hatten ihr Ziel fest vor Augen: die verfallene Hütte auf der Lichtung.

Die letzten Stunden hatten Kimberly und Oliver alles abverlangt. Der Plan, sich heimlich aus den Hütten zu schleichen und den nächtlichen Ausflug zu wagen, war aufregend, aber auch nervenaufreibend. Beide hatten in den letzten Tagen genug Misstrauen auf sich gezogen, um zu wissen, dass ihre Bewegungen, von den anderen kritisch beäugt wurden. Kimberly war erleichtert, dass Sara und Bibi sie ignorierten. Eigentlich hätte sie die Stille bedrückend finden sollen, aber sie erleichterte es ihr, unauffällig zu bleiben. Bibi und Sara sprachen kaum ein Wort mit ihr und machten auch keinen Hehl daraus, wie sehr sie sie verachteten. Die beiden hatten sogar ihre Betten an die andere Seite der Hütte geschoben, als wollten sie ein unsichtbares Band zwischen sich und Kimberly ziehen. Das tat weh, auch wenn Kimberly sich nichts anmerken ließ. In der Dunkelheit war sie froh, dass niemand die Tränen sah, die ihr manchmal über die Wangen liefen. Es war demütigend und schmerzhaft, von den Menschen, die sie einmal Freunde genannt hatte, so behandelt zu werden. Aber jetzt war nicht die Zeit, um in Selbstmitleid zu versinken. Sie hatte einen Plan, und der war wichtiger als alles andere. Ihre Kleidung für den nächtlichen Ausflug – dunkle Jeans und ein schwarzer Hoodie – hatte sie unauffällig unter ihrer Decke versteckt. Sie zog sie bereits gegen 22 Uhr an, während Sara und Bibi so taten, als existiere sie nicht.

Kimberly hörte die beiden flüstern, als sie sich um Mitternacht aus ihrer Hütte schlich. „Wo geht die denn hin?", hörte sie Sara sagen. Doch Bibi antwortete nicht. Kimberly wusste, dass sie nicht entdeckt werden durfte. Ein leiser Pfiff von Oliver, der vor der Jungs-Hütte wartete, war ihr Signal. Sie glitt lautlos durch die Tür, hielt kurz inne, um sicherzugehen, dass niemand aufwachte, und schloss die Tür hinter sich.

Bei Oliver war die Situation komplizierter. Sebastian, Nover und Momo hatten die Angewohnheit, ihm auf die Finger zu schauen – und das ständig. Egal, was er tat, die drei beobachteten ihn mit einer Mischung aus Misstrauen und Spott. Sebastian, der immer noch auf Oliver wütend war, weil dieser sich auf keine seiner Provokationen einließ, hatte am Abend noch einen spitzen Kommentar losgelassen: „Was brütest du diesmal aus, Blauschopf? Schon wieder ein Plan, um uns alle zu nerven?"

Oliver hatte nur genervt den Kopf geschüttelt und sich auf sein Bett gelegt. Auch mit Ömer konnte er nicht wirklich sprechen. Dieser war zu sehr mit seinen eigenen Problemen beschäftigt und litt immer noch unter der eisigen Kälte, die Sara ihm entgegenbrachte. Dario hingegen schien vollkommen verloren. Er hatte sich gleich nach dem Abendessen in sein Bett verzogen und so getan, als würde er schlafen, obwohl Oliver wusste, dass er wach war.

Oliver hingegen bereitete sich gründlich vor. Unter seiner Decke hatte er sich leise umgezogen – schwarze Hose, schwarzer Hoodie, eine kleine Taschenlampe in der Hosentasche. Um 23:50 klingelte sein Handywecker, den er absichtlich auf Vibration gestellt hatte, um keinen Laut zu machen. Aber er war ohnehin schon wach. Die Nervosität hielt ihn davon ab, auch nur ein Auge zuzumachen.

Oliver erinnerte sich an ein Buch, das er einmal gelesen hatte. Darin hatte der Gründer der Pfadfinderbewegung erklärt, wie man sich lautlos bewegt: Langsame, kontrollierte Schritte, Zentimeter für Zentimeter. Er setzte das Wissen in die Tat um. Zentimeterweise schob er sich aus seinem Bett, hielt immer wieder inne, um sicherzugehen, dass niemand etwas bemerkte. Sein Herz raste. Jeder Atemzug von Sebastian, Nover und Momo klang wie ein Donnerschlag in der stillen Hütte. Endlich hatte er die Tür erreicht. Die Klinke fühlte sich kühl in seiner Hand an. Langsam drückte er sie nach unten und öffnete die Tür so leise wie möglich. Draußen wartete Kimberly schon im Schatten eines Baumes. Ihr leiser Pfiff war das vereinbarte Zeichen.

Sie folgten dem schmalen Pfad, der am Rande des Camps begann. Der Wald wirkte noch dunkler als am Tag, und die knarrenden Äste der Bäume warfen gespenstische Schatten auf den Boden. Jeder Laut, sei es das Knacken eines Astes oder das Rascheln der Blätter im Wind, ließ beide zusammenzucken.

Kimberly blieb plötzlich stehen und zog Oliver an den Ärmel. „Hörst du das?", flüsterte sie.

Oliver hielt die Luft an und lauschte. Doch außer dem gelegentlichen Ruf einer Eule und dem Rascheln der Blätter war nichts zu hören. „Nur der Wind", antwortete er leise.

Kimberly nickte, schien aber nicht ganz überzeugt. „Okay, weiter."

Sie bewegten sich weiter durch den dichten Wald, bis sie schließlich die Lichtung erreichten. Die verfallene Hütte stand vor ihnen, genauso düster und bedrohlich wie bei ihrem ersten Besuch. Die Antenne, die sie am Tag noch gesehen hatten, war nicht mehr ausgefahren.

„Die Antenne ist weg", stellte Kimberly fest.

„Vielleicht haben sie sie eingefahren", überlegte Oliver. „Oder es war ein Zufall, dass wir sie heute gesehen haben."

Kimberly nickte. „Oder sie wussten, dass wir in der Nähe waren."

Die beiden warteten im Schutz der Bäume. Der Mond war so hell, dass sie sich nicht sofort zur Hütte wagten. „Wir müssen warten, bis der Mond hinter den Wolken verschwindet", flüsterte Oliver.

Nach ein paar Minuten war der Moment gekommen. Die Lichtung lag im Schatten, und die beiden schlichen in gebückter Haltung zur Hütte. Oliver führte den Weg zur Veranda, wo er die Türschnalle vorsichtig herunterdrückte. Die Tür öffnete sich lautlos.

„Seltsam", murmelte Oliver. „Eine alte Tür wie diese müsste knarren."

„Komm rein", zischte Kimberly. „Das finden wir später raus."

Die Hütte war dunkel, kalt und unheimlich. Kimberly und Oliver tauschten einen Blick aus. Was auch immer hier vor sich ging, es war nichts Gutes.

Im Schein ihrer Taschenlampen betrachteten sie die spärlich eingerichtete Hütte. Ein alter Tisch mit vier wackeligen Stühlen, ein massiver Schrank, rätselhafte Graffiti an den Wänden und eine Couch mit schweren Holzarmlehnen. Auf der Couch prangten goldene Kugeln, die wie Dekorationen aus einer anderen Zeit wirkten. Kimberly bemerkte eine Kiste, die unter der Couch hervorlugte.

„Schau dir das an", flüsterte sie und kniete sich hin. Vorsichtig öffnete sie den Deckel der Kiste und fand allerlei altes Zeug: eine Taschenlampe, ein paar Werkzeuge und ein Buch. Es sah aus wie ein Tagebuch. Kimberly nahm es heraus und zeigte es Oliver.

„Mach Fotos von den Symbolen an der Wand", befahl sie. Oliver tat wie geheißen und hielt alles mit seiner Handy-Kamera fest.

„Das Tagebuch sieht alt aus. Vielleicht finden wir hier drin etwas heraus", sagte Kimberly und setzte sich auf die Couch. Oliver setzte sich neben sie, und gemeinsam öffneten sie das Buch. Kimberly leuchtete mit der Taschenlampe, während Oliver die ersten Seiten umblätterte. Die Einleitung schien von jemandem zu stammen, der über seltsame Vorkommnisse im Wald schrieb.

Plötzlich hörten sie Schritte auf der Veranda. Kimberly hielt den Atem an, und Oliver löschte die Taschenlampe. Panisch wollte er aufspringen, doch in seiner Hektik zog er an einer der goldenen Kugeln an der Armlehne der Couch. Ein leises Klicken ertönte, und plötzlich kippte die Couch zur Seite.

Kimberly und Oliver rutschten durch einen Mechanismus in das Innere der Couch.

„Was … war das?", flüsterte Kimberly erschrocken, als sie plötzlich dicht an dicht in der Dunkelheit lagen.

Die Schritte auf der Veranda wurden lauter. „Ich habe dir doch gesagt, ich bin gleich wieder da!", rief eine Stimme, die eindeutig zu einem Mann gehörte. Kimberly und Oliver wagten es kaum zu atmen, während der Mann in die Hütte trat. Er ging zur Wand, drückte etwas, und ein weiteres Klicken ertönte.

„Ich hole nur kurz meine Brieftasche", rief der Mann. Ein anderer wartete anscheinend draußen. „Beeil dich! Die Damen warten nicht ewig", erwiderte die zweite Stimme genervt.

Kimberly und Oliver hörten das Geräusch einer elektrischen Tür, gefolgt von Schritten, die sich entfernten. Kurz darauf war es wieder still. Kimberly und Oliver warteten noch zehn Minuten, bevor sie sich bewegten.

Kimberly spürte Olivers Atem auf ihrer Wange und zischte leise: „Wage es ja nicht, etwas Dummes zu tun."

„Ich suche nur den Mechanismus, der uns hier hereingebracht hat", murmelte Oliver.

„Wenn du nicht meinen Po suchst, dann mach weiter," zischte Kimberly zurück. Oliver schwitzte vor Anspannung und versuchte mit einer Hand die goldene Kugel zu ertasten. Nach endlosen Sekunden fand er etwas, das sich wie ein Seilzug anfühlte. Mit einem Ruck zog er daran, und die Couch bewegte sich erneut. Ein paar Sekunden später spuckte sie die beiden wieder aus.

„Das war knapp", keuchte Kimberly und wischte sich die Haare aus dem Gesicht.

„Wer war das?", fragte Oliver.

„Keine Ahnung, aber das müssen wir herausfinden", sagte Kimberly und hob das Tagebuch hoch.

„Und diese geheime Tür ... Ich habe sie nicht einmal gesehen!" Oliver sah sich hektisch um, doch die Wand wirkte wie aus einem Guss.

„Wir kommen morgen wieder", beschloss Kimberly. „Bei Tageslicht. Lass uns verschwinden."

Sie schlichen zurück in den Wald, während die Hütte hinter ihnen wieder in der Stille versank.


Es war kurz vor ein Uhr in der Früh, und der Mond hing wie ein stiller Wächter am sternenklaren Himmel. Zwei dunkle Gestalten huschten leise über den Lagerplatz, ihre Bewegungen geschmeidig und bedacht. Wortlos warfen sie sich einen kurzen Blick zu, dann trennten sie sich. Die größere Gestalt schlich in Richtung der Jungs-Hütte, während die kleinere und zierlichere sich vorsichtig der Mädchen-Hütte näherte.

Wie Diebe in der Nacht bewegten sie sich mit äußerster Vorsicht, jedes Geräusch vermeidend. Die Stille des Camps wurde nur vom sanften Rascheln der Blätter und dem entfernten Ruf einer Eule unterbrochen. Der Wald wirkte wie ein stummer Beobachter, der ihr nächtliches Abenteuer kommentarlos akzeptierte.

Als die größere Gestalt die Jungs-Hütte erreichte, hielt sie kurz inne, lauschte dem rhythmischen, tiefen Atmen der schlafenden Jungen und drückte dann vorsichtig die Tür auf. Das leise Knarren ließ sie innehalten. Doch niemand rührte sich. Schritt für Schritt glitt die Gestalt lautlos in den Raum, schloss die Tür hinter sich und schlüpfte schnell unter die Decke. Ohne sich umzuziehen, zog sie die Kapuze tiefer ins Gesicht, um jegliches Restlicht fernzuhalten, und atmete erleichtert aus. Die Spannung des Abends wich langsam, und schon nach wenigen Augenblicken fiel sie in einen tiefen, traumlosen Schlaf.

Die kleinere Gestalt hingegen musste sich an der Mädchen-Hütte einer größeren Herausforderung stellen. Sie wusste, dass die Stimmung in der Hütte angespannt war und jede falsche Bewegung ihre Tarnung auffliegen lassen könnte. Mit einer Hand an der Tür drückte sie vorsichtig die Klinke hinunter. Die Tür schwang leise auf, aber das Knarren der Scharniere schien in der Stille viel lauter als sonst. Sie blieb wie erstarrt stehen und lauschte. Nichts. Das monotone Atmen der Mädchen setzte sich fort.

Wie auf Zehenspitzen glitt sie ins Innere, schloss die Tür vorsichtig hinter sich und machte einen Schritt in Richtung ihres Bettes. Ihre Kapuze rutschte ein wenig zurück, und ein Schweißtropfen rann über ihre Stirn. Sie hatte das Gefühl, als würde jedes Geräusch, das sie verursachte, die ganze Welt aufwecken. Doch die anderen Mädchen schienen tief zu schlafen.

Als sie endlich ihr Bett erreichte, ließ sie sich geräuschlos auf die Matratze sinken. Sie zog die Decke bis zum Kinn, den schwarzen Hoodie immer noch an, und atmete zum ersten Mal seit Minuten tief durch. Der Abend war geschafft. Der Ausflug hatte sie erschöpft, und kaum hatte sie die Augen geschlossen, war sie auch schon eingeschlafen.

Draußen lag das Camp wieder still und friedlich im Mondschein. Der Lagerplatz, auf dem sie vor wenigen Minuten noch geschlichen waren, war nun leer, und die Hüttentüren blieben geschlossen. Die Schatten der Bäume wiegten sich leicht im Wind, und die Nacht nahm ihren Lauf, als wäre nichts geschehen.

# XIII

Es war kurz nach sieben Uhr, und im verborgenen Hauptquartier herrschte bereits reges Treiben. Der Anführer, gekleidet wie immer in seinem grauen Anzug, saß lässig auf einem der ledernen Stühle vor einem großen Kontrollbildschirm. Neben ihm tippte der Programmierer konzentriert auf seiner Tastatur, die Finger flogen förmlich über die Tasten. Auf einem der Monitore flackerten die gerade gehackten Zugangsdaten eines Bankkontos auf, während ein anderer Bildschirm die Aktivitäten ihres weltweiten Netzwerks zeigte.

„Also war doch jemand in unserem Hauptquartier", sagte der Anführer mit einer Mischung aus Ärger und Überlegenheit in der Stimme, während er das Smartphone in der Hand hielt und die Fotos der Symbole und Graffitis betrachtete. „Die Fotos stammen eindeutig von letzter Nacht."

Der Programmierer, ein junger Mann mit nervösem Gesichtsausdruck, lehnte sich über seine eigene Konsole, um die Bilder ebenfalls zu betrachten. „Das sind definitiv unsere Wände", murmelte er und scrollte durch die Bilder auf Olivers Handy, die heimlich in der Hütte aufgenommen worden waren. „Wie haben die es geschafft, reinzukommen?"

Der Anführer sah ihn mit einem scharfen Blick an. „Hast du die Türe nicht abgeschlossen, als du deine Brieftasche geholt hast? Lösch die Fotos sofort, bevor die Kinder selbst einen Blick darauf werfen. Wahrscheinlich wissen sie noch nicht einmal, was sie da fotografiert haben."

Der Programmierer nickte knapp. „Okay", antwortete er und begann sofort, sich Zugriff auf Olivers Smartphone zu verschaffen. Binnen Sekunden tauchte auf einem anderen Monitor eine Reihe von Kommandos auf, und der Programmierer grinste zufrieden. „Gelöscht. Alles weg. Die werden glaube, dass sie die Bilder selbst gelöscht haben."

„Gut", sagte der Anführer und lehnte sich zurück. „Wir müssen besser aufpassen. Ich habe keine Lust, dass irgendein pubertierender Möchtegern-Schnüffler uns in die Quere kommt."

Der Programmierer hielt inne und warf ihm einen fragenden Blick zu. „Vielleicht sollten wir die Hütte noch besser sichern? Oder die Geräte nachts abschalten?"

Der Anführer schnaubte abfällig. „Kümmere dich um deine Angelegenheiten und hör auf, dich in meine einzumischen. Das sind nur Kinder. Mach deinen Job, und ich mache meinen."

Mit einem schnellen Knopfdruck aktivierte er sein Headset, das er wie gewohnt in seinem Ohr trug. Er scrollte durch die Daten, die auf einem der Bildschirme angezeigt wurden, und ein diabolisches Lächeln breitete sich auf seinem Gesicht aus.

„Da haben wir es", rief er plötzlich und erhob sich von seinem Stuhl. „Gerade die Zugangsdaten eines neuen Kontos geknackt. Ich liebe es, wenn die Leute so leichtgläubig sind." Seine Stimme hatte einen triumphalen Unterton, während er begann, Zahlen in die Eingabemaske eines Überweisungstools zu tippen. „Zehntausend Euro ... danke an die gute Dame aus New York, die gerade dachte, ich sei ihr Bankberater. Willkommen in der großen, bösen Welt."

Der Programmierer warf ihm einen kurzen Blick zu, während er weiter an seiner Konsole arbeitete. „Zehntausend?", fragte er beiläufig.

„Zehntausend", bestätigte der Anführer und grinste breit. „Gerade auf unser anonymes Konto überwiesen. Für ‚unsere Firma'. Ein guter Start in den Tag, meinst du nicht?"

Der Programmierer nickte, aber sein Blick war besorgt. „Wir sollten trotzdem vorsichtig sein. Wenn die Kids zurückkommen ...‟

„Dann kommen sie zurück", unterbrach ihn der Anführer scharf. „Aber glaub mir, sie werden nichts finden, was uns gefährlich werden könnte. Und jetzt, hör auf, dir Sorgen zu machen, und mach weiter mit dem nächsten Scam."

Der Programmierer beugte sich gehorsam wieder über seine Konsole, während der Anführer mit einer selbstzufriedenen Miene das Headset auf seinem Ohr justierte und das nächste Opfer ins Visier nahm. Der Raum war erfüllt vom leisen Summen der Geräte und dem Klicken der Tastaturen, während irgendwo auf der Welt eine neue Person bereit war, in die Falle zu tappen.

Der laute Gong der Essensglocke hallte über das Camp und riss Oliver, Dario und Ömer aus ihren Träumen. Noch halb verschlafen stöhnte Dario: „Kann die nicht einmal leiser läuten? Es ist viel zu früh!" Doch die Jungs rappelten sich auf, zogen sich an und schlurften verschlafen zur Waschhütte, um sich schnell die Zähne zu putzen. Ömer war aufgeregt. Er musste unbedingt mit Oliver über die Entdeckung der letzten Nacht sprechen, doch Dario war die ganze Zeit bei ihnen und gab keinen Raum für ein privates Gespräch.

Am Frühstücksplatz angekommen, fiel Ömer sofort Kimberly ins Auge. Sie saß abseits der anderen an einem der langen Holztische, hielt eine Semmel in der Hand und kaute lustlos darauf herum. Ihr Blick war leer, und dunkle Augenringe zeichneten sich unter ihren Augen ab. Sie sah müde und ausgelaugt aus, aber auch angespannt – als ob sie noch immer über die Ereignisse der Nacht nachdachte.

„Komm, wir setzen uns zu ihr", schlug Ömer vor und schnappte sich ein Frühstückstablett. Oliver folgte ihm mit einem weiteren Tablett, während Dario ohne ein weiteres Wort einen anderen Tisch ansteuerte. Ömer atmete erleichtert auf – endlich konnten sie ungestört reden.

Als sie sich zu Kimberly setzten, nickte sie den beiden müde zu. „Na, gut geschlafen?", fragte Oliver mit einem Anflug von Ironie. Kimberly hob eine Augenbraue und antwortete trocken: „Nicht wirklich. Und ihr?"

„Vergiss das", sagte Ömer direkt. „Was ist gestern Nacht passiert? Ihr zwei seid wiedergekommen wie zwei Geheimagenten auf einer Mission. Ich will alles wissen."

Kimberly und Oliver schauten sich verstohlen um, um sicherzustellen, dass niemand sie belauschte. Die anderen Jugendlichen waren entweder noch zu müde oder zu beschäftigt mit ihren Frühstücken, um auf sie zu achten. Leise begannen Kimberly und Oliver, die Geschichte von der Nacht zu erzählen: wie sie sich insgeheim aus dem Camp geschlichen hatten, wie sie die verlassene Hütte gefunden hatten, die Antenne, die sie auf das Camp gerichtet hatten, und natürlich die mysteriösen Symbole und das Tagebuch, das sie entdeckt hatten. Kimberly ließ dabei keinen ihrer Details aus, während Oliver immer wieder ergänzte, wo er konnte.

„Das ist doch verrückt", flüsterte Ömer, seine Stimme voller Spannung. „Und ihr seid euch sicher, dass es etwas mit der Nachricht und der ganzen Sache hier zu tun hat?"

„Absolut", bestätigte Kimberly. „Das alles ist kein Zufall. Diese Antenne, die Nachricht an Sara, alles hängt zusammen.

Jemand beobachtet uns. Und ich wette, es sind keine harmlosen Camper."

„Zeig ihm die Fotos, Oli", forderte Kimberly. „Die Beweise müssen wir uns genauer ansehen."

Oliver nickte und zog sein Smartphone aus der Tasche – ein Verstoß gegen die Campregeln, aber in diesem Moment war das unwichtig. Er öffnete die Galerie-App und wollte die Fotos zeigen, die er in der Hütte gemacht hatte. Doch plötzlich erstarrte er.

„Was zum ...?", murmelte er, sein Daumen wischte hektisch über den Bildschirm. „Die Fotos ... sie sind weg."

Kimberly starrte ihn an, ihr Gesicht wurde rot vor Ärger. „Was meinst du mit ‚sie sind weg'? Du hast sie gemacht, oder? Du hast gesagt, dass du sie gemacht hast!"

„Ich habe sie gemacht!", verteidigte sich Oliver, seine Stimme wurde eindringlicher. „Ich schwöre, sie waren gestern Abend noch da. Ich habe sie mit meinen eigenen Augen gesehen!"

„Dann hast du sie aus Versehen gelöscht", warf Kimberly ihm wütend vor. „Ich habe dir extra gesagt, du sollst Fotos machen, und jetzt haben wir keine Beweise mehr! Wie kann man nur so unzuverlässig sein?"

„Ich habe sie nicht gelöscht!" Oliver war jetzt genauso verärgert wie Kimberly. „Hör auf, mich zu beschuldigen. Glaubst du, ich würde so etwas absichtlich machen?"

Ömer, der bisher still zugehört hatte, legte eine Hand auf Olivers Schulter, um ihn zu beruhigen. „Warte mal", sagte er. „Wenn diese Typen – wer auch immer sie sind – Nachrichten in deinem Namen verschicken können, dann können sie sich doch sicher auch Zugriff auf dein Handy verschaffen und die Fotos löschen, oder?"

Olivers Augen weiteten sich. „Das ... das könnte tatsächlich sein", murmelte er. „Wenn sie so gut sind, dann könnten sie das leicht machen. Sie haben die Fotos wahrscheinlich gesehen und sofort gelöscht, um uns keine Beweise zu lassen."

Kimberly lehnte sich zurück und verschränkte die Arme vor der Brust. „Das macht Sinn", gab sie widerwillig zu. „Wenn sie uns beobachtet haben, dann wissen sie jetzt, dass wir in der Hütte waren. Und wenn sie wissen, dass wir da waren ..."

„... dann wissen sie auch, dass wir ihnen auf der Spur sind", beendete Ömer ihren Satz. „Das heißt, sie könnten einen Schritt voraus sein."

Für einen Moment saßen die drei schweigend da. Die Erkenntnis, dass ihre Gegner von ihrer Anwesenheit in der Hütte wussten und ihre Beweise vernichtet hatten, machte sie alle nervös. Es fühlte sich an, als ob sie gegen eine unsichtbare Macht kämpften, die sie nicht greifen konnten.

„Was machen wir jetzt?", fragte Kimberly schließlich, ihre Stimme war leiser als sonst.

Oliver sah sie an und dann zu Ömer. „Wir geben nicht auf", sagte er entschlossen. „Nur weil die Fotos weg sind, heißt das nicht, dass wir keine weiteren Beweise finden können. Wir haben immer noch das Tagebuch, und wir wissen, wo die Hütte ist."

Kimberly nickte langsam. „Aber wir müssen vorsichtig sein. Die wissen jetzt, dass wir ihnen auf den Fersen sind."

Ömer starrte auf seinen Teller, der vor ihm stand, aber unberührt geblieben war. „Und was ist, wenn sie noch mehr tun? Wenn sie uns weiter angreifen? Wir müssen einen Plan haben."

„Einen Schritt nach dem anderen", sagte Oliver. „Heute Nacht gehen wir noch mal in die Hütte. Vielleicht finden wir die versteckte Tür oder mehr Hinweise."

„Heute Nacht?", fragte Kimberly skeptisch. „Wir haben Glück gehabt, dass wir gestern nicht erwischt wurden."

„Aber wir müssen", beharrte Oliver. „Je länger wir warten, desto mehr Chancen haben sie, alles zu verbergen."

Kimberly atmete tief durch und nickte schließlich. „Okay. Aber diesmal müssen wir noch vorsichtiger sein."

Die drei tauschten einen ernsten Blick aus. Sie wussten, dass sie auf dünnem Eis wandelten – doch der Drang, die Wahrheit herauszufinden, ließ ihnen keine andere Wahl. Sie mussten es tun.

## XIV

Nach dem Frühstück war es Ömer, Bibi und Dario zugeteilt worden, den Abwasch zu übernehmen. Ömer sah darin eine Gelegenheit, endlich mit Bibi zu reden und sie von seiner Unschuld zu überzeugen. Doch seine Versuche, das Gespräch zu beginnen, wurden eiskalt abgeblockt.

„Bibi, bitte ... kannst du mir kurz zuhören?", sagte Ömer, während er einen Teller abtrocknete und sie hoffnungsvoll ansah. Doch Bibi schüttelte nur den Kopf, ohne ihn direkt anzusehen, und stapelte das saubere Geschirr mit mechanischer Präzision.

„Ich habe nichts zu sagen, Ömer", murmelte sie knapp und ließ ihn stehen.

Dario, der bisher schweigend gearbeitet hatte, beobachtete die Szene mit einem skeptischen Blick. Als Ömer sich kurz von der Gruppe entfernte, um die letzten Gläser zu holen, trat Dario näher an Bibi heran. „Hey, was ist eigentlich los?", fragte er leise. „Was hat Ömer gemacht, dass du ihn so behandelst?"

Bibi seufzte und schaute Dario kurz an, bevor sie antwortete. „Es geht um Sara. Oliver hat eine Nachricht an sie geschickt, in der er behauptet, dass alles zwischen Ömer und Sara eine Wette war. Sie haben darauf gewettet, ob er sie im Camp ‚rumkriegt'." Ihre Stimme war voller Bitterkeit. „Sara hat es gelesen, und jetzt ist sie am Boden zerstört. Ömer tut jetzt so, als hätte er keine Ahnung davon, aber ich glaube ihm kein Wort."

Darios Augen verengten sich. Er hatte Ömer immer für einen guten Kerl gehalten, aber Bibis Worte brachten ihn zum Nachdenken. Vielleicht war Ömer doch nicht der, für den er ihn gehalten hatte.

Während die anderen Jugendlichen an den Vormittagsaktivitäten teilnahmen, half Ömer Professor Lehrner dabei, den Essensbereich für das Mittagessen herzurichten. Doch seine Gedanken waren ganz woanders.

Immer wieder schweifte sein Blick zum See, zum Wald und zu den Hütten, in der Hoffnung, Sara irgendwo zu entdecken.

„Ömer, bist du noch bei der Sache?", fragte Professor Lehrner, als Ömer bereits zum dritten Mal eine Bank an die falsche Stelle schob.

„Entschuldigung", murmelte Ömer, als er die Bank erneut verrückte.

Schließlich konnte er nicht mehr an sich halten. „Professor Lehrner, wissen Sie vielleicht, wo die Yoga-Gruppe mit Professor Kurz hingeht?"

„Am See, wie immer", antwortete Lehrner, ohne den Kopf zu heben.

Kaum hatte Ömer die Antwort gehört, stürmte er los, ohne weiter auf die Anweisungen des Professors zu achten. Er lief den schmalen Pfad zum See hinunter, das Wasser glitzerte im Morgenlicht, und er spähte suchend die Gruppe ab. Doch als er schließlich die Yoga-Gruppe erreichte, sah er nur noch, wie sie sich auf den Rückweg machte. Sara war ganz vorne bei Professor Kurz und schien in ein Gespräch vertieft zu sein.

„Sara!", rief er laut, doch der Lärm der anderen Jugendlichen übertönte seine Stimme. Verzweifelt rannte er näher, aber bevor er sie erreichen konnte, stellte sich plötzlich Dario ihm in den Weg.

„Lass sie in Ruhe, Mann", sagte Dario kühl. „Sie braucht keine weiteren Lügen von dir."

Ömer blieb stehen, der Atem stockte ihm. „Dario, du verstehst das nicht ... ich muss ihr alles erklären."

„Oh, ich glaube, ich habe es ganz gut verstanden", erwiderte Dario bissig. „Du hattest deine Chance, Ömer. Und du hast sie verspielt."

Ohne ein weiteres Wort drehte Dario sich um und ging, um zur Gruppe zurückzukehren. Ömer blieb allein zurück, die Worte seines Freundes hallten in seinem Kopf wider. Zum ersten Mal fühlte er sich vollkommen hilflos.

Die morgendliche Sonne warf goldene Strahlen durch die Bäume, doch hinter der Waschhütte, wo Oliver und Kimberly saßen, schien die Zeit stillzustehen. Das alte Tagebuch lag wie ein Schatz zwischen ihnen. Kimberly hielt es fest in den Händen, ihre Stirn in Konzentration gelegt, während Oliver über ihre Schulter schaute.

„Diese Symbole ...", murmelte Kimberly und fuhr mit den Fingern über die Seite. „Sie sehen wie Buchstaben aus, aber sie sind so seltsam angeordnet."

Oliver beugte sich vor, um die eingeritzten Zeichen genauer zu betrachten. „Das sind keine normalen Buchstaben", bemerkte er. „Schau dir die Abstände an. Sie sind viel zu gleichmäßig. Das muss irgendeine Art von System sein."

Kimberly nickte. „Und sie wiederholen sich. Hier zum Beispiel: ‚A, S, C, M.' Und dann ... ein paar Seiten später: ‚S, C, M, A.' Es ist kein Zufall."

Sie blätterte weiter und zeigte auf eine Seite, auf der die Symbole in Kreisen angeordnet waren, ähnlich wie eine Art Sternbild. „Es könnte ein Code sein", sagte sie, mehr zu sich selbst als zu Oliver. „Oder eine Wegbeschreibung."

„Ein Code?", wiederholte Oliver skeptisch. „Wie kommen wir darauf?"

Kimberly dachte einen Moment nach, während ihre Finger über die eingekritzelten Symbole glitten. „Die Symbole sind nicht einfach nur da. Sie scheinen in Verbindung mit dem geschriebenen Text zu stehen. Hier – lies mal." Sie zeigte auf eine Passage:

„‚A überragt den See, S verbirgt sich hinter dem Schatten, C hört die Stimmen der Nacht, und M beobachtet alles.'"

Oliver runzelte die Stirn. „Was soll das bedeuten?"

„Ich glaube, das sind Orte im Camp", erklärte Kimberly und tippte mit ihrem Finger auf das Tagebuch. „‚A überragt den See.' Vielleicht ist das ein Hinweis auf etwas, das sich in der Nähe des Sees befindet, vielleicht eine Kamera oder eine Antenne."

Oliver nickte langsam. „‚S verbirgt sich hinter dem Schatten', das könnte etwas sein, das versteckt ist, vielleicht in der Nähe der Hütten. Und ‚C hört die Stimmen der Nacht' ... das klingt, als ob irgendwo ein Mikrofon angebracht ist."

„Und ‚M beobachtet alles", fügte Kimberly hinzu. „Vielleicht eine zentrale Kamera oder ein Überwachungsgerät."

Kimberly zog einen Notizblock aus ihrer Tasche und begann, die Symbole und ihre möglichen Bedeutungen aufzuschreiben. „Okay, lass uns das ordnen", sagte sie. „Wir suchen also nach vier Dingen: A, S, C und M. Und wir müssen diese Hinweise mit den Orten im Camp in Verbindung bringen."

Oliver deutete auf das Tagebuch. „Es gibt noch mehr. Sieh mal hier." Er zeigte auf eine weitere Passage:

„‚Die Unwissenden lachen, während die Beobachter sehen. Die Schlüssel liegen im Schatten der Macht. Traue niemandem und sieh das Geheimnis in einem Spiegel.'"

Kimberly runzelte die Stirn. „Das klingt ... unheimlich. Aber es bestätigt meine Theorie: Es gibt hier Geräte, die uns überwachen. Kameras, Mikrofone – sie sehen und hören alles."

Oliver lehnte sich zurück und fuhr sich durch die Haare. „Also, wenn wir die Symbole entschlüsseln, können wir herausfinden, wo die Überwachung ist?"

Kimberly nickte. „Genau. Aber wir müssen systematisch vorgehen."

Kimberly und Oliver beschlossen, mit „A" zu beginnen – dem Symbol, das „den See überragt". Sie schlichen sich leise zum See und suchten die Umgebung ab. Oliver war es, der schließlich eine kleine, glänzende Linse entdeckte, die an einem Baum befestigt war und auf den Lagerplatz gerichtet war.

„Da ist es!", flüsterte er aufgeregt. „Das muss die Kamera sein."

Kimberly zückte ihr Handy und fotografierte die Linse, bevor sie sich an den Baum lehnte. „Das ist gruselig", murmelte sie. „Wir werden die ganze Zeit beobachtet."

Sie notierten den Fund und gingen weiter. Der nächste Hinweis, „S verbirgt sich hinter dem Schatten", führte sie zu den Hütten. Kimberly fiel ein, dass der Schatten der Mädchen-Hütte am Morgen auf eine bestimmte Stelle fiel. Dort, hinter einem Balken, fanden sie ein kleines Mikrofon, das in den Rahmen eingelassen war.

„Sie hören uns", flüsterte Kimberly. „Alles, was wir in den Hütten sagen."

Oliver schüttelte den Kopf. „Das ist krank. Wer macht so etwas?"

Der Hinweis „C hört die Stimmen der Nacht" führte sie zur Küchenhütte. Kimberly erinnerte sich, dass sie dort manchmal seltsame Geräusche gehört hatte, als wäre jemand in der Nähe. Sie suchten die Hütte sorgfältig ab und entdeckten schließlich einen WLAN-Repeater, der in der Dachrinne versteckt war.

„Das ist es", sagte Kimberly, während sie den kleinen Kasten betrachtete. „Sie haben das WLAN-Signal gehackt."

Oliver machte ein weiteres Foto und notierte die Position des Geräts. „Kein Wunder, dass sie alles wissen", murmelte er. „Wenn sie das WLAN anzapfen, können sie auf all unsere Geräte zugreifen."

Das letzte Symbol, „M beobachtet alles", führte sie zur Gemeinschaftsfläche des Camps. Sie suchten die Lampen an den Bänken und Tischen ab und fanden schließlich eine weitere Kamera, die so gut versteckt war, dass sie sie fast übersehen hätten.

„Das ist die zentrale Kamera", sagte Kimberly, als sie die Linse betrachtete. „Sie überwachen uns die ganze Zeit."

Oliver machte ein Foto und schaute sie an. „Was jetzt?"

Kimberly schloss das Tagebuch und steckte es in ihre Tasche. „Wir müssen das Ömer zeigen. Er muss wissen, was hier los ist. Aber wir müssen vorsichtig sein. Wenn sie uns beobachtet haben, dann wissen sie vielleicht schon, dass wir auf der Spur sind."

„Was machen wir, wenn sie uns erwischen?", fragte Oliver.

Kimberly sah ihn fest an. „Dann sind wir vorbereitet. Wir lösen das Rätsel – egal, was passiert."

Kimberly und Oliver machten sich auf den Rückweg, das Tagebuch fest in Kimberlys Händen. Die Luft schien schwerer zu werden, je näher sie dem Lagerplatz kamen. Der Gedanke, dass jemand sie ununterbrochen beobachtete und belauschte, ließ beide erschaudern. Sie hatten das Gefühl, dass jeder Baum, jedes Rascheln der Blätter ein stiller Zeuge ihrer Entdeckung war.

„Kimmy", begann Oliver zögerlich, „was, wenn sie wissen, dass wir das Buch haben? Was, wenn sie jetzt schon Schritte einleiten, um uns auszuschalten?"

Kimberly hielt einen Moment inne, drehte sich um und sah Oliver ernst an. „Deshalb müssen wir schnell handeln. Wir zeigen das Ömer und überlegen uns zusammen den nächsten Schritt. Aber erst einmal ruhig bleiben. Keine Panik."

Oliver nickte, obwohl sein Herz schneller schlug als ihm lieb war.

Am Lagerplatz angekommen, wirkte alles wie immer. Jugendliche saßen an den Bänken, lachten und plauderten, während Professor Lehrner und Professor Kurz gemeinsam das Mittagessen vorbereiteten. Niemand schien etwas von den versteckten Kameras oder Mikrofonen zu ahnen – außer Kimberly und Oliver.

Sie schlichen sich hinter die Waschhütte, um kurz durchzuatmen und sich einen Plan zu überlegen. Kimberly schlug das Tagebuch erneut auf und zeigte auf eine der späteren Seiten. „Hier, lies das", sagte sie und hielt Oliver die Seite hin.

„Die Schatten werden länger, doch die Kontrolle wächst. Vertraue niemandem. Selbst die freundlichsten Gesichter können Feinde sein. Du findest das Geheimnis in einem Spiegel!"

Oliver runzelte die Stirn. „Das klingt fast so, als hätte der Verfasser geahnt, was hier passiert."

Kimberly nickte. „Vielleicht hat er es sogar selbst erlebt. Vielleicht hat er versucht, uns zu warnen."

Nachdem sie sicher waren, dass niemand sie beobachtete, schlichen Kimberly und Oliver zu Ömer, der gerade mit Professor Lehrner am Essensbereich arbeitete. Sie warteten ungeduldig, bis Professor Lehrner abgelenkt war, und zogen Ömer beiseite.

„Was ist los?", fragte Ömer, sichtlich verwirrt. „Ihr seht aus, als hättet ihr einen Geist gesehen."

„Es ist noch schlimmer", sagte Kimberly ernst. „Wir müssen dir etwas zeigen."

Sie führten ihn hinter die Waschhütte und holten das Tagebuch hervor. Kimberly erklärte ihm die Symbole, die Hinweise und ihre Entdeckungen im Camp. Oliver ergänzte die Geschichte mit den Geräten, die sie gefunden hatten – die Kamera am See, das Mikrofon an der Mädchen-Hütte, den W-

Lan-Repeater an der Küche und die zentrale Kamera am Gemeinschaftsplatz.

Ömer wurde blass. „Ihr meint, jemand überwacht uns die ganze Zeit? Und wir hatten keine Ahnung?"

Kimberly nickte. „Genau das meinen wir. Und das hier", sie klopfte auf das Tagebuch, „ist der Schlüssel. Der Verfasser hat es aufgeschrieben, wahrscheinlich, um uns zu warnen. Wir müssen das ernst nehmen."

Ömer war sichtlich mitgenommen, aber entschlossen. „Wir müssen mehr herausfinden. Wir wissen jetzt, dass sie uns überwachen und dass sie Zugang zu unseren Geräten haben. Aber wir wissen nicht, wer ,sie' sind oder warum sie das tun."

„Das Tagebuch könnte uns weiterhelfen", sagte Kimberly. „Die Hinweise führen bestimmt zu etwas Größerem. Es gibt noch mehr Symbole und Einträge, die wir entschlüsseln müssen."

„Aber wie machen wir das, ohne dass sie es bemerken?", fragte Oliver. „Wenn sie uns überwachen, können sie jeden Schritt von uns sehen."

Ömer überlegte. „Wir müssen schlauer sein als sie. Wir tun so, als wüssten wir von nichts. Aber heimlich suchen wir weiter. Wir dürfen keine Geräte verwenden, die sie hacken könnten."

Kimberly sah ihn an. „Also komplett analog? Kein Handy, keine Tablets, nichts?"

„Genau", sagte Ömer. „Papier und Stift. Und wir treffen uns immer an Orten, die sie nicht überwachen können – wie hinter der Waschhütte oder im Wald."

Oliver nickte. „Klingt nach einem Plan."

Kimberly schlug das Tagebuch erneut auf und blätterte durch die Seiten. Ihre Augen blieben an einem Satz hängen, der sie erschaudern ließ.

„Wenn du dieses Buch liest, bist du bereits im Netz gefangen. Deine Gedanken, deine Worte, deine Bewegungen – alles gehört ihnen."

„Das ist krank", murmelte sie. „Aber es passt."

Ömer legte eine Hand auf ihre Schulter. „Wir schaffen das. Wir lösen das Rätsel und machen dem ein Ende."

„Aber was ist, wenn sie uns erwischen?", fragte Oliver.

Kimberly schluckte und schloss das Tagebuch. „Dann hoffen wir, dass wir bis dahin genug wissen, um uns zu wehren."

## XV

Nach der intensiven Besprechung mit Kimberly und Oliver am Vormittag hatten sie beschlossen, sich so unauffällig wie möglich zu verhalten. Keiner durfte den Eindruck gewinnen, dass sie etwas wussten – weder die anderen Jugendlichen noch die geheimnisvollen Spione, die offenbar jeden ihrer Schritte überwachten. Sie gaben sich betont locker, lachten, scherzten und taten so, als sei alles in bester Ordnung.

Doch innerlich war Ömer aufgewühlt. Der Konflikt mit Sara nagte an ihm, und die Entdeckung der Kameras und Abhörgeräte ließ ihn paranoid werden. Er wollte nicht nur das

Rätsel lösen, sondern auch endlich mit Sara sprechen und die Missverständnisse ausräumen.

Nach dem Mittagessen sah Ömer endlich seine Gelegenheit. Sara stand allein am Ufer des Sees, den Rücken zu ihm gewandt. Ihr braunes Haar wurde vom leichten Wind zerzaust, und sie schien völlig in Gedanken versunken. Ömer atmete tief durch. Dies war sein Moment.

Er ging vorsichtig auf sie zu, seine Worte im Kopf bereits mehrfach durchgespielt. „Sara, es tut mir leid. Ich weiß, wie das alles aussieht, aber ich schwöre dir, es ist nicht, was du denkst ..." So würde er anfangen. Und dann würde er ihr alles erzählen – die gefälschte Nachricht, die Entdeckung der Kameras, das Tagebuch. Sie musste ihm glauben. Sie musste verstehen, dass er sie nicht hintergangen hatte.

Doch plötzlich wurde seine Konzentration durch ein lautes Poltern unterbrochen.

„Ah, verdammt!", rief Oliver, der mit einer Flasche Wasser in der Hand angerannt kam und über einen Baumstumpf gestolpert war. Er landete unsanft auf dem Boden und hielt sich den Knöchel. „Ömer, hilf mir! Ich glaube, mein Knöchel ist umgeknickt!", rief er mit schmerzverzerrtem Gesicht.

Ömer hielt inne. Er sah zu Sara, dann zu Oliver, der sich am Boden vor Schmerzen krümmte. Sein Herz raste, aber seine Entscheidung war klar. Er konnte seinen Freund nicht einfach liegen lassen.

„Bleib da, Oliver, ich helfe dir", sagte er entschlossen und eilte zu ihm. Er hob Oliver hoch und stützte ihn. „Kannst du aufstehen?"

„Ich glaube schon, aber es tut höllisch weh", stöhnte Oliver.

Als Ömer wieder zum See schaute, war Sara verschwunden. Sein Herz sank. Wieder hatte er die Chance verloren, mit ihr zu reden.

Zurück am Lagerplatz setzten sich Ömer und Oliver erschöpft auf eine Bank hinter der Küchenhütte. Kimberly kam mit einer kleine Tube Salbe in der Hand. „Lass mal sehen", sagte sie, während sie sich vor Oliver hinhockte.

„Oh Mann, du bist echt ein Held", scherzte Oliver, der sichtlich erleichtert war, Kimberly wieder etwas entspannter zu sehen. „Hast du diese Salbe in deinem magischen Erste-Hilfe-Kit gefunden?"

„Ja, weil ich immer diejenige bin, die die Jungs zusammenflickt", sagte Kimberly grinsend und begann, die Salbe auf Olivers Knöchel aufzutragen. „Aber jetzt stell dich nicht so an, du tust ja fast so, als hätte dir ein Bär das Bein abgebissen."

Oliver lachte auf, aber Kimberly sah ihn streng an. „Das ist kein Grund, mich wieder ‚Kimmy' zu nennen. Du bist immer noch auf Bewährung, vergiss das nicht." Trotzdem war ihr Lächeln echt, und Oliver mochte diese versöhnliche Seite an ihr. Er mochte die lustige, schlagfertige Kimberly viel lieber als die wütende, beleidigte.

Ömer war froh, dass die beiden sich so gut verstanden, aber er selbst fühlte sich immer noch zerrissen. Während Kimberly und Oliver sich weiter neckten, dachte er nur an Sara. Wo war sie jetzt? Was tat sie? Und warum konnte er sie nicht dazu bringen, ihm zuzuhören?

Am Nachmittag stand eine aufregende Aktivität auf dem Programm: Klettern im Waldseilkletterpark auf der anderen Seite des Sees. Der Weg dorthin dauerte etwa 20 Minuten, und die gesamte Gruppe, einschließlich Professor Lehrner und Professor Kurz, machte sich auf den Weg. Wirklich alle? Nicht ganz. Sara hatte beschlossen, im Camp zu bleiben. Sie wollte einen Vlog aufnehmen – über Treue, Vertrauen und die neuesten Lippenstift-Trends. Kimberly hatte ihre Augen verdreht, als sie davon gehört hatte, aber sie sagte nichts. Es war besser, keinen Streit zu riskieren.

Der Marsch zum Seilkletterpark verlief ruhig. Die Gruppe lief entlang des schmalen Pfads am Seeufer, das glitzernde Wasser funkelte durch die Bäume. Ömer lief schweigend neben Oliver, der immer noch leicht humpelte. Kimberly hielt sich ein wenig abseits, doch hin und wieder warf sie ihnen vielsagende Blicke zu. Keiner sprach das Tagebuch oder die Kameras an – es war klar, dass dieses Geheimnis für den Moment zwischen ihnen bleiben musste.

Sara saß allein auf der Veranda der Mädchen-Hütte. Das Camp lag still und verlassen, doch das störte sie nicht im Geringsten. Im Gegenteil, sie hatte sich ganz bewusst entschieden, nicht mit den anderen in den Waldseilkletterpark zu gehen. Sie wollte Zeit für sich. Zeit, um nachzudenken – und vor allem, um ihren Followern einen neuen Vlog zu präsentieren. Das sanfte Licht der Nachmittagssonne fiel durch die dichten Baumwipfel und verlieh der Szenerie eine friedliche Atmosphäre.

Sie hatte ihre Kamera auf ihrem kleinen Tisch positioniert, das Stativ sorgsam ausgerichtet, sodass der Hintergrund – der idyllische See und das Camp – perfekt im Bildrahmen lag. Sie setzte sich hin, überprüfte noch einmal ihr Aussehen im Kameradisplay und drückte dann auf ‚Aufnahme'.

„Hey ihr Lieben!", begann sie mit einem strahlenden Lächeln, das ihre Augen jedoch nicht ganz erreichte. „Ich hoffe, euch geht es gut. Heute melde ich mich aus einem wunderschönen Feriencamp mitten im Wald. Es ist so ruhig hier, so friedlich … genau der richtige Ort, um über wichtige Dinge nachzudenken."

Sie lehnte sich etwas vor, sodass ihre Worte ernster klangen. „Heute möchte ich über ein Thema sprechen, das uns alle betrifft: Treue und Vertrauen. Zwei Dinge, die in jeder Beziehung, sei es Freundschaft oder Liebe, von großer Bedeutung sind. Aber was passiert, wenn dieses Vertrauen gebrochen wird?" Sie hielt inne, ihr Blick wanderte für einen Moment ins Leere.

„Es tut weh", fuhr sie nach einer kurzen Pause fort. „Es fühlt sich an, als ob jemand dir den Boden unter den Füßen wegzieht. Und manchmal ist es schwierig, zu unterscheiden, wer ehrlich zu dir ist und wer nur vorgibt, es zu sein. Aber wisst ihr, was ich gelernt habe?" Sie setzte ein schwaches Lächeln auf. „Egal, wie sehr es schmerzt, wir dürfen nie aufhören, uns selbst zu vertrauen. Wir müssen stark bleiben und uns immer daran erinnern, was wir wert sind."

Ihre Augen glänzten, aber sie riss sich zusammen und griff nach drei Lippenstiften, die neben ihr auf dem Tisch lagen. „Aber jetzt genug von ernsten Themen! Ich möchte euch meine absoluten Must-Have-Lippenstifte für diesen Sommer zeigen." Sie zeigte jeden einzelnen Lippenstift in die Kamera, sprach über die Farben, die Textur und warum sie so gut zu verschiedenen Anlässen passten. „Dieser hier", sagte sie und hielt einen in einem leuchtenden Korallton hoch, „ist perfekt für einen Tag am Strand – oder wie in meinem Fall – am See."

Sie endete ihren Vlog mit einem sanften Lächeln. „Denkt daran, ihr seid stark und schön, so wie ihr seid. Lasst euch von niemandem das Gegenteil einreden. Danke fürs Zuschauen, und bis bald!" Sie drückte auf ‚Stopp', überprüfte die Aufnahme und nickte zufrieden. „Perfekt", murmelte sie.

Sie schnappte sich ihr Handy, verband es mit dem Camp-WLAN und begann, das Video auf Instagram hochzuladen. Während der Upload lief, stand sie auf, streckte sich und ging ein paar Schritte über die Veranda. Die Ruhe des Camps war fast unheimlich.

Das Hochladen ihres Videos dauerte nicht lange, und sobald es auf Instagram online war, tauchte es auch auf den Monitoren der Cyberkriminellen auf. Der Mann im grauen Anzug saß in seinem gewohnten Sessel, ein leichtes Lächeln auf den Lippen, als er Saras Gesicht auf dem Bildschirm betrachtete.

„Sieh dir das an", sagte er zum Programmierer, der mit Kopfhörern an seinem Schreibtisch saß. „Es scheint, als hätte unser kleiner Plan hervorragend funktioniert. Zwischen ihr und Ömer ist Schluss. Sie spricht über Vertrauen und Treue – das ist genau der Schmerz, den wir sehen wollten."

Der Programmierer nahm die Kopfhörer ab und warf einen kurzen Blick auf den Bildschirm. „Beeindruckend, wie tief die Nachricht gewirkt hat", bemerkte er trocken, während er weiter auf seiner Tastatur tippte. „Aber was bringt uns das?"

Der Mann im grauen Anzug lehnte sich zurück und verschränkte die Hände hinter dem Kopf. „Manipulation ist der Schlüssel zu allem. Menschen sind wie Marionetten. Du musst nur die richtigen Fäden ziehen, und sie tanzen für dich."

Er erhob sich, ging zum Fenster und sah hinaus. „So funktioniert die Welt. In der Politik, in der Werbung, in den sozialen Medien. Schau dir Populisten an – sie verkaufen einfache Antworten auf komplizierte Fragen, und die Menschen fressen es ihnen aus der Hand. Das gleiche Prinzip gilt hier. Wir pflanzen Zweifel, schüren Misstrauen, und der Rest passiert von allein."

Er drehte sich um und deutete auf den Bildschirm. „Sie ist verletzt. Sie wird diese Verletzung weitertragen, und das wird alle um sie herum beeinflussen. Ömer wird sich schuldig fühlen, Oliver wird sich verunsichert fühlen, und Kimberly wird wahrscheinlich alles hinterfragen. Eine kleine Lüge, und schon zerbricht eine ganze Gruppe."

Der Programmierer zog eine Augenbraue hoch. „Du hast Spaß daran, oder?"

Der Mann im grauen Anzug lächelte kalt. „Natürlich. Aber es ist nicht nur Spaß. Es ist Kontrolle. Und Kontrolle ist Macht."

Er wandte sich wieder dem Bildschirm zu, während Saras Vlog weiterlief. „Mach weiter mit den Konten. Heute Nachmittag wollen noch einige Leute ihr Geld verlieren. Und überprüfe unsere Geräte am Camp. Ich will sicher sein, dass wir keine Spuren hinterlassen."

Der Programmierer nickte und begann, die Systeme zu überprüfen. Die Kameras, Mikrofone und der WLAN-Repeater funktionierten einwandfrei. Es war alles genau so, wie es sein sollte – ein unsichtbares Netz, das jeden Schritt der Jugendlichen überwachte.

Der Seilkletterpark war beeindruckend. Hoch oben in den Bäumen erstreckte sich ein Netz aus Hängebrücken, Seilbahnen und Kletterwänden. Die Jugendlichen waren begeistert und sprangen voller Energie in die Sicherheitsgurte, die sie von den Mitarbeitern des Parks bekamen.

„Das ist ja wie ein Dschungel-Abenteuer", sagte Oliver, als er sich an einer Hängebrücke entlang kämpfte. Seine Höhenangst schien völlig vergessen zu sein. Kimberly war ihm dicht auf den Fersen und rief: „Na los, Mr. Held, nicht hängen bleiben!"

Ömer konzentrierte sich darauf, die Seilbahn zu meistern, die quer durch den Park führte. Er schwang sich entschlossen ab und genoss für einen Moment das Gefühl der Freiheit, als der Wind durch sein Haar strich. Doch selbst in diesem

Augenblick dachte er an Sara. Warum war sie nicht hier? Warum konnte er nicht einfach mit ihr sprechen?

Professor Lehrner war derweil in seinem Element. Er kletterte so geschickt wie ein Jugendlicher und rief motivierende Worte, während er den anderen half, die Hindernisse zu überwinden. Professor Kurz hingegen blieb unten und machte Fotos von der Gruppe, um die besten Momente für das Camp-Jahrbuch festzuhalten.

Nach dem Klettern setzte die Gruppe erschöpft, aber zufrieden den Rückweg zum Camp fort. Oliver und Kimberly grinsten, als sie die Erlebnisse des Nachmittags Revue passieren ließen, doch Ömer blieb still. Er hatte gehofft, dass der Tag ihm eine Gelegenheit bieten würde, mit Sara zu sprechen, doch sie war den ganzen Nachmittag über abwesend gewesen.

Zurück im Camp sah er Sara kurz vor der Mädchen-Hütte stehen. Ihr Gesicht war in ihren Vlog vertieft, und sie schien nicht einmal zu bemerken, dass er in der Nähe war. „Sara", begann er, doch bevor er auch nur einen Schritt machen konnte, rief Bibi ihren Namen und zog sie in die Hütte. Die Tür schlug zu, bevor Ömer überhaupt einen weiteren Versuch starten konnte.

Enttäuscht setzte er sich auf eine Bank in der Nähe des Lagerfeuers. Oliver und Kimberly setzten sich zu ihm, wobei Kimberly das Tagebuch in der Hand hält. „Hey", sagte Kimberly leise. „Kopf hoch, Ömer. Wir haben größere Probleme zu lösen. Wir kriegen das hin, okay?"

Er nickte, obwohl ihm die Worte nicht viel Trost boten. Doch tief in seinem Inneren wusste er, dass sie recht hatte. Egal, wie schwierig die Situation mit Sara war, das Rätsel um die Kameras und das Tagebuch musste zuerst gelöst werden. Und wenn sie es schafften, dann würde vielleicht auch der Rest wieder in Ordnung kommen.

„Ich glaube, ich hab's!", rief Kimberly mit einem unterdrückten Schrei und schlug mit der flachen Hand auf den Tisch. Ihre Augen leuchteten vor Aufregung. „Es ist so offensichtlich, dass es schon fast wehtut, weil wir nicht früher darauf gekommen sind."

Oliver und Ömer, die gegenüber von ihr auf dem Tisch hinter der Waschhütte saßen, sahen sie fragend an. „Was ist denn los?", fragte Oliver, während Ömer sich vorlehnte, gespannt darauf, was Kimberly entdeckt hatte.

„Die Buchstaben! ‚A S C M' oder ‚S C M A' – das ergibt natürlich ‚SCAM'!", sagte Kimberly triumphierend und warf die Arme in die Luft.

Oliver und Ömer sahen sie verständnislos an. „Scam?", fragte Ömer. „Was soll das heißen?"

Kimberly rollte die Augen. „Leute, Scam ist ein Begriff, der im Englischen für Betrug oder Abzocke steht. Das beschreibt doch genau das, was diese Gangster hier machen! Diese Typen sind nichts anderes als professionelle Betrüger. Es war direkt vor unserer Nase, und wir haben es nicht erkannt!"

Oliver kratzte sich am Kopf. „Und was bedeutet das jetzt?"

Kimberly erklärte geduldig: „Wahrscheinlich müssen wir die Buchstaben in genau dieser Reihenfolge drücken – ‚S-C-A-M' – und dann öffnet sich die geheime Tür. Alles andere ergibt keinen Sinn. Sie haben diese Symbole hinterlassen, damit nur Eingeweihte wissen, wie sie hineinkommen."

Ömer nickte langsam. „Das klingt logisch. Aber warte, Scam? Hat das irgendwas mit Spam zu tun?"

Kimberly lachte. „Nein, gar nicht. Spam – also diese nervigen E-Mails – heißt übrigens so, weil es einen berühmten Monty-Python-Sketch gibt, in dem immer wieder ‚Spam, Spam, Spam' gesungen wird. Es steht für etwas, das niemand will, aber trotzdem überall auftaucht. Scam hingegen ist eine Betrugsmasche. Komplett andere Liga."

Oliver grinste breit. „Kimmy, du bist echt die Beste. Ohne dich wären wir verloren."

Kimberly verschränkte die Arme und funkelte ihn gespielt entrüstet an. „Nenn mich nicht Kimmy." Doch ihr kleines Lächeln verriet, dass sie ihm nicht wirklich böse war.

Oliver fühlte ein Kribbeln in seinem Bauch, als sie ihn mit ihren großen, intensiven Augen ansah. Er schluckte. „Ähm, okay. Also, heute Nacht geht's los, oder?" versuchte er das Gespräch in eine weniger peinliche Richtung zu lenken.

Ömer nickte entschlossen. „Heute Nacht lösen wir den Fall. Und diesmal bin ich auch dabei."

Oliver war erleichtert, doch dann fiel ihm etwas ein. „Und was ist mit Dario? Wenn er mitbekommt, dass wir uns rausschleichen, könnte das ein Problem werden."

Ömer zuckte mit den Schultern. „Dario ist sauer auf mich, weil er denkt, ich hätte Sara wirklich verarscht. Aber ich glaube nicht, dass er uns überwachen wird. Er zieht sich seit Tagen zurück."

„Was gibt's eigentlich zum Abendessen?" fragte Oliver plötzlich, völlig ansatzlos. Kimberly starrte ihn an, und dann brach sie in schallendes Gelächter aus. „Du denkst immer nur ans Essen, oder? Wir planen gerade, wie wir in eine geheime Gangster-Hütte einbrechen, und du willst wissen, was es zu essen gibt."

„Essen ist wichtig", entgegnete Oliver mit einem unschuldigen Grinsen. „Ich brauche Energie für heute Nacht."

Kimberly schüttelte den Kopf, aber sie antwortete trotzdem. „Kaiserschmarrn, am Lagerfeuer gemacht. Dazu gibt's Marshmallows."

Oliver rieb sich genüsslich den Bauch. „Kaiserschmarrn … Jetzt habe ich richtig Hunger."

Die Vorbereitungen fürs Abendessen gingen schnell, da Professor Lehrner den Teig bereits am Mittag vorbereitet hatte. Gemeinsam mit Sebastian, Nover und Momo hängte er eine große Eisenpfanne über das Lagerfeuer, in der der Kaiserschmarrn gebacken wurde. Natürlich halfen die drei Jungs nur widerwillig mit. „Warum müssen wir das überhaupt machen?", maulte Sebastian. „Das ist doch Mädchensache."

Professor Lehrner zog die Augenbrauen hoch. „Weil wir hier ein Team sind und jeder hilft. Das war doch nicht so schwer zu verstehen, oder?"

Die Jugendlichen versammelten sich am Feuer, während der Duft von frisch gebackenem Kaiserschmarrn durch das Camp zog. Doch gerade, als alle anfingen, die ersten Bissen zu genießen, zogen dunkle Wolken auf, und ein kühler Wind wehte über den Lagerplatz.

Innerhalb von Minuten hatte sich der Himmel verdunkelt, und ein heftiger Regenschauer setzte ein. Die Jugendlichen sprangen von ihren Plätzen auf und rannten hektisch in die Hütten. Ömer hatte gerade seine Chance gesehen: Sara stand allein in der Nähe der Mädchen-Hütte, offensichtlich nicht in Eile. Er fasste seinen ganzen Mut zusammen und ging auf sie zu.

Doch bevor er auch nur ein Wort sagen konnte, öffnete der Himmel seine Schleusen. Regen prasselte auf die Lichtung nieder, und die Jugendlichen rannten schreiend in alle Richtungen. Sara warf ihm einen schnellen Blick zu und verschwand dann mit Bibi in der Mädchen-Hütte.

Ömer wollte hinterher, doch in diesem Moment rief Professor Lehrner: „Ömer, komm sofort rein! Das Unwetter wird schlimmer."

Frustriert drehte er sich um und rannte in die Jungs-Hütte. Der Sturm war heftig – Äste knackten im Wind, und lose Gegenstände wurden über den Platz geweht. Selbst das große Lagerfeuer, das vor wenigen Minuten noch hell loderte, war innerhalb von Sekunden erloschen.

Im Hauptquartier der Cyberkriminellen herrschte trotz des tosenden Unwetters rege Betriebsamkeit. Der Mann im grauen Anzug saß vor einem der Monitore, während der Programmierer neben ihm Daten durchging.

„Wir haben wieder Zugriff auf ein Konto", sagte der Anführer mit einem zufriedenen Grinsen. „Ich überweise gerade 10.000 Euro auf unser Firmenkonto. Die Leute sind so dumm. Es ist fast zu einfach."

Der Programmierer schaute von seinem Bildschirm auf. „Ein Unwetter zieht auf. Ich denke, wir sollten die Geräte deaktivieren. Die Gefahr eines Blitzeinschlags ist zu groß."

Der Mann im grauen Anzug zögerte. „Welche Geräte genau?"

„Die Kamera am See, das Mikrofon an der Mädchen-Hütte, den WLAN-Repeater bei der Küche und die zentrale Kamera am Gemeinschaftsplatz. Außerdem sollten wir die Antenne einfahren."

Der Anführer nickte schließlich zustimmend. „In Ordnung. Für heute reicht es. Bei diesem Wetter wird im Camp ohnehin nichts mehr passieren." Er hielt kurz inne und fügte dann mit Nachdruck hinzu: „Ach, und ändere die Kombination für die Tür. Man weiß nie. Sicher ist sicher. Und diesmal will ich, dass die Kombination sowohl von außen als auch von innen eingegeben werden muss. Wir können uns keine weiteren Überraschungen leisten."

Der Programmierer nickte, griff nach seiner Tastatur und begann, die notwendigen Änderungen vorzunehmen. „Die neue Kombination wird pünktlich um Mitternacht aktiviert", murmelte er konzentriert, ohne den Blick von seinen Monitoren zu nehmen. Seine Finger flogen über die Tastatur, während er den zusätzlichen Schutz implementierte.

Der Mann im grauen Anzug beobachtete ihn einen Moment lang, bevor er sich zufrieden in seinem Stuhl zurücklehnte. Ein selbstgefälliges Lächeln huschte über sein Gesicht, während er seine Hände hinter dem Kopf verschränkte. „Vorsicht und Weitsicht", murmelte er leise zu sich selbst. „Das unterscheidet Profis von Amateuren."

Er ließ seinen Blick durch den Raum schweifen, auf die Monitore, die flimmernden Diagramme und die leuchtenden Kontrollanzeigen. „Niemand kommt hier rein – oder raus – ohne, dass wir es wissen", fügte er mit einem Anflug von Stolz hinzu, während er den Programmierer bei der Arbeit beobachtete.

„Weißt du", sagte er mit einem falschen Lächeln, „manchmal tun mir die Jugendlichen da unten fast leid."

Der Programmierer sah ihn skeptisch an. „Echt jetzt?"

Der Mann brach in schallendes Gelächter aus. „Natürlich nicht. Ich bin nur so gut im Lügen, dass ich es selbst glauben könnte."

Der Programmierer schüttelte den Kopf, während die Bildschirme vor ihnen nach und nach erloschen. Der Mann im grauen Anzug erhob sich langsam von seinem Stuhl, zog seine Jacke an und warf einen letzten prüfenden Blick auf die Gerätschaften. „Alles erledigt?", fragte er mit einem strengen Unterton.

„Ja", antwortete der Programmierer knapp. „Die Geräte sind deaktiviert, die Antenne eingefahren, und die Kombination wird um Mitternacht automatisch geändert. Niemand kommt rein – weder von außen noch von innen – ohne den neuen Code."

„Gut", sagte der Anführer zufrieden, während er sich zum Ausgang begab. „Lass uns verschwinden. Bei diesem Sturm wird niemand auch nur in die Nähe des Camps gehen, und wir haben für heute genug getan. Morgen ist ein neuer Tag."

Sie zogen ihre Kapuzen über die Köpfe und öffneten die unscheinbare Tür. Draußen heulte der Wind, Regen peitschte gegen die Baumkronen, und der Wald schien in Dunkelheit und Chaos versunken. Mit schnellen, geübten Schritten verschwanden sie in die Nacht, ihre Silhouetten bald vom tosenden Sturm verschluckt.

Das Hauptquartier lag nun verlassen und still. Nur das leise Summen der Notstromversorgung erinnerte an die Technik, die im Verborgenen wartete. Doch in ihrer Überheblichkeit ahnten die beiden Männer nicht, dass ihre Abwesenheit den Jugendlichen die perfekte Gelegenheit bot, die Rätsel ihrer Machenschaften weiter zu enträtseln – und dem Geheimnis, das sich in dieser Hütte verbarg, näherzukommen.

Der Regen trommelte unaufhörlich gegen das Dach der Jungs-Hütte, während der Wind laut durch die Bäume pfiff. Der Sturm hatte sich regelrecht über das Lager eingenistet, als ob er nirgendwo anders hinwollte. Ömer und Oliver saßen in ihrer improvisierten ‚Höhle' – einer mit Tüchern abgehängten unteren Etage der Stockbetten. Drinnen war es gemütlich, aber die Geräusche des Unwetters und das gelegentliche Flackern von Blitzen, die durch die kleinen Fenster drangen, ließen keinen Zweifel daran, wie heftig es draußen tobte.

In der Küchenhütte saßen Bibi und Dario nebeneinander auf der Holzbank unter dem Fenster. Sie hatten es gerade noch rechtzeitig dorthin geschafft, bevor der Sturm richtig losgelegt hatte. Während der Wind heulte, zählten sie die Blitze und den zeitlichen Abstand zum Donner.

„Wie funktioniert das nochmal?", fragte Bibi neugierig, als Dario mit leiser Stimme zählte. „Also dieses Ding mit den Sekunden und der Entfernung?"

Dario lehnte sich zurück, um es ihr zu erklären. „Ganz einfach. Wenn du einen Blitz siehst, zählst du die Sekunden, bis du den Donner hörst. Für jede Sekunde entspricht die Entfernung ungefähr 340 Meter – das ist die Schallgeschwindigkeit."

Bibi nickte langsam. „Also, wenn es drei Sekunden dauert, dann sind es ungefähr ..."

„Etwas mehr als ein Kilometer", ergänzte Dario. „Das kannst du dir merken. Pro Sekunde etwa 340 Meter. Das ist nicht hundertprozentig genau, aber reicht, um zu wissen, wie weit das Gewitter entfernt ist."

Plötzlich krachte es ohrenbetäubend laut. Der Donner schien direkt über ihnen zu sein. Bibi zuckte zusammen und klammerte sich an Dario. „Sorry", flüsterte sie, „aber ich habe wirklich Angst vor Gewittern."

Dario legte beruhigend einen Arm um sie. „Kein Problem", sagte er sanft, während er den Blick nicht vom Fenster abwandte. Ganz insgeheim genoss er die Nähe zu Bibi. Sie war immer so stark und selbstbewusst, doch jetzt, in diesem Moment, zeigte sie eine verletzliche Seite, die er unglaublich anziehend fand.

Während sie weiterhin das Unwetter beobachteten, bemerkten sie, wie das Feuer des Lagerfeuers draußen vom Wind immer wieder angefacht wurde. Die Flammen loderten bedrohlich auf, trotz des strömenden Regens. „Das ist nicht gut", sagte Dario leise. „Wenn das so weitergeht, könnten die Flammen auf die Tische übergreifen."

„Die Tischdecken", murmelte Bibi erschrocken, als sie die langen Kunststoffdecken sah, die sich im Wind bewegten. „Wenn das Feuer die erreicht ..."


Auch Kimberly stand in der Mädchen-Hütte am Fenster und starrte hinaus in die Dunkelheit. Der Regen fiel in dichten Strömen, aber das Feuer auf dem Lagerplatz flackerte und brannte unbeeindruckt weiter. Es schien sogar heller zu werden. Kimberly runzelte die Stirn. „Das kann doch nicht sein", murmelte sie. „Es schüttet wie aus Kübeln, aber die Flammen werden größer."

Ihr Blick wanderte zu den Tischen, deren Plastikdecken gefährlich in die Nähe der Flammen wehten. „Das ist nicht gut", flüsterte sie.

Ömer und Oliver hatten das Feuer ebenfalls bemerkt. Von ihrer Position in der Jungs-Hütte aus sahen sie, wie die Flammen die Kunststoffdecken zu erreichen drohten. Ömer sprang auf und rief: „Oliver! Los, wir müssen löschen! Das Feuer wird sonst auf die Tische übergreifen."

Oliver war bereits auf den Beinen. „Wie sollen wir das machen?", rief er gegen den Lärm des Regens und des Windes an. „Wir haben doch kein Wasser hier!"

„In der Waschhütte!", rief Ömer zurück. „Da stehen Eimer! Wir nehmen einen von hier und einen von dort und füllen sie mit Wasser."

Die beiden Jungs stürmten hinaus in den Regen, kämpften gegen den Wind an und schnappten sich die Eimer. Sie füllten sie an der Wasserpumpe, die sich zwischen der Waschhütte und der Jungs-Hütte befand. Der Regen peitschte ihnen ins Gesicht, und der Wind ließ sie fast zurücktaumeln, doch sie hielten durch.

Kimberly, die von ihrer Hütte aus gesehen hatte, wie Ömer und Oliver zum Löschen rannten, drehte sich entschlossen um. „Das schaffen die niemals allein", murmelte sie und schnappte sich einen Eimer.

Auch Bibi und Dario hatten das Chaos beobachtet. „Komm!", rief Dario und zog Bibi mit sich. Gemeinsam holten sie ebenfalls Eimer aus der Waschhütte und eilten durch den Sturm.

Professor Lehrner und Professor Kurz hatten das Unwetter von der Waschhütte aus beobachtet, wo sie die Jugendlichen während des Regens im Auge behalten wollten. Als sie jedoch die Flammen vom Lagerfeuer sahen, das trotz des Regens wütend loderte, tauschten sie einen alarmierten Blick aus. „Das könnte gefährlich werden", rief Kurz. Ohne zu zögern, liefen die beiden Professoren los, um zu helfen.

Mit Eimern aus der Waschhütte stürmten sie durch den strömenden Regen auf den Lagerplatz. „Wir helfen euch!", rief Lehrner, während er sich zu den Jugendlichen gesellte, die bereits mit Wassereimern kämpften, um das Feuer zu löschen. Die Professoren bildeten eine kleine Kette, wobei sie die Eimer hin- und herreichten, bis die Flammen schließlich besiegt waren. Völlig durchnässt, aber erleichtert, standen sie keuchend im Regen, während die letzten Rauchschwaden in die nasse Nacht verschwanden.

Es war ein chaotisches Durcheinander. Ömer und Oliver kippten das erste Wasser über die Flammen, doch der Wind fachte sie immer wieder an. Kimberly kam als Nächste angerannt, dicht gefolgt von Bibi und Dario. Gemeinsam bildeten sie eine Art Kette, um das Wasser schneller heranzuschaffen.

„Mehr Wasser!", schrie Oliver, der inzwischen klatschnass war und sich mit seinem geschwollenen Knöchel mühsam vorwärtskämpfte. „Das Feuer ist immer noch zu stark!"

Professor Lehrner und Professor Kurz schlossen sich der Gruppe an. Mit ihrer Hilfe gelang es, das Feuer schließlich unter Kontrolle zu bringen. Nach einigen anstrengenden Minuten erloschen die letzten Flammen.

Als das Feuer endlich gelöscht war, standen alle keuchend und tropfnass da. Der Regen hatte nachgelassen, aber der

Wind wehte immer noch kalt durch das Camp. Professor Lehrner klopfte Ömer und Oliver auf die Schultern. „Das war mutig von euch", sagte er anerkennend. „Ihr habt das Feuer bemerkt und sofort gehandelt. Das war richtig gutes Teamwork."

Oliver, dessen Knie vor Kälte zitterten, murmelte: „Kein Problem. Aber ich glaube, ich brauche jetzt einen Tee … und vielleicht ein Handtuch."

„Das kriegt ihr", sagte Lehrner und schickte die beiden in die Küchenhütte, wo Professor Kurz bereits heißes Wasser für Tee aufsetzte. Bibi und Dario kamen ebenfalls mit in die Küche, während Kimberly noch einen Moment draußen blieb und nachdenklich auf die verkohlten Reste der Tischdecken starrte.

In der Küchenhütte war es warm und gemütlich. Alle wickelten sich in Handtücher, tranken heißen Tee und versuchten, die Strapazen des stürmischen Abends hinter sich zu lassen. Ömer sah in die Runde und spürte zum ersten Mal seit Tagen ein wenig Hoffnung. Zwar sprach Sara immer noch nicht mit ihm, und Dario wich ihm konsequent aus, doch in diesem Moment fühlte es sich so an, als ob zumindest eine kleine Gemeinschaft existierte.

Kimberly, eingehüllt in eine Decke, hatte es sich auf Olivers Schoß gemütlich gemacht und grinste ihn an. „Du warst echt tapfer da draußen. Vielleicht hast du dir ja ein bisschen Respekt verdient."

Oliver errötete leicht und murmelte: „Ach, ich habe nur getan, was jeder getan hätte."

Kimberly beugte sich näher zu ihm und flüsterte: „Du bist immer so bescheiden, Oliver."

Ömer verdrehte die Augen, konnte sich aber ein Schmunzeln nicht verkneifen. „Wenn ihr fertig seid, könnten wir vielleicht überlegen, wie wir hier etwas weiterkommen."

Bevor jemand antworten konnte, durchbrach ein blendendes Blaulicht die Fenster der Hütte. Der markante Schein eines Polizeiwagens war draußen deutlich zu erkennen. Die Gespräche verstummten sofort. Dann ertönte ein energisches Klopfen an der Tür.

Professor Lehrner öffnete die Tür, und der Polizist vom Vortag trat ein. Er nahm seine Mütze ab, während Regen von seiner Uniform tropfte. Seine Miene war ernst, aber nicht bedrohlich.

„Entschuldigen Sie die späte Störung", begann er mit einer Entschuldigung. „Ich wollte sicherstellen, dass bei diesem Unwetter alles in Ordnung ist. Es hat ja ziemlich heftig gewütet."

„Danke, dass Sie vorbeikommen", sagte Professor Lehrner und schüttelte ihm die Hand. „Bis auf ein kleines Feuer, das wir gerade löschen konnten, ist alles unter Kontrolle. Zum Glück haben wir es rechtzeitig bemerkt."

„Gut, dass Sie so schnell reagiert haben", nickte der Polizist anerkennend. „Bei diesem Wind hätte es gefährlich werden können." Doch sein Gesichtsausdruck wurde schnell wieder ernst. „Ich bin allerdings nicht nur wegen des Wetters hier. Wir haben neue Erkenntnisse zum Falschgeld."

Professor Kurz, die gerade ebenfalls die Küche betreten hatte, stellte ihre Teetasse ab und trat näher. „Haben Sie etwas herausgefunden?" fragte sie mit besorgtem Ton.

„Ja", bestätigte der Polizist und zog eine Mappe aus seiner Jackentasche. „Wir konnten endlich die Überwachungsvideos aus dem Supermarkt auswerten. Es ist eindeutig: Drei Jungs haben mit dem falschen Hundert-Euro-Schein bezahlt." Er öffnete die Mappe und zog drei Schwarz-Weiß-Fotos hervor.

Professor Lehrner warf einen kurzen Blick auf die Bilder und schluckte. „Ich glaube, ich weiß, um wen es sich handelt", sagte er vorsichtig, ohne die Fotos jemand anderem zu zeigen.

„Wer sind sie?", fragte Professor Kurz neugierig, doch Professor Lehrner schüttelte den Kopf.

„Das kläre ich zuerst intern", sagte er entschlossen. „Ich möchte die Jugendlichen direkt ansprechen, bevor wir voreilige Schlüsse ziehen. Es wäre besser, das Problem zunächst im Camp zu lösen."

Der Polizist wirkte etwas skeptisch, nickte aber schließlich. „Gut, ich verstehe. Aber halten Sie mich bitte auf dem Laufenden. Das ist eine ernste Angelegenheit, und ich brauche Ihre Unterstützung. Wenn Sie anrufen, dann bin ich spätestens 30 Minuten später bei Ihnen. Meine Nummer haben Sie ja noch, oder?"

„Natürlich", erwiderte Professor Lehrner und verabschiedete den Polizisten. „Danke, dass Sie uns informiert haben."

Der Polizist setzte seine Mütze wieder auf, schloss seine Mappe und trat hinaus in die regnerische Nacht. Kurz darauf kehrte Stille in der Hütte ein. Professor Lehrner blieb an der Tür stehen, das Wetter beobachtend, während Professor Kurz ihn fragend ansah.

„Das waren Sebastian, Nover und Momo, oder?", fragte sie leise.

Professor Lehrner nickte. „Ich bin mir ziemlich sicher. Aber ich möchte keine voreiligen Schlüsse ziehen. Wir müssen mit ihnen reden. Aber nicht jetzt – morgen früh."

Währenddessen tuschelten die Jugendlichen in ihrer Ecke der Küchenhütte. Kimberly warf Oliver und Ömer einen vielsagenden Blick zu. „Das waren Sebastian, Nover und Momo", sagte sie schließlich.

„Ganz sicher", fügte Oliver hinzu. „Die Art, wie er die Fotos nicht gezeigt hat – er wollte uns nichts verraten."

„Aber warum nicht?", fragte Ömer. „Will er sie decken?"

„Nein", murmelte Kimberly nachdenklich. „Ich glaube, er will den Konflikt nicht eskalieren. Wenn er sie vor uns beschuldigt, könnte das Chaos ausbrechen."

„Also was machen wir?", wollte Oliver wissen.

Kimberly setzte sich kerzengerade hin. „Gar nichts. Nicht jetzt. Wir verraten sie nicht. Aber das bedeutet auch, dass wir noch vorsichtiger sein müssen. Heute Nacht gehen wir zur Hütte zurück. Wir lösen dieses Rätsel – und ich will wissen, was hinter dieser Tür steckt."

„Und was machen wir mit Sebastian und seinen Jungs?" fragte Ömer. „Wenn sie mitbekommen, dass wir uns rausschleichen …"

Kimberly zuckte die Schultern. „Dann müssen wir es schaffen, dass sie uns nicht bemerken. Es wird nicht das erste Mal sein, dass wir sie austricksen."

Die drei nickten. Während draußen der Regen endlich nachließ und das Camp in nächtlicher Ruhe lag, wussten sie alle, dass diese Nacht noch lange nicht vorbei war. Kimberly und Oliver bereiteten in Gedanken bereits ihren nächsten Schritt vor, während Ömer in die Flammen des noch flackernden Feuers starrte. Er wusste, dass ihre Entdeckung den Schlüssel zu all ihren Fragen in der Hand hielt. Aber die Zeit drängte – und das Camp schien voller dunkler Geheimnisse zu sein, die nur darauf warteten, gelüftet zu werden.

„Es wird Zeit für die Nachtruhe", sagte Professor Lehrner freundlich, aber bestimmt. „Ihr habt heute genug Abenteuer erlebt. Geht in eure Hütten, trocknet euch richtig ab und ruht euch aus. Morgen wird ein langer Tag."

Ein leises Stöhnen ging durch die Jugendlichen, doch keiner widersprach. Die Wärme der Küchenhütte war verlockend, aber die Müdigkeit in ihren Gesichtern war unübersehbar.

„Los jetzt", fügte Professor Kurz hinzu und lächelte aufmunternd. „Das Unwetter hat uns alle durchgeschüttelt. Morgen früh sehen die Dinge schon wieder besser aus."

Die Jugendlichen sammelten sich langsam und traten hinaus in die kühle, feuchte Nacht. Der Regen hatte aufgehört, und nur noch vereinzelte Tropfen fielen von den Bäumen. Unter dem klaren Sternenhimmel und dem Licht des Mondes machten sie sich auf den Weg zu ihren Hütten.

In der Mädchen-Hütte herrschte gedämpftes Licht. Sara setzte sich auf ihr Bett und begann, ihr Haar zu bürsten. Der Regen hatte aufgehört, doch das entfernte Grollen eines abziehenden Gewitters verlieh der Nacht eine seltsame Atmosphäre. Sie blickte zu Bibi, die auf ihrer Bettkante saß und gedankenverloren in der Luft herumstarrte.

„Also, was war da eigentlich los?", fragte Sara und legte die Bürste beiseite. Ihre Stimme klang ruhig, aber ihre Augen forderten eine klare Antwort.

Bibi zögerte. „Ähm, es hat gebrannt. Beim Lagerfeuer. Und … na ja, Oliver und Ömer haben es gelöscht."

Sara hob eine Augenbraue. „Ömer? Wirklich?"

Bibi zuckte mit den Schultern. „Ja, wirklich. Er hat geholfen. Aber …", sie brach ab. Sollte sie Ömers Einsatz als Heldentat schildern? Würde das nicht alles nur schlimmer machen? Ihr Herz sagte ihr, dass Ömer diese Wette nie abgeschlossen hatte, doch ihr Kopf ließ Zweifel zu. Sie wusste nicht, was sie glauben sollte. „Ich weiß nicht, ob das jetzt so wichtig ist", fügte sie leise hinzu.

Sara schnaubte leise und zog die Knie an ihren Körper. „Er kann tun, was er will. Für mich ist das erledigt." Dann sah sie Bibi forschend an. „Und warum war die Polizei hier?"

Bibi war froh, das Thema wechseln zu können. „Es geht um diesen falschen Hundert-Euro-Schein. Jemand hat damit im

Supermarkt bezahlt. Der Polizist hat den Professoren Fotos gezeigt, aber ich habe sie nicht gesehen. Ich war bei Dario."

„Dario?", fragte Sara und sah Bibi mit leichtem Interesse an.

Bibi spürte, wie ihre Wangen heiß wurden. Sie wollte Sara nicht belasten, wusste aber auch, dass sie ehrlich sein sollte. „Ja, wir waren zusammen in der Küchenhütte. Es hat ziemlich gestürmt, und ich …" Sie stockte. Sollte sie erzählen, wie sie sich an ihn gekuschelt hatte? Wie er sie in den Arm genommen hatte? Doch sie entschied sich für Zurückhaltung. „Ich mag ihn. Er ist irgendwie … süß."

Sara nickte abwesend. „Solange du dich nicht in jemanden wie Ömer verliebst." Ihre Stimme klang kühl, doch Bibi wusste, dass Sara verletzt war.

Kimberly, die an der Wand lehnte und an ihrem Handy herumtippte, wurde von den beiden Mädchen konsequent ignoriert. Doch das störte sie nicht im Geringsten. Je länger die beiden auf sie sauer waren, desto freier konnte sie sich bewegen. Sie grinste in sich hinein, als sie daran dachte, was sie und Oliver heute Nacht vorhatten.

In der Jungs-Hütte war die Stimmung nicht besser. Ömer, Oliver und Dario lagen in ihren „Höhlen", den unteren Etagen ihrer Stockbetten, die sie mit Decken abgehängt hatten. Dario hatte sich demonstrativ von Ömer abgewandt. Er wollte nicht mit ihm reden. Stattdessen lag er still da und dachte an Bibi. Die Erinnerung daran, wie sie sich an ihn gekuschelt hatte, war noch ganz frisch. Er hatte ihre Wärme gespürt und den leichten Duft ihres Shampoos wahrgenommen. Es fühlte sich gut an –

zu gut. Für ihn war klar: Bibi war mehr als nur ein Mädchen aus dem Camp.

In der Nachbarhöhle flüsterten Ömer und Oliver.

„Also, was war das mit dir und Kimberly?", fragte Ömer neugierig. „Warum darfst du sie nicht mehr ‚Kimmy' nennen?"

Oliver lief rot an, obwohl ihn Ömer nicht sehen konnte. „Es ist kompliziert", murmelte er.

„Kompliziert?" Ömer zog die Decke beiseite, um Oliver besser hören zu können. „Jetzt erzähl schon!"

Oliver seufzte. „Okay, aber lach nicht." Und dann erzählte er alles. Vom Kuss, von der Ohrfeige, die er dafür kassiert hatte, und von dem Moment auf der Couch, als sie dicht an dicht gelegen hatten. „Ich habe ihre Wärme gespürt, ihren Atem … und, ähm, na ja, ich hatte ihre Hüfte – also ihren Po – in der Hand." Er schluckte und schob schnell hinterher: „Nicht absichtlich natürlich."

Ömer versuchte, ernst zu bleiben, aber ein Grinsen stahl sich auf sein Gesicht. „Und? Hat es dich erwischt?"

Oliver nickte und bekam einen verträumten Blick. „Oh ja. Sie ist … anders. Ich mag sie wirklich."

„Viel Glück", sagte Ömer trocken. „Das wird noch komplizierter als bei mir und Sara."


Pünktlich um 22:00 Uhr ging im Camp das Licht aus, und die Nachtruhe begann. Professor Lehrner und Professor Kurz standen auf der Veranda der Küchenhütte und beobachteten die dunklen Hütten.

„Was machen wir mit den drei Jungs?", fragte Professor Kurz leise.

Professor Lehrner seufzte tief. „Ich habe keine Ahnung. Ich mache mir echt Sorgen, vor allem um Sebastian. Er wird nicht versetzt, er macht ständig Ärger ... weißt du, dass er damals das 3S-Turnier sabotiert hat? Gemeinsam mit diesem Patrick von der HTL. Er hat ihm unsere Server-Zugangsdaten gegeben und alles lahmgelegt."

Professor Kurz nickte. „Und jetzt das mit dem Falschgeld. Er scheint keinen Respekt vor den Regeln zu haben."

„Genau", Professor Lehrner rieb sich müde die Augen. „Ich werde mit Schulleiterin Professor Wegleitner telefonieren. Aber heute geht das nicht. Mein Handy hat keinen Empfang, wahrscheinlich wegen des Unwetters."

Professor Kurz legte ihm eine Hand auf die Schulter. „Mach dir nicht zu viele Sorgen. Morgen ist ein neuer Tag. Vielleicht beruhigt sich die Lage bis dahin."

„Vielleicht", murmelte Lehrner. „Gute Nacht, Kathrin."

„Gute Nacht, Stefan."

Die beiden gingen in ihre getrennten Schlafräume, und kurz darauf war nur noch das Geräusch des Regens zu hören, der leise auf die Dächer prasselte. Doch schon bald mischte sich ein anderes Geräusch in die Stille: Professor Lehrners lautes Schnarchen, das wie eine Kettensäge durch die Nacht hallte.

# XVI

Es war kurz nach 23:45, als eine dunkle Gestalt lautlos durch den feinen Nieselregen schlich. Der Regen fiel in einem konstanten Rhythmus, der sich mit dem gelegentlichen Heulen des Windes mischte. Über den See hing ein Schleier aus Nebel, der die Umgebung noch mystischer wirken ließ. Ein leiser Pfiff durchschnitt die Stille, und aus dem Schatten der Jungs-Hütte traten zwei weitere Gestalten hervor. Sie nickten einander stumm zu, ihre Bewegungen geschmeidig und geübt.

Dicht aneinander gedrängt, begannen sie ihre nächtliche Wanderung. Ihre Schritte waren so leise, dass nur das gelegentliche Knacken von Ästen unter ihren Füßen zu hören war. Der Weg führte sie entlang des Sees, dessen Oberfläche trotz des Regens unheimlich ruhig wirkte. Nach einigen hundert Metern bogen sie links ab und verschwanden im dichten Wald. Die Bäume standen wie stumme Wächter, ihre Äste schützten die Gruppe vor dem immer noch andauernden Regen. Kein Wort wurde gesprochen, kein unnötiges Geräusch gemacht.

Kurz vor Mitternacht erreichten sie die verlassene Hütte. Sie stand vor ihnen, bedrückend und bedrohlich wie eine dunkle Festung. Der Regen glitzerte auf den morschen Holzwänden, und die Fenster wirkten wie leere, dunkle Augen, die in die Nacht hinaus starrten. Der Wind ließ die Bäume ringsum leise ächzen, was die Szenerie noch unheimlicher machte. Die drei verharrten in den Schatten, lauschten auf jedes noch so kleine Geräusch. Doch es war still. Niemand war da.

Mit gedämpften Schritten stieg Oliver die Holzstufen zur Veranda hinauf. Der Regen hatte das Holz rutschig gemacht, doch er bewegte sich vorsichtig. Kimberly und Ömer folgten ihm dicht auf. Oliver legte seine Hand auf die Türschnalle, drückte sie vorsichtig – doch nichts bewegte sich. Er rüttelte ein wenig, doch die Tür blieb verschlossen.

„Verdammt", fluchte er leise. „Sie haben es bemerkt. Sie haben gemerkt, dass wir hier waren, sonst hätten sie die Tür nicht abgeschlossen."

Kimberly schaute sich nervös um, als ob sie jeden Moment jemanden erwarten würde. „Was machen wir jetzt?", flüsterte sie.

Ömer grinste, zog eine Hand aus der Tasche seiner schwarzen Jogginghose und hielt triumphierend einen Dietrich in die Luft. „Habt ihr vergessen, wie ich in unseren geheimen Raum in der Schule gekommen bin? Ich habe für solche Fälle immer einen dabei."

Kimberly hob eine Augenbraue. „Echt jetzt? Du bist ein wandelndes Klischee."

„Ein nützliches Klischee[7]", erwiderte Ömer grinsend und machte sich an die Arbeit.

Er kniete sich vor die Tür, setzte den Dietrich an und begann, mit konzentriertem Gesichtsausdruck an dem Schloss zu arbeiten. Seine Finger bewegten sich präzise und sicher, während er die winzigen Mechanismen im Inneren des Schlosses ertastete. Kimberly und Oliver beobachteten ihn

---

[7] Ein Klischee ist eine Art Stereotyp oder eine eingefahrene Vorstellung von etwas.

angespannt, ihre Taschenlampen ausgeschaltet, um kein Licht nach draußen dringen zu lassen. Der Regen tropfte rhythmisch auf die Veranda, und der Wind ließ die Bäume flüstern.

„Fast ... hab's gleich ...", murmelte Ömer, während er die Werkzeuge leicht drehte.

Mit einem leisen *Klicken* sprang das Schloss schließlich auf.

„Voilà", flüsterte er stolz, stand auf und zog die Tür auf.

Die drei Jugendlichen traten schnell ein, und Oliver schloss die Tür hinter ihnen. Erst jetzt wagten sie es, ihre Taschenlampen einzuschalten. Der Lichtkegel der Lampen tanzte über den Raum und offenbarte die spärliche Einrichtung. Ein Tisch mit vier Stühlen stand in der Mitte des Raumes, die Couch mit den goldenen Kugeln an den Armlehnen wirkte wie ein stiller Wächter in einer längst verlassenen Welt. An der Wand prangten die Symbole „S", „C", „A" und „M".

„Die Buchstaben", murmelte Kimberly und trat näher an die Wand heran. „Das ist es. Sie stehen für 'SCAM'. Es ist so offensichtlich, dass es wehtut."

Oliver und Ömer sahen sie fragend an. „SCAM?", wiederholte Oliver.

„Ja, das ist Englisch und bedeutet Betrug", erklärte Kimberly. „Es hat nichts mit Spam zu tun, das übrigens nach einem Monty-Python-Sketch benannt wurde. Aber egal. Wir müssen die Buchstaben in der richtigen Reihenfolge drücken, um die Tür zu öffnen."

„Also los", sagte Oliver. „Du hast den Plan."

Kimberly nickte. „Ich drücke 'S' und 'C'. Oliver, du gehst zu 'A', und Ömer, du nimmst 'M'. Wir drücken auf drei, okay?"

Die drei positionierten sich vor den Buchstaben. Kimberly zählte leise: „Drei ... zwei ... eins ... jetzt!"

Alle drückten gleichzeitig – doch nichts passierte.

„Was zum ...?", flüsterte Oliver. „Was machen wir falsch?"

Kimberly trat einen Schritt zurück und betrachtete die Wand. „Es ergibt keinen Sinn", murmelte sie. „Vielleicht ... vielleicht ist die Reihenfolge falsch? Oder ... warte! Wir müssen die Buchstaben nacheinander drücken! Es wäre doch unpraktisch, wenn man drei Personen bräuchte, um die Tür zu öffnen."

Die Jungs nickten. Es klang logisch.

Kimberly sah auf die Uhr. „Wie spät habt ihr es?"

„23:59", sagten Ömer und Oliver gleichzeitig.

„Okay. Ich drücke zuerst. Wenn die Tür sich öffnet, schlüpft ihr rein und macht Fotos. Und bleibt im Flugmodus, verstanden?" Sie sah Oliver streng an, und er hob abwehrend die Hände. „Schon klar."

Kimberly trat zum ersten Buchstaben. „Okay. Los geht's." Sie drückte „S", wartete einen Moment, dann „C", „A" und schließlich „M".

Plötzlich ertönte ein leises Summen, und wie von Geisterhand schob sich die Wand leicht nach vorne, bevor sie lautlos zur Seite glitt. Dahinter lag ein dunkler Korridor, der ins Innere der Hütte führte.

„Rein mit euch", flüsterte Kimberly. „Ich bleibe hier und halte Wache."

Oliver und Ömer nickten einander zu und huschten durch die schmale Öffnung, die sich in der Wand aufgetan hatte. Kaum waren sie hindurch, glitt die Wand lautlos wieder zu, als wäre nichts geschehen. Kimberly wartete angespannt, ihre Augen suchten die Dunkelheit ab, während die Sekunden wie eine Ewigkeit verstrichen. Minute um Minute verging, doch von Ömer und Oliver war keine Spur zu sehen. Die Stille der Nacht drückte schwer auf ihre Schultern, und ein mulmiges Gefühl kroch in ihr hoch.

Kimberly starrte die Wand an, drückte wieder „S", „C", „A" und „M", doch nichts passierte. Sie wiederholte die Sequenz, diesmal schneller, dann langsamer – die Tür blieb verschlossen.

Ihr Herz begann zu rasen. „Oh nein …", murmelte sie. „Was ist jetzt los?"

Oliver und Ömer hielten den Atem an, als die Wand hinter ihnen lautlos zuglitt und sie in völlige Dunkelheit hüllte. Oliver schaltete als Erster seine Taschenlampe ein, der schmale Lichtstrahl schnitt durch die Finsternis und offenbarte Stück für Stück die beunruhigende Realität des Raums, in den sie gerade eingedrungen waren.

„Das … das ist der Beweis", flüsterte Oliver ehrfürchtig, während sein Blick über die unheimliche Szenerie glitt. „Das ist ihr Kontrollraum."

Der Raum war größer, als sie erwartet hatten. Entlang der Wände reihten sich blinkende Server auf, deren sanftes Summen die Stille durchbrach. Grüne, rote und blaue Lichter pulsierten rhythmisch und tauchten den Raum in ein unheimliches Schimmern. Mehrere Monitore waren an einer Hauptkonsole montiert, auf denen zahllose Datenströme liefen. Zahlenkolonnen, Kontobewegungen und Überweisungsbestätigungen flackerten über die Bildschirme – ein regelrechtes Chaos aus finanziellen Informationen, das unmissverständlich auf eines hinwies: Hier wurden Menschen betrogen.

In der Ecke des Raums stapelten sich Kartons, aus denen Kabel, Elektronikkomponenten und unzählige Geräte herausragten. Ein Koffer stand halb geöffnet auf einem Metalltisch, prall gefüllt mit Geldbündeln. Hunderte von Scheinen – Euro, Dollar, Pfund – lagen ordentlich gestapelt, bereit, irgendwohin transferiert zu werden.

Ömer ging zögernd auf den Koffer zu. „Das … das ist eine Unmenge an Geld", stammelte er. Seine Hände zitterten leicht, als er die Scheine musterte. „Das ist kein Camp mehr. Das ist eine verdammte Operation."

Neben dem Koffer lag ein goldener USB-Stick, ein Stapel Kontoauszüge, lose Zettel mit Notizen und Listen von Bankverbindungen. Oliver schnappte sich einen der Ausdrucke und leuchtete ihn an. „Schau dir das an", flüsterte er und hielt den Zettel hoch. „Das sind Abbuchungen von Konten. Tausende von Euros – alles gestohlen."

Ömer schaute über seine Schulter und sah, wie die Namen auf den Auszügen mit Kontonummern und Beträgen verbunden waren. Einige der Notizen schienen sogar die Methoden zu dokumentieren, wie sie an die Daten der Opfer gekommen waren: gefälschte E-Mails, manipulierte Websites und gehackte Konten.

„Das hier …", begann Ömer und blickte sich um, „das ist viel größer, als ich gedacht habe."

Oliver nickte und richtete den Lichtstrahl auf eine kleine Kamera, die an der Ecke des Raums angebracht war. „Sie überwachen alles. Das erklärt die Antenne. Sie scannen das Camp und die Umgebung, um ihre Ziele zu finden. Es ist eine Art Kontrollzentrum."

Neben der Hauptkonsole entdeckten sie ein weiteres beunruhigendes Detail: Kopfhörer und Mikrofone, die offenbar genutzt wurden, um Gespräche mitzuhören. In einem offenen Notizbuch fanden sie eine Seite mit handschriftlichen Notizen, in denen die Namen von Personen im Camp aufgeführt waren – Sara, Oliver, Ömer, Kimberly. Daneben standen kleine Anmerkungen, die ihre Bewegungen und Gespräche dokumentierten.

„Sie haben uns beobachtet", sagte Ömer leise. „Die ganze Zeit."

Oliver, der mittlerweile begonnen hatte, mit seinem Handy Fotos von allem zu machen, schüttelte ungläubig den Kopf. „Das hier ist größer als alles, was ich mir vorgestellt habe. Wir müssen alles dokumentieren."

Draußen kämpfte Kimberly mit der Panik. „Ich brauche Hilfe", murmelte sie. „Ich brauche jemanden, der sich mit Computern auskennt."

Ein Name schoss ihr durch den Kopf. Sara.

„Sie wird uns helfen", flüsterte Kimberly entschlossen. Sie wusste, dass sie sich beeilen musste.

Kimberly stolperte durch den immer dichter werdenden Regen. Der Wind peitschte ihr ins Gesicht, zerrte an ihrer nassen Kleidung und machte es schwer, überhaupt vorwärtszukommen. Doch sie hatte keine Zeit, an ihre durchnässten Schuhe oder ihre vor Kälte schmerzenden Hände zu denken. Sie musste Sara holen – sofort. Ömer und Oliver waren in der Hütte eingeschlossen, und sie wusste, dass sie allein nichts tun konnte. Sara war ihre einzige Hoffnung.

Endlich erreichte sie die Mädchen-Hütte. Das Licht der Blitze tauchte die Hütte in unheimliches Licht, während der Donner über dem Camp rollte. Kimberly öffnete vorsichtig die Tür, um niemanden zu wecken, und trat ins Dunkle. Der Regen tropfte von ihrer Kleidung auf den Holzboden, während sie zum Bett von Sara schlich. Sie rüttelte vorsichtig an Saras Schulter.

„Sara, wach auf! Es ist wichtig!", flüsterte Kimberly hektisch und zog an Saras Decke.

Sara brummte verschlafen, drehte sich zur Seite und murmelte: „Kimmy, was machst du denn? Es ist mitten in der Nacht ..."

Kimberly beugte sich zu ihr hinunter und flüsterte eindringlicher: „Sara, ich brauche deine Hilfe. Es geht um Ömer und Oliver. Sie stecken fest! Sie sind in der Hütte eingeschlossen, und die Tür hat sich verriegelt. Nur du kannst sie da herausholen."

Sara blinzelte verwirrt und setzte sich langsam auf. „Wovon redest du? Welche Hütte? Was ist los?"

Kimberly sprach jetzt schneller, ihre Worte überschlugen sich vor Aufregung: „In dem alten verlassenen Gebäude im Wald. Es ist kein normales Haus, Sara. Es ist ein Kontrollraum, mit Servern, Kameras, Überwachungssystemen – das Hauptquartier der Leute, die uns ausspionieren. Wir waren drin, aber plötzlich hat sich die Tür geschlossen. Sie haben den Code geändert, und ich weiß nicht, wie ich sie wieder öffnen soll. Du bist unsere einzige Chance!"

„Code? Kontrollraum? Überwachungssysteme?" Sara war plötzlich hellwach. „Warte ... was?"

Kimberly nickte eifrig. „Es sind vier Symbole. Vier Buchstaben. Bitte, Sara, komm mit mir. Bring dein Notebook mit. Du kannst den neuen Code knacken."

Während Oliver mit dem Stick beschäftigt war, tastete Ömer die Wände ab. Die flackernden Lichtstrahlen der Taschenlampen waren hilfreich, aber sie konnten nicht alles erkennen. „Es muss hier doch irgendwo einen Lichtschalter geben", murmelte er vor sich hin. „Ich hasse es, im Dunkeln zu arbeiten."

Er bewegte sich weiter entlang der Wand, bis seine Hand plötzlich auf einen kleinen Schalter stieß. Ohne lange nachzudenken, drückte er ihn. Sofort erwachte der Raum zum Leben.

Ein sattes, helles Licht tauchte den Kommandoraum in eine kalte, sterile Atmosphäre. Die Monitore an der Wand wurden klarer sichtbar, ebenso wie die detaillierten Zeichnungen und Skizzen, die an einer Pinnwand befestigt waren. Es gab schematische Darstellungen des Camps, technische Aufbauten von Kameras und Mikrofonen, und sogar Pläne für zukünftige Überwachungszonen.

„Wow", entfuhr es Oliver, als er sich umsah. „Das hier ist ja schlimmer, als ich gedacht habe. Die haben alles durchgeplant."

„Okay", sagte Ömer und schnappte sich eine Mappe mit Kontoauszügen. „Lass uns so viel wie möglich sichern. Wir dürfen nichts hierlassen, das sie weiter benutzen könnten."

Oliver steckte den USB-Stick in den Laptop auf dem Tisch. Der Bildschirm leuchtete auf, und er begann, durch die Dateien zu scrollen. „Hier sind sie: Konten, Abbuchungen, Überwachungslogs ... alles ist hier. Sie haben jeden ihrer Schritte dokumentiert."

Ömer zog inzwischen einen Stuhl heran und begann, die Papiere durchzusehen. „Hier, schau dir das an", sagte er und hielt Oliver einen Ausdruck hin. „Das sind Abbuchungen von Konten aus der ganzen Welt. 10.000 Euro hier, 20.000 Euro dort. Alles gestohlen."

Oliver nickte, während er die Daten auf den Stick kopierte. „Und hier", fügte er hinzu, „haben sie aufgezeichnet, wie sie die Geräte im Camp überwachen. Mikrofone, Kameras, WLAN-Repeater – sie haben jede Bewegung der Jugendlichen aufgezeichnet."

Sara zögerte. Ihre Wut auf Ömer war noch immer nicht ganz verflogen, doch sie konnte in Kimberlys Augen sehen, dass es ernst war. „Okay", sagte sie schließlich und warf die Decke zur Seite. „Ich ziehe mich schnell an."

Während Sara ihre Regenjacke über ihren Schlafanzug zog und ihr Notebook in die Tasche packte, wandte sie sich an Kimberly: „Hast du irgendeine Idee, wie viele mögliche Kombinationen es gibt?"

Kimberly dachte kurz nach und runzelte die Stirn. „Ich dachte erst, es wären nur vier Buchstaben: S, C, A, M. Aber wenn du sagst, dass die Reihenfolge zählt und sich Buchstaben wiederholen können, dann sind es ... keine Ahnung, ich bin nicht gut in Mathe."

Sara starrte sie an und seufzte. „Das ist nicht so einfach wie bei einem Zahlencode. Es gibt vier Buchstaben, und sie können sich in jeder Position wiederholen. Das bedeutet, es gibt $4^4$ Möglichkeiten."

Kimberly runzelte die Stirn. „Wie viele sind das?"

Sara rollte die Augen, schnappte sich ihr Notebook und erklärte: „Das sind 256 mögliche Kombinationen. Und wenn wir die Kombination nur durch Ausprobieren knacken müssten, würde das ewig dauern. Aber ich kann das Signal der Türsteuerung abfangen. Sobald ich es habe, weiß ich, welche Kombination gerade benutzt wird."

Gemeinsam kämpften sich Kimberly und Sara durch den immer stärker werdenden Regen. Der Wind wurde wieder orkanartig, zerrte an ihren Kapuzen und ließ sie langsamer vorankommen. Saras Notebook war in ihrer Tasche gut verstaut, aber Kimberly hielt die Tasche zusätzlich mit einer Hand fest, um sicherzugehen, dass sie nicht verloren ging.

„Sind wir bald da?", fragte Sara atemlos, während sie einen umgekippten Ast umging, der den Weg blockierte.

„Fast", rief Kimberly gegen den heulenden Wind. „Noch ein paar Minuten. Pass auf, der Pfad ist rutschig!"

Sara hatte tausend Gedanken im Kopf. Kontrollraum? Server? Überwachung? Was hatte Kimberly da bloß entdeckt? Und warum hatten sich Ömer und Oliver überhaupt auf dieses Abenteuer eingelassen? Sie war sauer, ja, aber in diesem Moment verdrängte sie ihre Gefühle. Es ging darum, die Jungs zu retten.

Endlich erreichten sie die Hütte. Die Fenster wirkten im Regen wie schwarze Augen, und das Knarren der Bäume im Wind machte die Atmosphäre noch bedrohlicher. Kimberly führte Sara in die Hütte und dann zur Tür und zeigte auf die Stelle, an der sie den Code eingeben sollten.

Sara setzte sich auf die Couch, in der Kimberly und Oliver schon lagen, das Notebook auf den Knien, während der Regen unaufhörlich auf das Dach der Hütte trommelte. Kimberly kauerte neben ihr, noch immer außer Atem von der Hetzerei durch den Wald. Sara zog eine Stirnfalte, während sie das Gerät hochfuhr und sich gleichzeitig an Kimberly wandte.

„Okay, Kimmy ... oder soll ich besser sagen ‚Agent Kimmy'?" Sara schmunzelte leicht, doch ihre Augen blieben ernst. „Erklär mir jetzt bitte alles, und zwar genau. Was habt ihr eingegeben, wie hat die Tür reagiert, und was ist danach passiert? Ich muss alles wissen, wenn ich euch helfen soll."

Kimberly, die normalerweise immer einen kessen Spruch auf den Lippen hatte, wirkte für einen Moment fast schuldbewusst. „Also ... es war so: Wir haben zuerst ‚S, C, A, M' gleichzeitig gedrückt. Aber nichts passierte. Dann habe ich überlegt, dass das unpraktisch ist, weil ja nicht immer mehrere Leute da sein können, um die Tür zu öffnen. Also haben wir die Buchstaben nacheinander gedrückt. Erst ‚S', dann ‚C', dann ‚A' und dann ‚M'. Und dann – schwupps – öffnete sich die Tür. Sie glitt richtig leise auf die Seite, wie bei so einem Hightech-Tresor."

Sara nickte konzentriert und tippte bereits auf ihrem Notebook, während sie zuhörte. „Und was genau habt ihr drinnen gesehen?"

„Ich habe nicht viel gesehen. Ein paar Bildschirme, ein paar Computer", antwortete Kimberly, „Oliver und Ömer sind reingehuscht und dann ist auch schon die Türe zugegangen."

Sara runzelte die Stirn, als sie die Beschreibung hörte. „Das klingt nicht nur wie ein Kontrollraum, sondern wie ein zentraler Knotenpunkt. Sie scheinen von hier aus alles zu steuern."

„Genau", bestätigte Kimberly, „aber jetzt ist die Tür verschlossen, und die Kombination funktioniert nicht mehr. Sie haben sie bestimmt geändert."

„Natürlich haben sie das", murmelte Sara und drückte ein paar Tasten. „Aber wenn wir ins Netzwerk kommen, dann können wir sie vielleicht überlisten. Ich schaue mal, ob sie ein eigenes WLAN haben."

Kimberly nickte sofort. „Bestimmt haben die ein WLAN. Ich wette, das ist ein lokales Netzwerk."

„Okay", sagte Sara und öffnete das Fenster für verfügbare Netzwerke. Sie begann zu scannen und grinste plötzlich triumphierend. „Da ist es. Das Signal ist schwach, aber ich kann es auffangen. Es ist verschlüsselt, aber das sollte kein Problem sein."

Kimberly beugte sich neugierig über Saras Schulter. „Was machst du jetzt?"

Sara tippte weiter und sprach, mehr zu sich selbst als zu Kimberly: „Die meisten Menschen sind faul, wenn es um Passwörter geht. Sie verwenden oft das gleiche Passwort für alles. Sag mir nochmal: Was war die ursprüngliche Kombination für die Tür?"

„S, C, A, M", sagte Kimberly, ohne zu zögern.

Sara grinste. „Natürlich. Typisch für diese Typen. Sie denken, sie wären schlau, aber meistens sind es die kleinen Details, die sie verraten."

Sie öffnete das Eingabefeld für das WLAN-Passwort und gab „SCAM" ein. Der Computer reagierte nicht. Sara biss sich kurz auf die Unterlippe, löschte den Code und gab ihn noch einmal ein. Diesmal schien das Netzwerk kurz zu stocken, und dann erschien die Meldung: **„Verbunden."**

Kimberly starrte sie mit offenem Mund an. „Das hat echt funktioniert? Sie verwenden das gleiche Passwort für alles?"

Sara zuckte mit den Schultern. „Das ist nicht unüblich. Menschen wie diese – selbst Kriminelle – haben Muster. Sie wollen Dinge einfach halten, damit sie sich nicht selbst aussperren. Aber jetzt kommt der knifflige Teil."

Sara öffnete ein Terminalfenster und begann, das Netzwerk zu scannen. Zahlen und Buchstaben huschten über den Bildschirm, während sie sich durch die Datenstruktur arbeitete. „Okay, jetzt müssen wir herausfinden, wo die Logfiles gespeichert werden. In den Logfiles sollten wir alles sehen können, was an der Tür passiert ist – auch die neuen Kombinationen."

Kimberly verstand nur die Hälfte von dem, was Sara sagte, nickte aber und hielt sich zurück, um sie nicht abzulenken.

„Kimmy, drück mal eine der Tasten an der Wand", sagte Sara plötzlich.

„Was? Warum?", fragte Kimberly.

„Weil jede Eingabe ein Paket erzeugt, das durch das Netzwerk geschickt wird. Ich muss dieses Paket aufspüren, um zu sehen, wie das System mit der Tür kommuniziert."

Kimberly sprang sofort auf und schlich zur Wand der Hütte. Vorsichtig drückte sie das „S" und lauschte. Nichts passierte. Sie wandte sich wieder an Sara. „Hast du was?"

„Warte", murmelte Sara und starrte auf den Bildschirm. „Ja! Da ist es. Ein unscheinbares Datenpaket, das ins Logfile geschrieben wird. Perfekt. Jetzt muss ich nur noch den Speicherort finden ..."

Ihre Finger flogen über die Tastatur, während sie die Datenstruktur des Servers durchforstete. Schließlich hielt sie inne, ihre Augen leuchteten triumphierend. „Da ist es. Das Logfile."

„Und jetzt?", fragte Kimberly, während sie nervös zur Tür hinüberblickte.

Sara öffnete das Logfile in einem Editor und scrollte durch die Zeilen. Plötzlich hielt sie inne. „Da ist es. Die neue Kombination: ‚A, S, M, C.' Sie haben sie genau um Mitternacht geändert."

Kimberly atmete erleichtert aus. „Dann können wir die Jungs rausholen."

Mit dem neuen Code in der Hand saßen Kimberly und Sara auf der abgenutzten Couch in der alten Hütte. Der Regen trommelte weiterhin gegen das Dach, und der Wind pfiff durch die Ritzen der morschen Wände, doch davon ließen sie sich nicht ablenken. Sara hatte das Notebook sicher auf den Knien, und ihre Finger zitterten leicht, als sie den Code eingab.

Kimberly saß dicht neben ihr, hielt den Atem an und beobachtete den schmalen Tastaturbildschirm gespannt. „Bereit?", fragte Kimberly, ihre Stimme war kaum mehr als ein Flüstern, obwohl niemand außer ihnen da war.

„Bereit, soweit ich das sein kann", erwiderte Sara trocken, bevor sie den Code eintippte: **A, S, M, C**. Für einen Moment passierte gar nichts, und eine unangenehme Stille legte sich über den Raum. Kimberly warf Sara einen nervösen Blick zu. Doch dann, ganz plötzlich, ertönte ein leises Summen, und die hydraulische Tür vor ihnen bewegte sich mit einem sanften Zischen. Langsam glitt sie zur Seite und offenbarte den Kontrollraum in seiner ganzen Hightech-Präzision.

Das Licht des Raums war grell und blendete die beiden Mädchen für einen Moment. Kimberly stand reflexartig auf und trat einen Schritt zurück. „Es hat funktioniert!", rief sie, ein Gemisch aus Erleichterung und Stolz in ihrer Stimme.

Kaum hatte sich die Tür vollständig geöffnet, stürmten Ömer und Oliver heraus. Ihre Gesichter waren angespannt und erschöpft, ihre Kleidung war feucht und schmutzig von der stickigen, engen Luft und dem Staub im Kontrollraum. Oliver hielt triumphierend einen kleinen USB-Stick hoch, während Ömer den schweren Koffer fest in der rechten Hand hielt. Beide wirkten erleichtert – und doch mischte sich eine Spur Panik in ihre Blicke.

Ömer blieb abrupt stehen, als sein Blick auf Sara fiel. Seine Augen weiteten sich, und für einen Moment schien er die Welt um sich herum zu vergessen. „Sara?", brachte er schließlich hervor, seine Stimme brach fast. Es war, als hätte ihm jemand die Luft aus den Lungen geraubt. „Was ... was machst du hier?"

Sara hob die Augenbrauen, sah ihn kühl an und verschränkte die Arme. „Was ich hier mache? Dich retten. Was denkst du denn?" Ihre Stimme war ruhig, doch ihre Augen verrieten, dass sie noch immer verletzt war.

Ömer war sichtlich überfordert. In seinem Kopf hatte er angenommen, dass Kimberly die Tür geöffnet hatte. Dass Sara plötzlich vor ihm stand, fühlte sich für ihn wie ein Schlag in die Magengrube an. Kimberly, die seine Verwirrung bemerkte, klärte ihn schnell auf.

„Ganz ruhig, Ömer", sagte Kimberly und legte ihm eine Hand auf die Schulter. „Sara hat die Tür geöffnet. Sie hat das WLAN gehackt, das Passwort gefunden und uns den neuen Code besorgt. Ohne sie säßet ihr immer noch da drin."

Ömer war sprachlos. Er blickte von Kimberly zu Sara, dann wieder zu Kimberly und schließlich erneut zu Sara. Sein Blick war eine Mischung aus Verwirrung, Dankbarkeit und Zögern. „Du hast uns wirklich gerettet", sagte er schließlich, seine Stimme war leise, fast schüchtern. „Danke."

Sara nickte knapp, doch sie wich seinem Blick aus. „Kein Problem", sagte sie. „Aber wir haben keine Zeit für Dankesreden. Wir müssen hier weg, bevor diese Typen zurückkommen."

„Warte kurz", sagte Ömer plötzlich und zog den Koffer näher an sich. „Sara, du musst dir das ansehen."

Er stellte den Koffer auf den Boden, öffnete ihn und enthüllte die prall gefüllten Geldbündel. Kimberly leuchtete mit ihrer Taschenlampe hinein, während Sara verblüfft auf den Inhalt starrte.

„Das ist unglaublich", murmelte sie. „Das ist eindeutig illegal."

„Das ist noch nicht alles", warf Oliver ein und hielt den USB-Stick hoch. „Ich habe alle Daten gesichert. Da sind Kontoauszüge und Überwachungsaufnahmen drauf. Sie haben alles protokolliert – das ist der Beweis."

„Gibt es auch etwas Handschriftliches?", fragte Sara. Ömer zog einen Stapel Papiere hervor, die sie drinnen gefunden hatten. Er reichte sie Sara, und sie überflog sie rasch. Ihre Stirn runzelte sich immer tiefer, je mehr sie las.

„Das sind Anweisungen", erklärte sie schließlich. „Hier steht genau, wie sie die Leute ausspionieren. Sie haben Mikrofone, Kameras, WLAN-Repeater – alles, um jede Bewegung und jedes Gespräch im Camp zu überwachen."

Kimberly schnaubte. „Kein Wunder, dass sie wussten, dass wir in der Hütte waren. Die haben uns die ganze Zeit beobachtet."

„Und deswegen müssen wir alles mitnehmen", sagte Ömer entschlossen. „Die Beweise, das Geld – alles. Wir dürfen ihnen keine Gelegenheit geben, weiterzumachen."

Sara nickte langsam, doch sie zögerte. „Wenn wir das machen, werden sie wissen, dass wir es waren. Wir müssen vorsichtig sein. Und wir müssen sie so ablenken, dass sie denken, es war das Unwetter."

Bevor sie die Hütte endgültig verließen, sah Ömer sich noch einmal um. „Wartet mal", sagte er und trat zurück in den Kontrollraum. Er schaltete die Hauptstromversorgung aus und drückte den Schalter kurz darauf wieder nach oben. Die Monitore flackerten kurz auf, bevor sie endgültig erloschen.

„Was machst du da?", fragte Kimberly ungeduldig, die schon an der Tür stand.

„Ich schalte alles aus und wieder ein", erklärte Ömer ruhig, während er prüfend über die Geräte blickte. „Falls die zurückkommen, denken sie, dass der Strom wegen des Unwetters ausgefallen ist. So merken sie nicht sofort, dass jemand hier war."

Oliver runzelte die Stirn und sah ihn skeptisch an. „Aber was ist mit den Serverlogs? Wenn die Typen schlau sind, werden sie die Protokolle prüfen. Die könnten sehen, dass jemand die Geräte manuell herunter- und wieder hochgefahren hat."

Sara nickte nachdenklich. „Guter Punkt. Sie werden misstrauisch, wenn die Logs zeigen, dass der Stromausfall nicht natürlich war." Sie zog ihren Laptop aus der Tasche, setzte sich an die Hauptkonsole und begann, durch die Daten zu scrollen. „Ich kann die Protokolle manipulieren, aber das wird ein paar Minuten dauern."

Kimberly stöhnte leise. „Sara, die Zeit drängt! Was, wenn sie jeden Moment zurückkommen?"

Sara schüttelte den Kopf, ihre Finger flogen über die Tastatur. „Das Risiko müssen wir eingehen. Wenn wir das nicht machen, wissen sie sofort, dass jemand hier war."

Oliver trat neben sie und beobachtete die Zahlen und Codes, die über den Bildschirm huschten. „Was genau machst du?"

„Ich werde den Server so einstellen, dass er die Zeitangaben in den Logs automatisch auf den Zeitraum des Unwetters zurücksetzt", erklärte Sara ruhig. „So sieht es aus, als hätte der Stromausfall genau dann stattgefunden, als das Gewitter am stärksten war. Sie werden denken, dass das System aufgrund eines Blitzschlags abgestürzt ist."

Ömer lehnte sich an die Wand und beobachtete die Szene. „Du kannst also die Zeit zurückdatieren, als der Strom unterbrochen wurde?"

Sara nickte konzentriert. „Genau. Außerdem lösche ich die letzten Benutzeraktivitäten – also unsere. Damit bleibt keine Spur von uns übrig."

„Brillant", murmelte Oliver anerkennend, während er einen Blick auf das kleine Statusfenster warf, das anzeigte, wie die Manipulation voranschritt.

Kimberly warf einen ungeduldigen Blick zur Tür. „Können wir das bitte ein bisschen schneller machen? Ich habe keine Lust, den Tätern in die Arme zu laufen."

„Fast fertig", sagte Sara, ohne den Blick von ihrem Laptop zu lösen. Ein Fortschrittsbalken füllte sich langsam, und schließlich erschien die Meldung: *„Logfiles erfolgreich aktualisiert."*

Sara klappte ihren Laptop zu, erhob sich und wandte sich an die Gruppe. „Okay, jetzt sieht es so aus, als wäre das ganze System während des Sturms abgeschmiert. Selbst wenn sie die Logs prüfen, werden sie nichts finden."

Ömer nickte anerkennend. „Gut gemacht. Jetzt verschwinden wir."

Gemeinsam schlichen sie zur Tür, ihre Bewegungen jetzt noch vorsichtiger. Kimberly warf einen letzten Blick zurück in den Kontrollraum, bevor sie leise flüsterte: „Jetzt sind wir dran, dafür zu sorgen, dass sie keinen weiteren Schaden anrichten können." Mit einem leisen Klicken schloss sich die hydraulische Tür wieder, als sie hinaustraten. Der Wind hatte zwar nachgelassen, aber durch den anhaltenden Regen war der Boden noch immer glitschig, und sie mussten vorsichtig sein, um nicht auszurutschen.

Mit dem Koffer in der Hand und dem USB-Stick in Olivers Tasche schlichen sie durch den dunklen Wald. Das Licht ihrer Taschenlampen war gedämpft, die nassen Zweige knackten leise unter ihren Füßen

„Beeilt euch", flüsterte Sara, die vorausging. Ihre Stimme war ruhig, aber die Dringlichkeit in ihrem Ton war unüberhörbar. „Was, wenn sie jetzt schon auf dem Weg hierher sind? Wir können sie nicht alle abhängen. Wir dürfen keine Spuren hinterlassen."

Die Gruppe bewegte sich so leise wie möglich, doch der schlammige Boden und die nassen Zweige unter ihren Füßen machten das Vorhaben schwierig. Jeder knackende Ast und jedes plötzliche Rascheln ließ sie zusammenzucken, ihre Herzen klopften schneller. Die Dunkelheit schien undurchdringlich, und obwohl der Regen inzwischen nachgelassen hatte, tropfte das Wasser von den Blättern der Bäume und verstärkte das Gefühl von Isolation.

„Glaubt ihr, dass uns jemand gesehen hat?", fragte Oliver leise, während er kurz stehen blieb, um sich umzusehen.

„Ich glaube nicht", antwortete Kimberly flüsternd, ihre Stimme war jedoch nicht ganz so überzeugt, wie sie hoffte. „Aber wir können uns keine Fehler leisten. Wenn sie merken, dass wir da waren ..."

„Pssst", unterbrach Ömer sie und hob die Hand. Sie hielten inne und lauschten angestrengt, doch alles, was sie hören konnten, war das ferne Knarren eines Baumes und das leise Tropfen des Wassers auf dem Waldboden.

„Alles gut", murmelte Ömer und nickte der Gruppe zu. „Weiter."

Sie setzten ihren Weg fort, bemüht, jede unnötige Bewegung zu vermeiden. Die Anspannung in der Luft war greifbar, und die Müdigkeit begann an ihnen zu zehren. Ömer spürte die Belastung in seinen Armen, als er den schweren Koffer mit sich schleppte, doch er biss die Zähne zusammen. Es gab keinen Platz für Schwäche – nicht jetzt.

Nach einer gefühlten Ewigkeit lichtete sich der Wald, und die vertrauten Umrisse des Camps zeichneten sich vor ihnen ab. Die Hütten standen reglos da, die Fenster waren dunkel und wirkten wie schlafende Augen, die von den Strapazen des Sturms erschöpft waren.

„Da ist es", flüsterte Kimberly und blieb stehen, um tief durchzuatmen.

„Alles sieht ruhig aus", fügte Sara hinzu, während sie ihre Umgebung prüfend musterte.

Das Camp lag still und unschuldig vor ihnen, als wäre es von den Naturgewalten in eine friedliche Starre versetzt worden. Der Gedanke war beruhigend, doch die Angst, dass jemand sie beobachtet haben könnte, nagte weiterhin an ihnen.

„Wir dürfen nichts dem Zufall überlassen", sagte Sara bestimmt. „Haltet die Taschenlampen weiter gedimmt. Keine plötzlichen Bewegungen."

Ihre Schritte wurden langsamer, vorsichtiger, als sie sich den Hütten näherten. Kimberly warf einen Blick zurück auf den Wald, der wie eine dunkle Wand hinter ihnen lag. Sie war erleichtert, dass sie es zurückgeschafft hatten, doch ein Teil von ihr konnte die Sorge nicht abschütteln, dass sie nicht allein waren.

Die letzten Meter zum Camp fühlten sich endlos an. Jeder Schritt war eine Mischung aus Erleichterung und Anspannung. Sie achteten genau darauf, keine auffälligen Spuren im Schlamm zu hinterlassen. Oliver bückte sich einmal, um einen verräterischen Fußabdruck zu verwischen, und Ömer bemühte sich, den Koffer möglichst leise abzusetzen, wann immer sie kurz stehen blieben.

# XVII

Die vier schlüpften schnell in die Küchenhütte. Kimberly schloss die Tür hinter ihnen, und für einen Moment hörte man nur ihr schweres Atmen und das Trommeln der letzten Regentropfen auf dem Dach. Ömer stellte den Koffer behutsam auf den Holztisch, und Oliver lehnte sich an die Wand, während er den USB-Stick aus seiner Tasche zog.

„Das war knapp", sagte Oliver schließlich und rieb sich die Schläfen. „Aber wir haben es geschafft. Alles, was wir brauchen, ist hier drin." Er hob den Stick hoch.

Kimberly ließ sich auf einen der Küchenstühle fallen und wischte sich eine Strähne aus dem Gesicht. „Wir müssen uns das morgen genauer ansehen", sagte sie. „Aber jetzt müssen wir uns erstmal beruhigen. Das Adrenalin schießt mir durch den ganzen Körper."

Sara hatte bisher kein Wort gesagt. Sie stand in der Ecke der Hütte, die Arme verschränkt, ihr Blick auf den Koffer gerichtet. Schließlich trat sie einen Schritt vor und sah Ömer direkt an.

„Ömer", sagte Sara leise, ihre Stimme zitterte ein wenig, „warum hast du das alles gemacht? Warum hast du diesen Koffer mitgenommen? Das ist ... gefährlich."

Ömer blickte sie ernst an, seine Augen schwer vor Müdigkeit, aber voller Entschlossenheit. „Weil das hier Beweise sind. Beweise, dass sie Leute betrogen haben, Sara. Dieses Geld gehört nicht ihnen. Es wurde gestohlen. Wir können damit beweisen, was sie getan haben."

Für einen Moment war es still, und Sara stand reglos da, ihre Gedanken rasten. Sie erinnerte sich an die vielen Tage, an denen sie sich von Ömer verraten gefühlt hatte – seine ausweichenden Blicke, die Gerüchte, die sie verletzt hatten. Doch jetzt, in diesem Moment, sah sie etwas in seinen Augen, das sie lange nicht mehr gesehen hatte: Aufrichtigkeit.

Ihre Wut und ihr Schmerz waren noch da, eine glühende Flamme in ihrem Inneren, doch sie wurden von einer unerwarteten Wärme überdeckt – Dankbarkeit. Die Tatsache, dass er sich in Gefahr gebracht hatte, um etwas Gutes zu tun, brachte sie ins Wanken. Sie fragte sich, warum er das alles tat. War das der Ömer, den sie früher bewundert hatte? Derjenige, der für andere einstand, selbst wenn es riskant war?

Schließlich trat sie langsam einen Schritt vor und legte ihre Hände zögernd auf seine Schultern. Ihre Augen suchten seine, doch sie sprach nicht. Stattdessen nahm sie ihn plötzlich fest in den Arm, als könnte sie all die Gefühle, die in ihr tobten, nur auf diese Weise ausdrücken.

Ömer ließ den Koffer los und erwiderte ihre Umarmung zögerlich, als ob er nicht sicher war, ob er das durfte. Doch als sie sich enger an ihn schmiegte, schloss er die Arme fester um sie.

In Saras Kopf tobte ein Sturm. *Warum mache ich das?* fragte sie sich. *Kann ich ihm wirklich wieder vertrauen?* Aber in diesem Moment, als sie seinen Herzschlag spürte und die Wärme seiner Arme um sich fühlte, wollte sie es versuchen. Es war nicht nur Dankbarkeit, sondern ein kleiner Funken Hoffnung, dass es vielleicht doch eine Möglichkeit gab, den Schmerz hinter sich zu lassen.

„Ich dachte ... ich dachte, du hättest mich wirklich absichtlich verletzt", murmelte sie leise, ihre Stimme erstickt durch den Kloß in ihrem Hals. „Ich habe so lange geglaubt, dass du diese Wette abgeschlossen hast und dass du ... mich bloßstellen wolltest."

Ömer schwieg. Er wusste, dass es nichts gab, was er sagen konnte, um die vergangenen Tage ungeschehen zu machen. Alles, was er tun konnte, war, sie jetzt festzuhalten und zu hoffen, dass sie spürte, wie sehr er bereute, was passiert war.

„Aber jetzt weiß ich, dass du nichts falsch gemacht hast", fuhr Sara schließlich fort, ihre Stimme brüchig, aber ehrlich. „Du hast dich in Gefahr gebracht, um etwas zu tun, das richtig ist. Und das ... das ist der Ömer, den ich gekannt habe. Den ich ..." Sie hielt inne, unfähig, den Satz zu beenden.

Ömer wollte etwas sagen, doch er schwieg und hielt sie einfach fester. Für ihn fühlte sich dieser Moment wie eine Erlösung an, eine Chance, alles wieder gutzumachen.

Schließlich löste sich Sara vorsichtig von ihm, ihre Hände blieben kurz auf seinen Armen ruhen, bevor sie sie zurückzog.

„Ich will ihm vertrauen, aber ein Teil von mir wehrt sich immer noch. Es wird Zeit brauchen, aber vielleicht … vielleicht gibt es einen Weg zurück", dachte sie und sagte zu ihm „Danke, dass du gezeigt hast, wer du wirklich bist."

Ömer nickte nur, sein Blick ernst. „Ich werde dir beweisen, dass ich es ernst meine", sagte er leise. „Egal, wie lange es dauert."

Sara spürte, wie ihre Augen brannten, aber sie blinzelte die Tränen weg. Sie wollte nicht zeigen, wie sehr sie sich nach diesem Moment gesehnt hatte, wie sehr sie sich wünschte, ihm wieder vertrauen zu können. Aber ein Teil von ihr – ein leises Flüstern in ihrem Herzen – sagte ihr, dass sie es versuchen konnte. Nicht sofort, nicht heute, aber irgendwann.

Kimberly, die das Ganze beobachtet hatte, stand plötzlich auf. „Okay, das war süß und so, aber wir haben noch eine Menge zu tun. Dieses Geld und die Daten – wir müssen alles verstecken. Wenn die zurückkommen und merken, dass wir das mitgenommen haben, sind wir dran."

Oliver hob den USB-Stick hoch und hielt ihn zwischen Daumen und Zeigefinger, als sei es das wertvollste Objekt, das er je besessen hatte. „Ich werde die Daten doppelt sichern. Wir brauchen Kopien, falls sie es schaffen, etwas zu löschen."

Sara nickte zustimmend, zog ihren Laptop aus der Tasche und klappte ihn auf. Das vertraute Geräusch des hochfahrenden Systems gab ihr ein Gefühl von Kontrolle, das sie dringend brauchte. „Ich helfe dir. Mein Laptop ist gut genug, um alles zu entschlüsseln, falls sie es verschlüsselt haben."

„Gut", murmelte Oliver, während er den Stick an den Laptop anschloss. Er war bereits dabei, die Dateien zu durchsuchen, als Sara ihn sanft zur Seite schob. „Lass mich das machen. Es gibt ein paar Dinge, die wir zuerst erledigen müssen."

Sie öffnete ein Programm und begann, die Dateien systematisch zu sichten. Die Datenflut war überwältigend: Kontoauszüge, Überwachungsvideos, E-Mails und Textnachrichten – alles akribisch dokumentiert.

„Das ist unglaublich", flüsterte Sara, während ihre Finger über die Tastatur flogen. „Aber wenn sie merken, dass wir das haben, sind wir dran. Wir müssen das sofort verschlüsseln."

Oliver lehnte sich zurück und beobachtete sie. „Kannst du das?"

„Natürlich", sagte sie knapp. „Ich werde die Daten mit einer sicheren Verschlüsselung schützen. Selbst wenn sie den Stick zurückbekommen, wird es Monate dauern, bis sie irgendetwas daraus lesen können."

Während Sara arbeitete, zog sie ein weiteres Speichermedium aus ihrer Tasche – eine tragbare SSD. Sie schloss sie an den Laptop an und begann, die Daten darauf zu kopieren. „Ich mache zwei Kopien", erklärte sie. „Eine bleibt auf diesem Stick, und die andere speichere ich hier. Danach verschlüsseln wir beide. Falls wir einen Stick verlieren, haben wir immer noch eine Sicherung."

Oliver nickte. „Und was, wenn sie auch die SSD finden?"

„Dafür habe ich ein verstecktes Verzeichnis eingerichtet", erklärte Sara, ohne den Blick vom Bildschirm zu nehmen. „Selbst wenn sie den Speicher durchsuchen, wird es nicht sichtbar sein, es sei denn, sie wissen genau, wonach sie suchen müssen."

„Wow", murmelte Oliver, sichtlich beeindruckt.

Sara hielt kurz inne, blickte nachdenklich auf den Bildschirm und drehte sich dann zu Oliver. „Wir brauchen noch eine weitere Ebene der Sicherheit."

„Was meinst du?", fragte Oliver, während er den Stick prüfend betrachtete.

„Eine Sicherung in der Cloud", erklärte sie. „Falls uns alles hier abhandenkommt – der Stick, die SSD oder sogar mein Laptop – brauchen wir eine Möglichkeit, die Daten wiederzubekommen."

Oliver runzelte die Stirn. „Und wie sollen wir das machen, ohne uns selbst zu verraten? Was, wenn sie das bemerken?"

Sara klappte den Laptop zu, nahm einen tiefen Atemzug und erklärte: „Ich werde eine verschlüsselte Datei in einen Cloud-Speicher hochladen, den ich nur über ein sicheres VPN erreiche. Das wird schwer zu verfolgen sein. Aber wir müssen schnell handeln. Je länger ich online bin, desto größer ist das Risiko, dass sie uns bemerken."

„Und was ist, wenn ihr Netzwerk überwacht wird?", warf Oliver ein. „Wenn sie das merken, sind wir geliefert."

„Das ist genau das, was ich jetzt prüfe", antwortete Sara mit fester Stimme. Sie öffnete ein weiteres Programm und ließ es laufen. Zahlen und Daten flimmerten über den Bildschirm, während sie das Netzwerk analysierte. „Ihr Netzwerk hat eine Standard-Firewall. Es sieht nicht so aus, als wäre es aktiv überwacht, aber ich werde trotzdem extrem vorsichtig sein."

„Das heißt?", fragte Kimberly, die sich neben sie gestellt hatte.

„Ich werde nur ein kleines Datenpaket übertragen, gerade genug, um die Dateien zu sichern. Der gesamte Upload wird verschlüsselt und anonymisiert. Es wird aussehen wie eine gewöhnliche Verbindung, die durch die Störung des Unwetters verursacht wurde."

„Klingt riskant", murmelte Oliver, doch er beobachtete beeindruckt, wie Sara ihre Maßnahmen traf.

Nachdem die Daten auf die SSD kopiert waren, begann Sara mit dem Upload in die Cloud. Ihre Finger flogen über die Tastatur, während sie die Dateien in einer verschlüsselten ZIP-Datei bündelte. „Das dauert nur ein paar Minuten", erklärte sie. „Sobald die Datei hochgeladen ist, können wir die Verbindung trennen."

„Und du bist sicher, dass sie das nicht zurückverfolgen können?", fragte Kimberly skeptisch.

„Ich verwende ein VPN und eine verschlüsselte Verbindung", erklärte Sara geduldig. „Selbst wenn sie den Upload bemerken, werden sie nicht in der Lage sein, die Daten zu entschlüsseln oder zu sehen, wohin sie gegangen sind. Ich habe auch eine Zeitverzögerung eingebaut, sodass es wie eine fehlerhafte Systemanfrage aussehen wird."

Nach wenigen Minuten erschien die Bestätigungsmeldung: „Upload abgeschlossen."

Sara lehnte sich zurück und ließ ihren Kopf gegen die Stuhllehne fallen. „Fertig", sagte sie schließlich und atmete erleichtert aus. „Jetzt haben wir die Daten gesichert – lokal und online. Selbst wenn alles hier verloren geht, haben wir noch eine Kopie."

Oliver griff nach der SSD und sah sie nachdenklich an. „Wo verstecken wir die zweite Kopie?", fragte er.

„Ich nehme sie", antwortete Sara. „Ich werde sie in meinem Laptop verstauen. Wenn jemand danach sucht, wird er sie nicht finden. Sie denken bestimmt nicht, dass ich etwas damit zu tun habe."

Oliver nickte. „Das ist ein guter Plan."

„Gut genug", erwiderte Sara und klappte den Laptop zu. Sie sah ihn an, ein schwaches Lächeln auf ihren Lippen. „Jetzt müssen wir nur hoffen, dass sie nichts bemerken, bevor wir alles auswerten können."

Ömer sah zu Kimberly. „Was machen wir mit dem Koffer? Wir können ihn nicht hier lassen."

Kimberly dachte kurz nach. „Wir verstecken ihn. Vielleicht im alten Werkzeugschuppen hinter der Waschhütte. Da geht nie jemand hin."

„Einverstanden", sagte Ömer. „Aber wir machen das jetzt sofort, bevor die Sonne aufgeht."

Kimberly führte die Gruppe an, während Ömer den Koffer trug. Sein Gewicht war beträchtlich, und seine Arme begannen zu schmerzen, doch er hielt durch. Der Werkzeugschuppen war ein kleiner, alter Holzbau hinter der Waschhütte, der kaum noch benutzt wurde.

„Da vorne", flüsterte Kimberly und zeigte auf die dunkle Silhouette des Schuppens. „Schnell rein, bevor uns jemand sieht."

Der Schuppen war staubig und roch nach Feuchtigkeit und altem Holz. Überall lagen verrostete Werkzeuge, alte Eimer und kaputte Gartenutensilien herum. Spinnweben spannten sich von den Wänden bis zu den Regalen, und der Raum schien seit Jahren nicht mehr aufgeräumt worden zu sein.

„Perfekt", murmelte Oliver, als er sich umsah. „Hier wird sicher niemand zufällig hereinkommen."

Ömer stellte den Koffer behutsam auf den Boden. „Aber wir können ihn nicht einfach so stehen lassen. Wenn jemand nach Werkzeug sucht, fällt er sofort auf."

Kimberly nickte zustimmend und begann, die Umgebung abzusuchen. „Hier, schaut mal", sagte sie schließlich und zeigte auf eine alte, kaputte Werkzeugkiste, die unter einem Stapel verrosteter Schaufeln stand. „Wenn wir den Koffer da drunter schieben, wird ihn niemand sehen."

Gemeinsam hoben sie die schweren Schaufeln vorsichtig beiseite, während Sara sich umsah. „Warte", sagte sie plötzlich, ihre Stimme aufgeregt. „Da hinten ist eine alte Plane. Die können wir drüberlegen, damit es noch unauffälliger aussieht."

Oliver holte die Plane und schüttelte sie aus, dabei wirbelte eine Wolke aus Staub und Spinnenweben auf. „Ugh", murmelte er, während er hustete. „Das Zeug ist eklig, aber es wird den Koffer gut verstecken."

Ömer schob den Koffer unter die Werkzeugkiste, sodass er kaum noch zu sehen war. Kimberly und Sara deckten alles sorgfältig mit der Plane ab und legten anschließend die Schaufeln wieder obenauf. Das Versteck wirkte chaotisch und vollkommen natürlich – niemand würde vermuten, dass sich darunter etwas Wichtiges verbarg.

„Das sollte reichen", sagte Sara zufrieden und klopfte sich den Staub von den Händen.

„Hoffen wir es", fügte Kimberly hinzu und wischte sich eine schweißnasse Strähne aus dem Gesicht. „Aber selbst wenn jemand den Schuppen durchsucht, wird das hier nicht so schnell auffallen."

„Gut gemacht", sagte Ömer, während er einen letzten Blick auf das Versteck warf. „Jetzt nichts wie zurück in die Hütten."

Die Gruppe schlich sich genauso leise zurück, wie sie gekommen war. Das Camp lag weiterhin still, nur das gelegentliche Knarren eines Baumes war zu hören. Als sie die Hütten erreichten, tauschten sie einen kurzen Blick aus.

„Wir reden morgen über alles", flüsterte Kimberly. „Jetzt versucht, ein bisschen zu schlafen."

Die anderen nickten. Obwohl der Adrenalinschub noch immer durch ihre Körper rauschte, wussten sie, dass sie Ruhe brauchten – die kommende Zeit würde alles andere als leicht werden.

Ömer hielt kurz inne, als Sara an ihm vorbeiging. Sie drehte sich zu ihm um, ihre Augen glitzerten im schwachen Mondlicht. „Danke", sagte sie leise, bevor sie in Richtung der Mädchen-Hütte verschwand.

Ein kleines Lächeln huschte über Ömers Gesicht. Dann drehte auch er sich um und ging in die Jungs-Hütte, wo Oliver bereits leise die Tür hinter sich schloss. Der Werkzeugschuppen war sicher – zumindest fürs Erste.

„Das war eine lange Nacht", sagte Kimberly leise, als sie die Tür des Schuppens hinter sich schloss.

Ömer nickte, doch ein kleiner Funke Hoffnung lag in seinem Blick. „Aber wir haben alles, was wir brauchen, um sie zu stoppen. Und ... vielleicht habe ich auch endlich eine Chance, es mit Sara wiedergutzumachen."

Kimberly grinste. „Ach, Ömer. Du und deine großen Pläne."

Die beiden schlichen zurück zu ihren Hütten, wo das Camp in völliger Stille lag. Doch sie wussten, dass die kommenden Tage alles andere als ruhig werden würden.

# XVIII

Die Sonne kämpfte sich langsam durch die Wolken, während die Gruppe hinter der Waschhütte saß, verborgen vor neugierigen Blicken und Ohren. Der Geruch von feuchtem Holz und altem Metall hing in der Luft, und trotz der relativen Ruhe waren die vier angespannt. Die Ereignisse der letzten Nacht hatten ihre Spuren hinterlassen, aber sie wussten, dass sie keine Zeit verlieren durften.

Am Vormittag hatten sich die Täter ungewöhnlich viel Zeit gelassen, um zu ihrem Hauptquartier in der verfallenen Hütte zurückzukehren. Das Unwetter der vergangenen Nacht hatte den Boden aufgeweicht, und sie wussten, dass der schlammige Weg zu Verzögerungen führen würde. Der Anführer, der wieder seinen grauen Anzug und die handgefertigten schwarzen Schuhe trug, öffnete die äußere Tür, die zu seiner Freude abgeschlossen war.

„Es sieht so aus, als wären die Jugendlichen gestern im Camp geblieben", murmelte der Anführer, als er den Schlüssel drehte und die knarzende Tür aufstieß.

Drinnen war es ruhig, und alles schien unberührt. Der Programmierer folgte ihm dicht auf und begab sich sofort zur Geheimtür. Er gab die neue Kombination ein: **A, S, M, C**. Die hydraulische Tür öffnete sich mit einem sanften Zischen und enthüllte … Dunkelheit.

„Stromausfall?", fragte der Anführer genervt.

„Vielleicht", antwortete der Programmierer zögernd. Doch als er den Hauptschalter überprüfte, entdeckte er, dass dieser auf ‚EIN' stand. „Seltsam. Wenn der Strom ausgefallen wäre, müsste der Schalter unten sein."

Der Anführer winkte ab. „Dann bring den Strom wieder zum Laufen. Schnell."

Ohne weiteren Kommentar machte sich der Programmierer an die Arbeit. Es dauerte einige Minuten, bis er die Systeme wieder hochgefahren hatte. Monitore flackerten auf, Server begannen zu summen, und der Raum wurde in ein kaltes, technisches Licht getaucht.

„Alles bereit", verkündete der Programmierer schließlich.

Der Anführer ließ sich in seinen Sessel sinken und begann, wie gewohnt, seine betrügerische Masche abzuziehen. Bald hatte er bereits einen neuen „Kunden" gefunden, der ihm bereitwillig tausende Euro überwies. Doch plötzlich hielt er inne.

„Was zum …?" Er beugte sich vor und starrte auf einen der Monitore, der das Feriencamp zeigte.

Der Programmierer folgte seinem Blick. Auf dem Bildschirm war ein Junge mit blauen Haaren zu sehen, der einen großen Koffer in Richtung Seeufer trug.

„Sieht fast aus wie unser Koffer", sagte der Anführer mit einem abwertenden Lachen.

Der Programmierer schüttelte den Kopf. „Nicht fast. Das ist unser Koffer."

Das Lachen des Anführers erstarb. „Unsinn. Der Koffer liegt genau da, wo er immer liegt." Er deutete mit dem Finger auf den Platz neben dem Schreibtisch.

Aber da war nichts.

„Wo ist er?", schrie der Anführer, seine Stimme überschlug sich vor Wut.

Der Programmierer zoomte auf das Kamerabild. Es war eindeutig ihr Koffer.

Panik und Wut vermischten sich in den Augen des Anführers. Er stürmte zum Platz, an dem der Koffer, der goldene USB-Stick mit den wichtigsten Daten, die handschriftlichen Notizen und die Kontoauszüge gelegen hatten. Alles war verschwunden.

„Sie waren hier", murmelte der Programmierer, während er die Log-Files durchsuchte. „Mitten in der Nacht. Die Jugendlichen haben unseren geänderten Code herausgefunden, sind hier rein, haben Daten heruntergeladen und sogar den Stromausfall simuliert."

„Warum hast du mir nichts gesagt?", brüllte der Anführer.

„Ich habe dich gewarnt", erwiderte der Programmierer scharf. „Aber du hörst ja nie auf mich!" Das brachte ihm eine schallende Ohrfeige ein. Der Anführer tobte wie ein Verrückter. Mit einer Wut, die ihn beinahe die Kontrolle verlieren ließ, griff er nach seinem Revolver und schob die Kammer auf, um die Patronen zu überprüfen. Fünf Kugeln.

„Das reicht", murmelte er kalt. Er ignorierte den entsetzten Blick des Programmierers, der sich vorsichtig zurückzog, um nicht ebenfalls Ziel seiner Wut zu werden.

„Ich hole mir, was mir gehört", brüllte der Anführer und rannte zur Geheimtür. Der Programmierer versuchte ihn zu stoppen: „Das ist Wahnsinn! Es ist nur Geld! Lass es gut sein!" Doch seine Worte verhallten ungehört. Er öffnete die Geheimtüre, die mit einem sanften Zischen auf die Seite glitt. Er ging, nein er lief durch die Türe und stieß mit einem Tritt die Haustüre auf, die dabei fast aus ihren Angeln fiel. Er sprang die Stufen der Veranda hinunter und die nasse Wiese und der schlammige Boden machten ihm sofort zu schaffen. Schon nach wenigen Schritten blieb einer seiner teuren, handgefertigten Lederschuhe in einem besonders tiefen Matschloch stecken. Er stolperte, ruderte mit den Armen und fluchte laut, während er sich wieder aufrappelte.

„Verdammter Schlamm!", zischte er, doch er ließ den Schuh zurück und humpelte mit nur einem Schuh weiter.

Der Anführer erreichte schließlich seinen schwarzen Porsche Cayenne, der etwas abseits in einem lichten Waldstück geparkt war. Voller Wut riss er die Fahrertür auf, ließ sich ins Auto fallen und startete den Motor. Das Brummen des V8-Motors war wie Musik in seinen Ohren, und er trat das Gaspedal durch, während seine Reifen Schlamm nach hinten schleuderten.

Doch die aufgeweichte Wiese machte ihm erneut einen Strich durch die Rechnung. Die Reifen drehten durch, das Auto kam ins Schleudern, und mit einem lauten Krachen rammte er den nächstgelegenen Baum.

„Verdammt nochmal!", schrie er, während er auf das Armaturenbrett schlug. Die Stoßstange war beschädigt, und der Lack hatte ein paar tiefe Kratzer abbekommen, aber das Auto war noch fahrtüchtig. Ohne auf den Schaden zu achten, schaltete er zurück und gab erneut Gas.

Wie ein Wahnsinniger raste der Anführer über die Wiese, seine Augen fest auf den Bildschirm in seinem Kopf gerichtet, der den Jungen mit den blauen Haaren und dem Koffer zeigte. „Das ist mein Geld", murmelte er immer wieder. „Mein Geld!"

Seine Fahrweise wurde immer unkontrollierter. Der Porsche schoss mit quietschenden Reifen an den Rand des Feriencamps. Einige der Jugendlichen, die gerade Waldsoccer spielten, hielten kurz inne, als sie das donnernde Geräusch hörten, und sahen dem Wagen verwirrt nach. Doch der Anführer beachtete sie nicht – sein Ziel war das Seeufer.


Oliver schleppte den schweren Koffer in Richtung Beachvolleyballplatz. Seine Schritte waren langsam, die Belastung machte ihm zu schaffen, aber er kam voran. Der Platz war menschenleer – die anderen Jugendlichen spielten weiter Waldsoccer mit Frau Kurz und Professor Lehrner.

Er setzte sich auf eine Holzbank, legte den Koffer auf den Tisch und öffnete ihn. Die Bündel von Banknoten waren akkurat gestapelt, und ein leises Lächeln huschte über sein Gesicht.

„Nicht schlecht", murmelte er, während er zählte. „300.000 Euro … 120.000 Pfund … und 50.000 Dollar. Was für ein Jackpot."

Plötzlich hörte er ein lautes Motorengeräusch. Oliver blickte auf. Ein schwarzer Porsche Cayenne raste über die matschige

Wiese. Das Auto wurde schneller, viel zu schnell, um sicher zu fahren. Oliver spürte, wie ihm das Herz in die Kehle schoss.

Sara, Ömer und Kimberly, die sich verborgen hatten, beobachteten die Szene mit angehaltenem Atem. „Das sieht gar nicht gut aus", murmelte Sara. „Was macht der Typ da?", flüsterte Ömer, als das Auto ins Schleudern geriet.

Der Porsche raste in einer unkontrollierten Kurve über das matschige Gelände, die Reifen warfen Schlamm in alle Richtungen. Mit einem dumpfen Knall prallte der Wagen gegen einen Baum, doch er kam nicht zum Stehen. Der Motor heulte auf, und die Vorderräder drehten durch.

„Jetzt wird es brenzlig", sagte Kimberly plötzlich und stand auf. „Ich hole Professor Lehrner!" Ohne eine Antwort abzuwarten, rannte sie los, zurück Richtung Waldsoccer-Platz.

Kimberly rannte den schmalen, matschigen Weg entlang, das Adrenalin trieb sie an. Am Waldsoccer-Platz angekommen, blieb sie kurz stehen, um nach Luft zu schnappen. Ihr Blick suchte Professor Lehrner, der gerade den Jugendlichen Anweisungen gab.

„Herr Professor!", rief sie laut, ihre Stimme überschlug sich beinahe. Die Jugendlichen hielten inne und wandten sich zu ihr um, verwundert über ihre plötzliche Dringlichkeit.

Professor Lehrner drehte sich um, die Stirn gerunzelt. „Kimberly? Was machst du hier? Ich dachte, du wärst am Beachvolleyballplatz!"

„Keine Zeit!", rief Kimberly, während sie sich keuchend auf ihn zubewegte. „Die Polizei ist unten am See! Oliver braucht dich! Dieser Verrückte mit dem Porsche rast auf ihn zu! Es sind die Cyberkriminellen!"

„Was?", fragte Professor Lehrner, seine Stimme klang gleichzeitig überrascht und besorgt. „Die Polizei? Cyberkriminelle? Was redest du da?"

„Das erkläre ich dir unterwegs", sagte Kimberly hastig. „Aber du musst sofort kommen! Es wird brenzlig!"

Das Wort „Polizei" ließ Professor Lehrner aufhorchen. „Gut, ich komme mit", sagte er entschlossen. „Aber ich brauche Sebastian, Nover und Momo."

Kimberly runzelte die Stirn, hatte aber keine Zeit zu fragen, warum. „Dann beeil dich!"

Der Porsche Cayenne hatte sich schließlich aus dem Schlamm befreit und raste direkt auf Oliver zu. Der Anführer stieg aus, blutverschmiert und mit einem hasserfüllten Blick. Sein Revolver zitterte in der Hand. „Das ist mein Koffer!", brüllte er.

Oliver blieb wie angewurzelt stehen, die Panik lähmte ihn. „Bleib cool, Oliver", murmelte er leise zu sich selbst, doch sein Herz schlug ihm bis zum Hals.

Hinter einem Baum traten Sara und Ömer hervor. Der Anführer hielt inne, seine Augen huschten verwirrt zwischen Oliver und den Jugendlichen hin und her. „Ihr?! Wie seid ihr hier?", schrie er, seine Stimme ein Gemisch aus Überraschung und Zorn.

Plötzlich trat der Polizist aus dem Dickicht hervor. Seine Waffe war ruhig, aber entschlossen auf den Anführer gerichtet. „Waffe runter!", rief er scharf. „Kein Schritt weiter."

Der Anführer wirbelte herum, sichtlich überrumpelt. „Was …?" Für einen Moment schien er zu begreifen, dass die Situation für ihn verloren war. Doch die Wut in seinen Augen verdrängte schnell jeden klaren Gedanken. „Das ist mein Geld!", brüllte er erneut, seine Stimme überschlug sich vor Verzweiflung.

„Ich habe keine Lust, das zu wiederholen", sagte der Polizist. „Runter mit der Waffe, sofort."

Zitternd ließ der Anführer die Pistole fallen. Der Polizist trat mit sicheren Schritten vor, packte den Anführer und fixierte ihn geübt mit Handschellen. Der Anführer versuchte, sich loszureißen, doch der Polizist hatte ihn fest im Griff.

„Sie sind festgenommen", sagte der Polizist ruhig, aber bestimmt. „Wegen illegaler Aktivitäten und Bedrohung mit einer Schusswaffe."

Die Jugendlichen beobachteten die Szene, die Anspannung löste sich langsam. Der Anführer wurde abgeführt, während der Polizist kurz zu Oliver nickte, um zu signalisieren, dass die Gefahr gebannt war.

Professor Lehrner, Kimberly und die Jungs erreichten das Ufer gerade rechtzeitig, um die Festnahme zu sehen. Kimberly zeigte auf die Szene. „Da, Herr Professor! Genau das meinte ich!"

Professor Lehrner beobachtete, wie der Polizist den Anführer in Handschellen sicher zum Streifenwagen führte. Mit einem festen Griff drückte der Polizist den wütenden Mann in den Wagen und schloss die Tür. Dann drehte er sich um und ging auf Professor Lehrner zu.

„Ah, Professor Lehrner. Schön, Sie wiederzusehen", sagte der Polizist mit einem knappen Nicken.

„Inspektor", erwiderte Professor Lehrner. „Es scheint, als haben Sie hier alles unter Kontrolle. Aber ich muss mit Ihnen über etwas Dringendes sprechen."

Der Inspektor hob fragend eine Augenbraue. „Es geht um Sebastian, Nover und Momo, nicht wahr?"

Professor Lehrner nickte. „Ja. Es geht um das Foto und wir müssen über die Konsequenzen sprechen."

Doch der Polizist hob beschwichtigend die Hand. „Keine Sorge, Herr Professor. Ihre anderen Schüler – Oliver, Kimberly, Ömer und Sara – haben mir alles erklärt. Sie haben mir erzählt, dass das mit dem Falschgeld eine List von Sebastian, Nover und Momo war."

Professor Lehrner blinzelte überrascht, aber seine Miene blieb streng. „Eine List?"

„Ja, anscheinend hatten die Jungs herausgefunden, dass die Cyberkriminellen im Camp gefälschtes Geld versteckt hatten", erklärte der Inspektor. „Anstatt zu Ihnen oder mir zu kommen, haben sie sich gedacht, dass sie das Falschgeld in Umlauf bringen könnten, um uns auf die Spur der Bande zu führen. Es war natürlich ein riskanter Plan, aber nun ja, es hat funktioniert."

Professor Lehrner legte die Arme vor der Brust zusammen und sah die drei Jungen, die in der Nähe standen, mit schuldbewussten Gesichtern an. „Ist das wahr?", fragte er streng.

Sebastian trat einen Schritt vor, seine Stimme war kleinlaut. „Ja, Herr Professor. Es war unsere Idee ... wir dachten, wenn wir die falschen Scheine benutzen, würde die Polizei aufmerksam werden."

„Wir wollten nur helfen", fügte Nover hinzu. „Aber wir wussten nicht, wie wir das sonst machen sollten."

„Es tut uns leid", sagte Momo leise, ohne den Blick vom Boden zu heben.

Der Polizist nickte. „Die Kinder haben mir alles genau erklärt. Und obwohl es unglaublich dumm und gefährlich war, muss ich zugeben: Es hat uns geholfen, diese Bande zu schnappen."

Professor Lehrner schüttelte langsam den Kopf, seine Augen fixierten die drei Jungen. „Was für ein unsagbar leichtsinniger Plan. Euch ist klar, dass ihr euch und andere in ernsthafte Gefahr gebracht habt? Ihr hättet zuerst mit mir oder jemandem von der Polizei sprechen müssen!"

Sebastian nickte schüchtern. „Ja, Herr Professor. Wir wissen, dass es falsch war."

Der Inspektor schaltete sich ein, seine Stimme war ein wenig sanfter. „Ich habe ihnen bereits gesagt, dass sie mit dieser Sache durchkommen – aber nur dank ihrer Zusammenarbeit und weil sie den Fall überhaupt erst ins Rollen gebracht haben. Sie haben Glück, dass ich das nicht an die Staatsanwaltschaft weitergebe. Aber eine Strafe wird es sicherlich trotzdem geben."

„Oh, das wird es", sagte Professor Lehrner mit Nachdruck und musterte die drei Jungen streng. „Wir sprechen später darüber, wie ihr das wiedergutmachen werdet."

Der Inspektor nickte und wandte sich dann an die Gruppe. „Und ihr anderen – Oliver, Kimberly, Ömer und Sara – gute Arbeit. Ihr habt mir geholfen, die Geschichte zusammenzusetzen. Aber auch ihr solltet beim nächsten Mal vorsichtiger sein und so etwas nicht allein durchziehen."

„Ja, Herr Inspektor", sagten die vier im Chor.

Der Polizist lächelte leicht und zog seine Mütze zurecht. „Gut. Ich bringe den Anführer jetzt ins Präsidium. Professor Lehrner, ich vertraue darauf, dass Sie sich um den Rest kümmern."

„Das werde ich", versprach der Professor.

Gerade als der Polizist zum Streifenwagen ging, trat Ömer zögernd einen Schritt nach vorn. „Entschuldigen Sie, Herr Inspektor, eine Frage noch."

Der Polizist blieb stehen, blickte ihn aufmerksam an und nickte. „Ja, was gibt's?"

„Haben Sie im Hauptquartier noch jemanden angetroffen?", fragte Ömer. Sein Blick war angespannt, als ob er befürchtete, die Antwort könnte weitere Komplikationen bedeuten.

Der Polizist schüttelte den Kopf. „Nein, wir haben uns das Hauptquartier genau angesehen. Es war niemand mehr dort. Es sieht ganz so aus, als hätten wir es hier mit einem Einzeltäter zu tun gehabt."

Ömer atmete hörbar aus, ein Zeichen der Erleichterung. „Okay, danke", sagte er und trat zurück zu den anderen.

Der Inspektor nickte noch einmal und stieg in seinen Wagen. Ein Gefühl der Erleichterung breitete sich aus, als das Sirenengeräusch leiser wurde und schließlich in der Ferne verstummte.

Professor Lehrner drehte sich zu den Schülern um, seine Hände in die Hüften gestützt.

„Das hier war kein Triumph, sondern eine Lektion." Professor Lehrner ließ seinen strengen Blick über die Gruppe wandern, bevor er mit ausgestrecktem Finger direkt auf Sebastian, Momo und Nover zeigte. „Ich meine vor allem euch drei."

Die angesprochenen Jungen sahen schuldbewusst zu Boden, wagten es nicht, den Professor anzusehen.

„Ihr habt Glück gehabt, dass das gut ausgegangen ist", fuhr er fort, seine Stimme ruhig, aber durchdringend. „Euer leichtsinniger Plan hätte schrecklich schiefgehen können. Ihr habt euch und andere in ernsthafte Gefahr gebracht."

Die drei nickten langsam, ihre Schultern sanken unter der Last seiner Worte.

„Und ich werde dafür sorgen, dass ihr alle – und ich meine besonders euch drei – daraus lernt."

Professor Lehrner wandte sich an Sara, Kimberly, Oliver und Ömer. Seine Stimme war streng, aber nicht ohne einen Hauch von Stolz. „Ihr müsst mir unbedingt verraten, wie ihr das alles geschafft habt."

Sara trat einen Schritt vor, ihr Blick war fest, doch ein Hauch von Unsicherheit schwang in ihrer Stimme mit, als sie begann zu erzählen. „Es fing alles an, als uns der Gong der Frühstücksglocke geweckt hat. Wir haben uns möglichst unauffällig verhalten, sind frühstücken gegangen und haben uns danach hinter der Waschhütte getroffen, um unseren Plan zu besprechen. Uns war klar, dass wir die Cyberkriminellen aus der Reserve locken und ins Lager zurückholen mussten."

Sie hielt kurz inne, bevor sie weitersprach. „Kimberly hat vorgeschlagen, die Polizei zu rufen. Sie meinte, das wäre sicher der einfachste Weg, aber sie hatte auch recht, als sie sagte, dass die Typen dann wahrscheinlich abhauen würden, bevor sie erwischt werden. ‚Die haben garantiert einen Fluchtplan', hat sie gesagt."

„Oliver hat dann ergänzt, dass die Beweise auf dem Stick und das Geld im Koffer zwar wichtig sind, aber dass wir sie auf frischer Tat erwischen müssen. ‚Sonst können sie behaupten, das Ganze sei nur ein Missverständnis', hat er gesagt."

„Ömer war derjenige, der daraufhin meinte, wir müssten sie irgendwie aus der Reserve locken. ‚Wir müssen sie zu einem Fehler zwingen', hat er gesagt. ‚Nur so können wir sie kriegen.'"

Sara lächelte leicht, als sie den nächsten Teil ihrer Erzählung fortsetzte. „In dem Moment habe ich auf mein Handy geschaut, weil ich eine Nachricht checken wollte, und dann habe ich bemerkt, dass wir wieder Empfang hatten. Ich habe das beiläufig erwähnt, und das war der Moment, in dem

Kimberly plötzlich aufsprang und meinte: ‚Das ist es! Wir könnten sie anlocken!' Sie hatte sofort die Idee, sie glauben zu lassen, dass wir mehr wissen, als wir tatsächlich wissen, oder dass wir bereit sind, alles öffentlich zu machen."

„Oliver war erst skeptisch", fuhr Sara fort, „er hat gefragt, ob wir einen Brief schreiben und ihnen einfach unter die Tür schieben sollten. Aber Kimberly hatte schnell eine klare Vorstellung. Sie meinte, wir könnten etwas inszenieren, das sie nervös macht, sodass sie sofort handeln müssen."

„Ömer hat dann vorgeschlagen, dass wir ihnen zeigen, dass wir etwas Wichtiges gefunden haben – etwas, das wir angeblich der Polizei übergeben wollen. ‚Der Koffer könnte der Schlüssel sein', hat er gesagt."

Sara sah kurz zu Oliver und fuhr dann fort: „Oliver war noch immer nicht ganz überzeugt. Er wollte wissen, was wir dann machen. Sollten wir sie einfach in die Waschhütte locken und dort einsperren? Aber Ömer meinte, wir müssten sie zum Seeufer locken, weil dort der Showdown stattfinden soll."

„Dann kam Kimberly mit der Idee, dass Oliver der Köder sein sollte. Sie hat gesagt, dass niemand auffälliger ist als er, mit seinen Haaren und seiner Art. Das hat Oliver nicht gerade begeistert." Sara grinste kurz. „Er hat gefragt, warum er und was passieren würde, wenn sie ihn erwischen. Aber Kimberly hat ihm klargemacht, dass wir in der Nähe bleiben und eingreifen würden, falls irgendetwas schiefläuft."

„Am Ende hat er zugestimmt", sagte Sara und zuckte leicht mit den Schultern. „Er hat sie dann mit dem Koffer durch das Camp gelockt, und wir haben den Rest organisiert."

Sie lächelte leicht. „Wir haben auch den Polizisten angerufen und ihm den Plan erklärt. Er hat uns sofort unterstützt. Und währenddessen haben wir auch das mit Sebastian, Nover und Momo geklärt. Danach ist Oliver los, und der Rest ist, wie Sie wissen, Geschichte."

Professor Lehrner hörte aufmerksam zu, während Sara sprach. Schließlich nickte er langsam, ein Ausdruck von Staunen und Unmut auf seinem Gesicht. „Ihr seid eine clevere Gruppe, das gebe ich zu. Aber das war unglaublich riskant. Ihr habt großes Glück gehabt, dass alles so gut ausgegangen ist."

Professor Lehrner wandte sich an die drei Schüler, die während Saras Erzählung abseits gestanden hatten. Seine Miene war streng, seine Stimme ruhig, aber bestimmt. „Sebastian, Nover, Momo, wir müssen reden. Kommt mit."

Die drei warfen sich kurze, unsichere Blicke zu, bevor sie zögerlich näher traten. Widerwillig folgten sie dem Professor ein paar Schritte abseits, wo sie außer Hörweite der anderen stehen blieben.

„Ich mache es kurz", begann Professor Lehrner, ohne seine strenge Haltung aufzugeben. „Ich habe gestern Abend das Überwachungsfoto gesehen – das Bild aus dem Supermarkt, auf dem ihr drei ganz eindeutig zu sehen seid. Und zwar, wie ihr mit Falschgeld bezahlt habt."

Sebastian blinzelte heftig, als wolle er Zeit gewinnen, bevor er schließlich stotterte: „Herr Professor, das … das ist doch nicht so, wie es aussieht! Vielleicht sieht es nur so aus!"

„Genau", fiel Nover hastig ein. „Das kann jeder gewesen sein. Vielleicht sieht uns jemand einfach nur ähnlich."

Der Professor schwieg einen Moment und verschränkte die Arme, bevor er ein kleines Foto aus seiner Tasche zog und es ihnen hinhielt. „Ihr wollt mir also erzählen, dass das nicht ihr seid?", fragte er mit Nachdruck.

Die drei verstummten sofort. Momo starrte auf den Boden, Sebastian zupfte nervös an seiner Jacke, und Nover schielte unsicher auf das Foto. Schließlich hob Nover die Schultern und meinte mit einem gezwungenen Lächeln: „Also ... wenn es wirklich wir sind ... dann war das doch nur ein blöder Spaß. Niemand wurde verletzt."

„Ein blöder Spaß?", wiederholte Professor Lehrner scharf. „Das nennt ihr das? Wisst ihr überhaupt, wie ernst das ist? Falschgeld zu verwenden ist kein Spaß, das ist eine Straftat. Dafür gibt es keine Entschuldigung."

Sebastian hob den Kopf, sein Gesicht blass. „Wir wollten das doch gar nicht so groß machen ...", begann er, doch er verstummte, als der Professor ihn mit einem Blick zum Schweigen brachte.

„Nicht so groß machen?", wiederholte Lehrner. „Habt ihr überhaupt darüber nachgedacht, was ihr tut? Wisst ihr, was das bedeutet, wenn ihr erwischt werdet? Vorstrafe. Keine Jobs. Vielleicht sogar Gefängnis. Seid ihr wirklich bereit, eure Zukunft dafür zu riskieren?"

Die Jungen schwiegen betreten, und die Schwere der Worte schien sie zu erdrücken. Momo murmelte schließlich leise: „Wir haben nicht nachgedacht ... es war einfach dumm."

„Dumm ist noch milde ausgedrückt", entgegnete der Professor mit Nachdruck. „Ich habe die ganze Nacht darüber nachgedacht, wie ich das für euch regeln kann. Ich möchte nicht, dass ihr im Gefängnis landet. Aber glaubt mir, das hier wird nicht ohne Konsequenzen bleiben – auch wenn Ömer und die anderen euch aus der Patsche geholfen haben."

Sebastian hob den Blick, Verunsicherung spiegelte sich in seinen Augen. „Was meinen Sie?", fragte er vorsichtig.

Der Professor atmete tief durch, bevor er erklärte: „Ömer, Sara, Oliver und Kimberly haben der Polizei die Geschichte so präsentiert, dass ihr rechtlich aus dem Schneider seid. Sie haben den Fokus auf die Cyberkriminellen gelenkt, nicht auf euch. Aber glaubt nicht, dass das bedeutet, ihr könntet einfach weitermachen wie bisher." Er machte eine kurze Pause, bevor er mit fester Stimme hinzufügte: „Ihr werdet Sozialdienst leisten – und zwar so lange, bis ihr begreift, wie viel Glück ihr gehabt habt. Das hier ist eure zweite Chance. Vergeudet sie nicht."

Die drei Jungen senkten die Köpfe, ihre Schultern hingen, als ob die Last ihrer Schuld sie erdrücken würde. „Danke, Herr Professor", murmelte Sebastian schließlich.

„Ja, danke", fügte Momo leise hinzu, ohne aufzuschauen.

„Ich hoffe, ihr meint das ernst", sagte Professor Lehrner streng, ließ seine Arme sinken und nickte dann in Richtung der Gruppe. „Und jetzt zurück zu den anderen. Niemand erfährt davon. Klar?"

„Ja, Herr Professor", antworteten die drei gleichzeitig und wandten sich in Richtung der anderen. Mit gesenkten Köpfen schlichen sie davon, während der Professor ihnen nachsah, die Stirn nachdenklich gerunzelt.

Professor Lehrner trat zu Oliver, Kimberly und den anderen Jugendlichen, die immer noch dabei waren, das Geschehene zu verarbeiten. „Geht es euch allen gut?", fragte er, seinen Blick prüfend über die Gruppe gleiten lassend.

Sara nickte. „Uns ja, aber Oliver hat echt die Ruhe bewahrt."

„Das war beeindruckend … und du darfst mich jetzt wieder Kimmy nennen", fügte Kimberly hinzu, während sie Oliver einen bewundernden Blick zuwarf. Dabei dachte sie sich: *Und am liebsten wäre es mir, wenn du ‚meine Freundin' zu mir sagen würdest.*

„Ein genialer Plan, Sara", sagte Oliver mit einem schiefen Grinsen. „Aber mal ehrlich, das hier toppt jede Schulwoche."

„Held des Tages", bemerkte Ömer und klopfte Oliver auf die Schulter. „Aber vielleicht überlassen wir das nächste Mal die Action doch den Profis."

Oliver lachte leise. „Einverstanden."

Professor Lehrner nickte und sah die Jugendlichen eindringlich an. „Ihr habt euch gut geschlagen. Aber so etwas macht ihr nie wieder allein. Das hier hätte auch ganz anders ausgehen können." Seine Stimme war streng, aber nicht ohne einen Hauch von Stolz. „So, und jetzt ab ins Camp zum Mittagessen", rief er und klatschte dabei in die Hände.

Während sie den schmalen Weg zurück zum Camp hinaufgingen, kam Ömer auf das Gespräch mit dem Polizisten zu sprechen. „Ich weiß nicht", begann er zögernd, während er die Hände in die Hosentaschen steckte. „Einen Einzeltäter? Das passt doch irgendwie nicht."

Oliver sah ihn von der Seite an. „Wieso nicht? Der Typ sah verrückt genug aus, um das alles allein zu planen."

Kimberly schüttelte den Kopf. „Ich bin mir da auch nicht so sicher. Habt ihr das Hauptquartier gesehen? Da waren doch viel mehr Arbeitsplätze. Server, Monitore, die Technik … das war definitiv nicht für einen Einzelnen gedacht."

„Genau", stimmte Ömer zu. „Ich meine, so ein Netzwerk betreibt man doch nicht allein. Es müssen mindestens noch ein oder zwei Leute involviert gewesen sein."

Oliver runzelte die Stirn und dachte kurz nach. „Vielleicht sind die anderen einfach rechtzeitig abgehauen? Vielleicht wussten sie, dass es gefährlich wird."

„Oder sie waren gerade nicht dort, als die Polizei kam", fügte Kimberly hinzu. „Aber eins ist sicher: Der Typ, den sie geschnappt haben, war nicht allein. Da stecken mehr Leute dahinter. So etwas macht keiner allein."

Ömer nickte. „Ich meine, selbst wenn er das Geld und die gefälschten Scheine hier deponiert hat, ist es unmöglich, dass er das gesamte Netzwerk allein betrieben hat."

„Also glaubt ihr auch nicht an die Einzeltäter-Theorie?", fragte Oliver und sah die beiden an.

„Definitiv nicht", sagte Kimberly bestimmt. „Es macht einfach keinen Sinn."

„Wir sollten das im Hinterkopf behalten", fügte Ömer hinzu. „Vielleicht kommt irgendwann noch etwas raus. Aber ehrlich gesagt … ich habe ein schlechtes Gefühl dabei."

# XIX

Zum Mittagessen gab es nur gegrillte Würstel – natürlich auch eine vegane Variante –, denn die Aktion am Seeufer hatte mehr Zeit gekostet als gedacht, und Professor Lehrner musste improvisieren. Das schien jedoch niemanden zu stören, denn Oliver wurde nicht müde, seine Geschichte zu erzählen. Immer wieder berichtete er davon, wie er den schweren Koffer zum Seeufer geschleppt hatte und wie er dort die Geldbündel zählte. Seine Erzählungen lenkten die Jugendlichen so sehr ab, dass sie keine Gelegenheit hatten, sich über die eher dürftige Mahlzeit zu beschweren.

Kimberly hörte ihm ebenfalls zu und fühlte sich für einen Moment in die erste Klasse zurückversetzt. Damals hatte Oliver immer wieder von seinem ersten Erfolg beim Crossover erzählt, und sie fand das schon damals unglaublich niedlich. Doch dieses Mal war es anders. Sie war nicht nur stolz auf ihn – sie erwischte sich dabei, wie sie ihn ein wenig anschmachtete. Seine Stimme war dunkler und männlicher geworden, seine Schultern breiter, und er sah immer besser aus. Als sie merkte, dass sie ihn mit verträumtem Blick anstarrte, wurde sie rot und sah sich schnell verlegen um. Ihr Blick fiel auf Bibi, die neben Dario saß. Die beiden sahen so harmonisch aus, dass Kimberly dachte: *Die zwei passen gut zusammen. Ob sie wohl ein Paar werden?* Aber dann fragte sie sich plötzlich: *Wo ist Sara eigentlich?*

Ömer saß neben Oliver und hörte die Geschichte jetzt wohl zum hundertsten Mal. Aber er nahm es gelassen – Oliver war schließlich sein bester Freund, und er gönnte ihm den Erfolg. Außerdem war Olivers Mut am Seeufer beeindruckend gewesen. Wie ein Fels hatte er gestanden, als der Anführer der Cyberkriminellen mit dem schwarzen Porsche Cayenne auf ihn zugeschossen war. Ömer wusste, dass er selbst das nicht gekonnt hätte. Er hätte wahrscheinlich die Flucht ergriffen, vor allem, als der Revolver ins Spiel kam. Die Angst, die er gespürt hatte, war real – doch er hatte sie überspielt, weil er nicht schwach wirken wollte. Vor allem nicht vor Sara. Aber musste er das wirklich? Durfte er vor Sara keine Gefühle zeigen? Und wo war sie überhaupt?

Während er diesen Gedanken nachhing, spürte er plötzlich einen Finger auf seiner Schulter. Erschrocken drehte er sich um und blickte in das pickelige Gesicht von Sebastian. „Danke, du Türke", sagte dieser knapp, bevor er mit einem höhnischen Unterton hinzufügte: „Aber glaub ja nicht, dass das irgendwas zwischen uns ändert. Ich mag dich nicht."

Ömer zuckte mit den Schultern und antwortete ruhig: „Ich habe nichts gegen dich. Deine Ablehnung mir gegenüber beruht also nicht auf Gegenseitigkeit."

Sebastian schien sprachlos zu sein. Schließlich schnaubte er: „Trottel." Dann drehte er sich um und ging zurück zu seinen Freunden Nover und Momo, die ihn mit einem Handshake empfingen. Ömer sah ihm nach und schüttelte nur den Kopf. *Der hat keine Ahnung, was ihm da erspart geblieben ist,* dachte er und grinste leicht, während er wieder zu Oliver lauschte, der gerade erneut seine Geschichte erzählte. Dieses Mal richtete er sich an Bibi und Dario.

Mit lebhafter Gestik beschrieb Oliver, wie der wütende Anführer der Cyberkriminellen mit blutverschmiertem Gesicht und einem zerrissenen Anzug aus dem Porsche gestolpert war. „Und dann torkelt er mit diesem Revolver in der Hand direkt auf mich zu", erzählte er, seine Stimme voller Dramatik. „Seine Augen waren völlig irre, und er schrie: ‚Das ist mein Geld!' Aber ich habe keinen Millimeter gezuckt!" Bibi und Dario hörten gebannt zu, ihre Gesichter fasziniert und leicht ungläubig.

Währenddessen saßen Professor Lehrner und Professor Kurz etwas abseits und besprachen die Situation. Beide waren sich unsicher, ob sie die Eltern der Kinder informieren sollten oder ob es besser wäre, das Feriencamp komplett abzubrechen. Lehrner argumentierte, dass die Ereignisse potenziell traumatisch gewesen sein könnten, während Kurz darauf hinwies, dass sich alles auch in Wohlgefallen auflösen könnte, wenn die Kinder Zeit hätten, die Ereignisse zu verarbeiten. Schließlich entschieden sie, abzuwarten und die Situation weiter zu beobachten.

Als Oliver seine Geschichte beendet hatte, wandte sich Bibi plötzlich an ihn. „Wo ist eigentlich Sara?", fragte sie. „Ich habe sie seit unserer Rückkehr ins Camp nicht mehr gesehen – sie war auch nicht beim Mittagessen."

Oliver runzelte die Stirn. „Gute Frage", murmelte er. Auch er hatte Sara nicht bemerkt. „Vielleicht weiß Ömer was." Er ging zu Ömer hinüber und fragte: „Hast du Sara gesehen?"

Ömer schüttelte den Kopf. „Keine Ahnung. Ich dachte, sie wäre irgendwo hier."

Oliver fragte Kimberly, doch auch sie wusste nichts. „Sie muss doch irgendwo sein", meinte Kimberly besorgt.

Die drei begannen zu suchen. Sie durchsuchten die Hütten, schauten beim Seeufer, am Beachvolleyballplatz und beim Waldsoccer vorbei – doch Sara war nirgends zu finden. Es war, als hätte sie sich in Luft aufgelöst ...

## XX

Für den Nachmittag hatte Professor Lehrner „chillen" verordnet. Die letzten Wolken des nächtlichen Gewitters, die am Vormittag noch den Himmel bedeckt hatten, waren mittlerweile verschwunden. Die Sonne strahlte wieder vom Himmel, die Hitze kehrte zurück, und die Jugendlichen konnten sich am Seeufer, am Beachvolleyballplatz oder einfach im Feriencamp von den Strapazen der letzten Nacht und des ereignisreichen Vormittags erholen.

Doch nicht alle fanden Ruhe. Kimberly, Oliver und Ömer waren in Sorge um Sara, die spurlos verschwunden war. Ihre Unruhe wuchs, während sie immer wieder das Camp durchstreiften, auf der Suche nach ihrer Freundin. Auch das Hauptquartier der Cyberkriminellen überprüften sie, doch dort waren nur zwei Polizisten, die das technische Equipment abbauten und in einem Lastwagen verluden.

„Wir müssen die Suche ausweiten", meinte Ömer schließlich, während sie sich vom Hauptquartier entfernten. „Vielleicht ist Sara zum Supermarkt gegangen."

Oliver zog skeptisch die Augenbrauen hoch. „Das passt überhaupt nicht zu ihr."

„Ja, das wäre echt seltsam", stimmte Kimberly zu. Sie hielt inne und überlegte kurz, bevor sie entschlossen sagte: „Ich werde Professor Lehrner informieren. Wenn sie wirklich weg ist, brauchen wir mehr Leute, die nach ihr suchen."

Kimberly fand Professor Lehrner auf der Veranda der Lehrerhütte, wo er entspannt einen Kaffee trank. Als sie ihm von Saras Verschwinden erzählte, wirkte er zunächst überrascht, doch ihr ernster Ton ließ ihn aufmerksam werden.

„Wir haben sie seit dem Mittagessen nicht mehr gesehen", erklärte Kimberly. „Eigentlich sogar schon seit dem Rückweg vom Seeufer ins Camp. Wir haben überall gesucht, aber sie ist wie vom Erdboden verschluckt. Und da ist noch etwas: Wir glauben nicht, dass der Anführer der Cyberkriminellen ein Einzeltäter war. Es war so viel Technik im Hauptquartier, dass mindestens noch ein oder zwei andere beteiligt gewesen sein müssen."

Professor Lehrner hörte aufmerksam zu und nickte schließlich langsam. „Das klingt beunruhigend", sagte er und stand auf. „Wir werden keine Zeit verlieren."

Er rief die gesamte Gruppe zusammen und organisierte Suchtrupps. Die Jugendlichen durchsuchten das gesamte Camp und die umliegenden Bereiche. Sie riefen immer wieder

Saras Namen, suchten in jeder Hütte, an jedem Baum und am Seeufer – doch ohne Erfolg. Sara blieb verschwunden.

Das Abendessen wurde in bedrückendem Schweigen eingenommen. Niemand hatte einen Appetit, und die Sorge um Sara lag wie eine schwere Last auf allen Schultern. Vor allem Ömer und Bibi konnten keinen Bissen herunterbringen.

Als die Dunkelheit hereinbrach, entschied Professor Lehrner, den Polizisten anzurufen. Er berichtete ihm von Saras Verschwinden und teilte auch die Theorie mit, dass es mehr als einen Täter geben müsse. Der Polizist hörte ihm aufmerksam zu, klang jedoch skeptisch.

„Wir können vor morgen früh nichts tun", erklärte der Polizist. „Eine Person muss mindestens 24 Stunden vermisst sein, bevor eine offizielle Vermisstenanzeige aufgenommen wird. Und was den Anführer betrifft – er hat bei der Vernehmung behauptet, allein gehandelt zu haben."

Professor Lehrner bedankte sich und legte mit einem Gefühl der Frustration auf. Er seufzte tief und beschloss, eine Nachtwache einzurichten, die stündlich wechseln sollte, falls Sara zurückkehren oder jemand anderes auftauchen würde. Als er die versammelten Jugendlichen auf der Veranda der Hauptlodge ansah, fiel sein Blick auf Ömer, Oliver, Kimberly und Bibi. Er ahnte, dass diese vier zu eigenem Handeln neigten – und genau das wollte er verhindern.

Mit strenger Stimme sagte er: „Hört mir gut zu. Ich weiß, wie sehr euch Saras Verschwinden belastet. Aber ich will, dass ihr alle Ruhe bewahrt und euch an die Regeln haltet. Niemand – und ich wiederhole, niemand – wird auf eigene Faust losziehen, um sie zu suchen." Sein Blick schweifte über die Gruppe, blieb kurz bei Ömer hängen und verharrte dann bei Oliver.

„Wer eigenmächtig handelt und das Camp verlässt, wird mit Konsequenzen rechnen müssen", fuhr er fort. „Das ist kein Spiel. Ihr bringt euch und andere in Gefahr, wenn ihr unüberlegt handelt."

Die Jugendlichen nickten zögernd, doch das Unbehagen war deutlich zu spüren. Kimberly und Oliver tauschten einen kurzen Blick aus, während Ömer seine Hände in die Taschen schob und den Boden fixierte.

„Ich meine es ernst", fügte Professor Lehrner hinzu und klang dabei strenger als sonst. „Wir haben eine Verantwortung füreinander. Wenn ihr Saras Rückkehr gefährdet, gefährdet ihr auch die Sicherheit aller hier."

Nachdem er die Regeln klargemacht hatte, begann er, die Schichten für die Nachtwache einzuteilen. Doch während er die Namen aufrief, wusste er nicht, dass einige der Jugendlichen bereits andere Pläne schmiedeten.

Die Stunden der Nacht schleppten sich quälend langsam dahin. Ömer hatte die erste Wache und saß allein am Lagerfeuer. Die flackernden Flammen tanzten vor seinen Augen, während er abwechselnd ins Feuer und in die Dunkelheit des Waldes starrte. Die gezwungene Untätigkeit zermürbte ihn. Er wünschte, er hätte sein Handy bei sich, um sich mit Roblox oder einem anderen Spiel abzulenken – irgendetwas, das die Zeit schneller vergehen ließ. Doch so blieb ihm nur die Stille, durchbrochen vom gelegentlichen Heulen einer Eule oder dem Klopfen eines Spechts.

Um 23:00 Uhr wurde er von Oliver abgelöst. „Gibt es was Neues?", fragte Oliver, als er sich neben ihn setzte.

Ömer schüttelte den Kopf. „Nichts. Es ist ruhig – viel zu ruhig."

Oliver nickte und ließ sich mit einem leisen Seufzen nieder. Ömer stand auf, ging zurück zu seiner Hütte und ließ sich, so wie er war, komplett angezogen aufs Bett fallen. Der Schlaf wollte ihn nicht recht finden, und als er endlich einschlief, war es ein unruhiger, leichter Schlaf, durchzogen von Sorgen und Bildern von Saras lachendem Gesicht, das er seit Stunden nicht mehr gesehen hatte.

# XXI

Plötzlich wurde Ömer unsanft an der rechten Schulter gerüttelt. Eine zischende Stimme flüsterte: „Ömer, wach schnell auf! Ich habe eine WhatsApp bekommen. Sie haben Sara."

Ömer rieb sich die Augen und fragte schlaftrunken: „Wer hat eine Nachricht bekommen? Und was ist mit Sara?"

„Steh auf, komm mit", flüsterte Oliver eindringlicher. Er wollte mit ihm draußen, am Lagerfeuer, in Ruhe reden. Wobei er sich die Geheimniskrämerei hätte sparen können – Nover, Sebastian und Momo schliefen tief und fest. Ihnen schien Saras

Verschwinden nichts auszumachen. Sie hatten sich nicht einmal am Nachmittag an der Suche beteiligt und waren völlig mit sich selbst beschäftigt.

Während Ömer langsam aufstand, fiel Olivers Blick auf Darios Bett, das leer war. „Wo ist eigentlich Dario?", fragte er.

Ömer zuckte noch immer schläfrig mit den Schultern. „Bei Bibi", murmelte er und gähnte.

Oliver deutete erneut auf das Bett, doch dann mahnte er: „Komm jetzt!"

Draußen am Lagerfeuer reichte Oliver ihm schließlich das Handy. „Ich habe eine Nachricht bekommen", sagte er ernst. „Die Gangster haben Sara. Sie wollen sie gegen den USB-Stick austauschen."

Ömer war nun hellwach. „Also doch kein Einzeltäter", murmelte er. „Zeig mal her."

Oliver gab ihm das Handy, und Ömer las die Nachricht fassungslos:

*Wir haben Sara. Bring den goldenen USB-Stick um 05:00 Uhr zum Mistkübel beim Supermarkt. Wirf ihn dort rein, und ihr bekommt Sara. Keine Polizei und keine Tricks!*

„Unglaublich …", flüsterte Ömer. Er reichte das Handy zurück und sagte entschlossen: „Hol Kimmy. Sie soll das Tagebuch mitnehmen. Wir müssen überlegen, wie wir Sara befreien können."

Sofort machte sich Oliver auf den Weg zur Mädchen-Hütte, obwohl es streng verboten war. Leise öffnete er die Tür und trat vorsichtig ein. Behutsam setzte er einen Fuß vor den anderen, bis er vor Kimmys Bett stand. Sanft strich er ihr über den Oberarm und flüsterte: „Kimmy, wach auf."

Kimberly seufzte wohlwollend, drehte sich auf die Seite, schlief aber weiter. Oliver betrachtete sie kurz. *Wie schön sie aussieht*, dachte er, bevor er sich verlegen umsah. Dabei fiel sein Blick auf Bibi, die nicht allein in ihrem Bett lag – Dario schlief neben ihr.

Oliver runzelte die Stirn und wusste nicht, wie er reagieren sollte. Schließlich entschied er, dass es Darios Problem war, wenn Frau Professor Kurz ihn am nächsten Morgen bei Bibi entdeckte. Seine Priorität war jetzt Kimberly.

Er beugte sich vor, gab Kimberly einen sanften Kuss auf die Wange und flüsterte in ihr Ohr: „Kimmy, es gibt Neuigkeiten. Wach auf."

Langsam öffnete Kimberly die Augen. „Wie spät ist es?", flüsterte sie verschlafen.

„Kurz nach 23:00", antwortete Oliver. „Ich habe eine Nachricht von Saras Entführern bekommen."

Plötzlich war Kimberly hellwach. Sie setzte sich abrupt auf, so abrupt, dass Dario im Nachbarbett hochschreckte und rief: „Ich bin nur kurz eingeschlafen! Ich gehe schon, Frau Professor Kurz!" Er sprang aus dem Bett und verschwand aus dem Zimmer, bevor Kimberly und Oliver auch nur reagieren konnten.

Die beiden sahen sich verdutzt an. „Das war … seltsam", murmelte Kimberly. Dann wandte sie sich an Oliver: „Was hast du gesagt? Sara wurde entführt? Hast du schon mit den Professoren gesprochen? Was sagt Ömer?"

„Ömer meinte, du sollst das Tagebuch mitnehmen. Wir müssen uns einen Plan überlegen", erklärte Oliver.

Kimberly sprang aus dem Bett, zog Oliver mit zum Schrank und holte das Tagebuch hervor, das sie unter einem Pullover versteckt hatte. „Hast du eine Taschenlampe?", fragte sie leise, doch in diesem Moment setzte sich Bibi auf und schaute sie fragend an.

„Was ist los?", fragte Bibi.

„Oliver hat eine Nachricht von Saras Entführern bekommen", erklärte Kimberly knapp. „Wir gehen zu Ömer ans Lagerfeuer. Kommst du mit?"

Bibi nickte verschlafen. „Wo ist Dario?", fragte sie noch.

Oliver grinste schelmisch. „Der hat sich schon aus dem Staub gemacht."

Bibi schüttelte den Kopf und murmelte schuldbewusst: „Es ist nichts passiert." *Leider*, dachte sie.

„Warte draußen", sagte Kimberly zu Oliver. „Wir ziehen uns schnell etwas an."

Keine Minute später standen Kimberly und Bibi, nun ordentlich angezogen, neben Oliver. Kimberly fragte: „Wo ist Ömer?"

„Beim Lagerfeuer", antwortete Oliver, und gemeinsam machten sie sich auf den Weg.

Während Oliver bei den Mädchen war, las Ömer immer und immer wieder die Nachricht.

*Wir haben Sara. Bring den goldenen USB-Stick um 05:00 Uhr*
*zum Mistkübel beim Supermarkt. Wirf ihn dort rein, und ihr*
*bekommt Sara. Keine Polizei und keine Tricks!*

Er dachte fieberhaft nach. Die Cyberkriminellen mussten sich noch in der Nähe befinden. Die Theorie des Einzeltäters war damit endgültig widerlegt. ,Wir' haben Sara, hatten sie geschrieben. Mindestens zwei Personen waren noch aktiv. Sie kannten sich aus und wussten genau, dass der Mistkübel am Supermarkt ein günstiger Übergabeort war – nah an der Hauptstraße, um schnell zu fliehen.

Doch es gab ein Problem: Die Gangster glaubten, die Jugendlichen hätten den USB-Stick. Doch der war bei der Polizei. Wie sollten sie ihn beschaffen?

Ömer dachte an eine Alternative: Sie könnten einen anderen USB-Stick nehmen und ihn Gold anmalen. Vielleicht würde das die Entführer täuschen. Doch der Gedanke daran, was passieren könnte, wenn die Gangster den Schwindel entdeckten, ließ ihm einen Schauer über den Rücken laufen. Würden sie Sara etwas antun? Oder sie sogar töten?

Der Gedanke war so schrecklich, dass Ömer ihn nicht zu Ende denken wollte. *Wo bleibt Olli mit den Mädchen?* fragte er sich ungeduldig, während er weiter ins flackernde Feuer starrte.

# XXII

„So, zeig mal die Nachricht", sagte Kimberly, als sie mit Bibi und Oliver im Schlepptau am Lagerfeuer erschien. In ihrer rechten Hand hielt sie das Tagebuch, das sie in der Hütte im Hauptquartier gefunden hatten. Ömer hielt ihr Olivers Handy entgegen, und Kimberly las laut vor:

„Wir haben Sara. Bring den goldenen USB-Stick um 05:00 Uhr zum Mistkübel beim Supermarkt. Wirf ihn dort rein, und ihr bekommt Sara. Keine Polizei und keine Tricks!"

Mit ernster Miene reichte sie das Handy an Bibi weiter, die die Nachricht ebenfalls las. „Was machen wir jetzt?", fragte Bibi und sah Ömer an.

Der zuckte nur mit den Schultern. „Seit mir Olli die Nachricht gezeigt hat, grüble ich und grüble – aber ich komme einfach nicht weiter." Er sah auf seine Uhr. „Eins ist klar: Die Gangster müssen noch in der Nähe sein. Sonst könnten sie in knapp fünfeinhalb Stunden nicht den goldenen USB-Stick aus dem Mistkübel abholen."

„Also sind sie nicht geflohen", sagte Kimberly.

„Das ist ein gutes Zeichen", fügte Oliver hinzu und blickte ebenfalls auf seine Uhr. „Es ist jetzt genau 23:45. Wir haben also noch fünf Stunden und fünfzehn Minuten, um Sara zu finden."

Einen Moment herrschte Stille, dann sagte Ömer entschlossen: „Wenn Sara noch hier ist, dann finden wir sie. Wir müssen nur jeder Spur nachgehen. Lasst uns alles nochmal absuchen. Hat jeder eine Taschenlampe?"

Ein murmelndes „Ja" ging durch die Runde.

Bibi hob die Hand. „Können wir Dario mitnehmen? Der ist sicherlich eine große Hilfe, so stark wie er ist."

„Ja klar", stimmte Kimberly zu und wandte sich an Oliver. „Holst du ihn?"

„Selbstverständlich", sagte Oliver, drehte sich auf dem Absatz um und eilte in die Jungs-Hütte. Wenige Augenblicke später kehrte er mit Dario und zwei zusätzlichen Taschenlampen zurück. „Wir müssen alles nochmal absuchen", erklärte er. „Vielleicht finden wir jetzt im Dunkeln, im Schein der Taschenlampen, etwas, das wir im Tageslicht übersehen haben."

„Gute Idee", stimmten die anderen leise ein. Gemeinsam folgten sie dem schmalen Weg hinunter zum Seeufer.

Die Lichtkegel der Taschenlampen tanzten durch die stockdunkle Nacht. Kein einziger Stern war am Himmel zu sehen, und es fühlte sich an, als hätte sich die ganze Welt gegen sie verschworen.

Am Seeufer angekommen, erkannten sie die tiefen Reifenspuren des Porsche Cayenne im Schlamm. Das Fahrzeug war mittlerweile von der Polizei abgeschleppt worden, doch die Spuren erzählten immer noch von der hektischen Flucht des Anführers.

„Lasst uns den Busch absuchen, von dem aus wir – zusammen mit Professor Lehrner – nach der Verhaftung des Gangsters ins Camp zurückgegangen sind", schlug Ömer vor.

Oliver nickte. „Kann sich jemand erinnern, wo Sara war, als wir zum Lager gegangen sind?"

Ömer dachte nach. „Ich weiß, dass ich mit dir und Kimmy ganz vorne gegangen bin."

Bibi sah Dario und dann Ömer an. „Ich habe ehrlich gesagt nicht auf sie geachtet. Aber ich weiß, dass sie nach unserem Waldsoccer-Spiel nicht mehr da war."

Oliver knetete seine Unterlippe – ein Zeichen, dass er angestrengt nachdachte. „Das bedeutet, sie muss irgendwo auf dem Weg nach oben gekidnappt worden sein."

„Also los, wir suchen alles ab", sagte Kimberly.

Die Jugendlichen begannen, mit ihren Taschenlampen das Gelände abzusuchen. Sie leuchteten Büsche, Bäume und den Boden ab – doch zunächst fanden sie nichts.

„Nicht, dass ich mich beschweren möchte", meinte Bibi schließlich zu Oliver, „aber was genau suchen wir eigentlich?"

„Eine Spur", antwortete Oliver. „Irgendetwas von Sara. Oder hast du eine bessere Idee?"

Die Spannung zwischen ihnen wuchs, jeder Schritt wurde von der Stille der Nacht begleitet. Plötzlich rief Kimberly: „Hier! Hier im Busch ist etwas. Etwas Glänzendes!"

Alle liefen zu ihr hinüber, und Kimberly bückte sich vorsichtig. Sie hob das Objekt hoch und hielt es ins Licht ihrer Taschenlampe. „Es sieht aus wie … ein Handy", sagte sie mit einem zittrigen Unterton in ihrer Stimme.

# XXIII

„Wie lange wollen Sie mich hier noch festhalten?", fragte Sara leise, ihre Stimme war brüchig. Sie saß mit angezogenen Knien auf dem kalten, staubigen Boden des Verlieses, eine alte Matratze unter sich, die nach Moder roch. Der Raum war düster, nur ein schwaches Licht drang durch die Ritzen der Falltür, die weit über ihrem Kopf war. Der Kidnapper, der ihr gerade ein Sandwich und eine Flasche Wasser hingestellt hatte, lehnte sich entspannt gegen die Wand und grinste gönnerhaft.

„Keine Sorge, Kleines", sagte er schließlich, seine Stimme fast belustigt. „Sobald ich den goldenen USB-Stick habe, lasse ich dich gehen. Ich habe nichts gegen dich. Du warst einfach zur falschen Zeit am falschen Ort. Alles, was ich will, ist meinen Anteil. Jahrelang hat der Anführer das ganze Geld für sich behalten – das Geld, das wir zusammen ergaunert haben. Jetzt ist es an der Zeit, dass ich bekomme, was mir zusteht. Der USB-Stick hat alles, was ich brauche."

Sara musterte ihn, ihre Augen funkelten vor Wut, doch sie wagte es nicht, ihn direkt zu konfrontieren. Stattdessen fragte sie mit gezwungener Ruhe: „Aber ... Sie haben doch am Seeufer gesagt, dass Sie der Programmierer sind. Warum brauchen Sie den Stick? Können Sie nicht einfach alles wiederherstellen? Sie haben doch sicher ein Backup."

Der Mann brach in ein schallendes Gelächter aus, das von den kahlen Wänden des Raumes widerhallte. „Natürlich habe ich von unseren ‚legalen' Aktivitäten eine Sicherung", sagte er und machte dabei Gänsefüßchen in der Luft. „Aber die wirklich wertvollen Daten – die Offshore-Konten, die großen Transaktionen – waren nur auf diesem Stick. Glaubst du wirklich, ich wäre so dumm, das irgendwo anders zu speichern? Deshalb brauche ich ihn."

Sara biss sich auf die Lippe und schwieg. Innerlich war sie erleichtert, dass er nicht wusste, dass der USB-Stick längst bei der Polizei war. Aber ihre Erleichterung wurde von einem anderen Gefühl überschattet – Zweifel. Wissen meine Freunde überhaupt, dass ich entführt wurde?

Die Erinnerung an die letzten Minuten vor ihrer Entführung brannte in ihrem Kopf. Sie war am Seeufer geblieben, während die anderen den schmalen Weg zurück ins Camp gegangen waren. Sie hatte noch ein paar Momente allein gebraucht, wollte die klare Luft und die Ruhe genießen – und hatte vorgehabt, ihren Followern einen kurzen VLOG aufzunehmen. Es war ihre Art, das Chaos der letzten Tage zu verarbeiten. Doch bevor sie auch nur ein Wort sagen konnte, war der Mann plötzlich auf sie zugestürmt.

„Was wollen Sie?", hatte sie noch gefragt, die Kamera in der Hand. Doch seine Antwort war klar und beängstigend gewesen: „Den goldenen USB-Stick. Ich bin der Programmierer."

Der Rest war wie ein Schleier aus Panik und Verwirrung. Sie hatte noch versucht, unauffällig ihr Handy in den Busch zu werfen, bevor er sie packte. Und jetzt hoffte sie inständig, dass ihre Freunde es finden würden. Sie erinnerte sich daran, dass ihr Handy gesperrt war, und ihre Wangen liefen rot an, als ihr Passwort in den Sinn kam: 6637 – Ömer.

Ömer … Sein Name war wie ein Trost, aber auch eine Quelle neuer Zweifel. Würde er sie vermissen? Sie hatte ihn so schlecht behandelt, und er hatte das nicht verdient. Ich war so gemein zu ihm. Was, wenn er denkt, dass ich es nicht wert bin, gerettet zu werden? Was, wenn niemand nach mir sucht?

Ein Kloß bildete sich in ihrem Hals, und sie kämpfte gegen die Tränen an. Ihre Freunde waren sicher im Camp, vielleicht schon längst am Schlafen. Aber würden sie merken, dass sie fehlte? Der Gedanke, dass sie hier unten vergessen werden könnte, schnürte ihr die Kehle zu.

Plötzlich sprach der Programmierer wieder und riss sie aus ihren Gedanken. „Ich lege mich jetzt aufs Ohr", sagte er lässig und streckte sich. „Um 4:45 wecke ich dich auf, und dann bringe ich dich zum Parkplatz beim Supermarkt. Dort warten wir auf deine Freunde. Wenn alles gut läuft, bist du um fünf Uhr frei."

Er drehte sich um und ging die Stufen hinauf zur Falltür. Er hob sie an, stieg hindurch und ließ sie mit einem dumpfen Knall ins Schloss fallen.


Zurück in der Dunkelheit ließ Sara die letzten Worte des Mannes in ihrem Kopf nachhallen. Wenn alles gut läuft … Aber was, wenn nicht?

Ihre Gedanken kehrten zurück zu Ömer. Sein stilles Lächeln, seine warmen Augen, die Art, wie er sie ansah, auch wenn sie ihn ignorierte oder ihn unfair behandelte. Sie hatte ihn immer ein bisschen für selbstverständlich gehalten, aber jetzt, wo sie allein war, spürte sie, wie sehr sie sich nach ihm sehnte. Sie erinnerte sich an den Moment, als sie ihn das erste Mal anlächelte – ein echtes Lächeln, nicht das halbherzige, das sie oft zeigte. Er hatte immer an sie geglaubt, immer Geduld gehabt.

Ömer, bitte … bitte merk, dass ich weg bin. Bitte such mich.

Sara zog die Knie enger an ihre Brust und schloss die Augen, während die Stille des Raumes sie umhüllte. Die Dunkelheit schien tiefer zu werden, doch in ihrem Herzen brannte eine kleine Flamme der Hoffnung. Meine Freunde werden mich finden. Ömer wird mich finden.

nächstes Kapitel

„Zeig mal her", sagte Bibi zu Kimberly, als diese das Handy aus dem Busch hob. Kimberly hielt es ins Licht ihrer Taschenlampe und nickte langsam. „Das ist Saras Handy."

Bibi starrte darauf, ihre Stirn in Sorgenfalten gelegt. „Warum ist es hier?", fragte sie leise, mehr zu sich selbst als zu den anderen.

Ömer, der neben ihr stand, antwortete: „Vielleicht hat sie es hier hingeworfen." Seine Stimme klang unsicher, als ob er sich selbst nicht von dieser Möglichkeit überzeugen konnte.

„Hat es noch Strom?", fragte Oliver, der von einem Bein aufs andere tippelte. Die Aufregung in seinem Blick war unübersehbar, und er schien förmlich in Bewegung bleiben zu müssen, um seine Nerven zu kontrollieren.

Bibi versuchte, das Handy einzuschalten, aber nichts passierte. „Keine Chance", murmelte sie frustriert. „Es ist komplett leer."

„Wir müssen es aufladen", sagte Kimberly entschieden. Ihre Gedanken rasten. Warum würde Sara ihr Handy hierlassen? Hatte sie versucht, uns eine Nachricht zu schicken? Laut fügte sie hinzu: „Los, rauf ins Camp. Vielleicht hat Sara eine Nachricht für uns hinterlassen. Sie würde ihr Handy niemals einfach so in den Busch werfen."

Alle nickten, doch in ihren Augen spiegelten sich Zweifel und Angst wider. Wenn Sara wirklich entführt wurde, was bedeutete das? Ihre Schritte wurden schneller, als die Sorge um ihre Freundin wuchs.

Der Weg zurück ins Camp war beschwerlich. Die Dunkelheit war drückend, kein Stern erhellte den Himmel, und die Taschenlampen warfen unruhige Lichtkegel, die den Pfad nur spärlich ausleuchteten. Jedes Geräusch des Waldes ließ sie zusammenzucken – das Rascheln eines Blattes, das Knacken eines Astes, der Ruf einer Eule.

Leise schlichen sie sich, wie in der Nacht zuvor, in die Küchenhütte. Doch dieses Mal war die Stimmung bedrückend, fast gespenstisch. Saras Handy war ein Hoffnungsschimmer, doch die Ungewissheit nagte an ihnen.

Am großen Holztisch setzten sie sich, während Bibi das Handy ans Ladegerät anschloss und es vorsichtig in die Mitte des Tisches legte. Alle starrten darauf, als hinge Saras Schicksal von diesem kleinen Gerät ab.

„Wie lange dauert das denn?", fragte Oliver ungeduldig und fuhr sich nervös durch die Haare.

„Einen Moment", antwortete Bibi ruhig, doch ihre Hände zitterten leicht, als sie den Stecker festhielt. „Das Handy war komplett leer. Es dauert, bis es genug Strom hat, um wieder zu starten."

Kimberly verschränkte die Arme und biss sich auf die Lippe. Was, wenn wir nichts finden? Was, wenn das Handy uns nicht hilft? Was, wenn es schon zu spät ist?

Endlich begann das Betriebssystem hochzufahren, und alle hielten den Atem an. Doch als das Display aufleuchtete, war die Ernüchterung groß: der PIN-Code.

„Wer kennt Saras PIN?", fragte Ömer mit zögernder Stimme. Er wusste die Antwort bereits, doch er wollte es nicht wahrhaben.

Bibi zuckte mit den Schultern und seufzte. „Keine Ahnung. Seit dieser Sache mit Sebastian im letzten Schuljahr, als er ihr Passwort ausgespäht hat, ist Sara supervorsichtig."

Oliver knetete angestrengt seine Unterlippe. Vier Ziffern. Vier winzige Ziffern, die über alles entscheiden könnten. „Der Code ist vierstellig. Kimmy, wie viele Kombinationen gibt es da?"

Kimberly hob die Augenbrauen. „9999. Aber nach wie vielen Versuchen wird das Handy gesperrt?"

„Ich glaube, nach zehn", sagte Ömer unsicher.

Oliver nickte langsam. „Dann ist Ausprobieren keine Option."

„Wann hat Sara Geburtstag?", fragte Oliver schließlich und sah Ömer an.

Ömer zögerte und fühlte sich plötzlich klein. „Sorry ... so weit waren wir noch nicht. Wir waren gerade erst dabei, uns kennenzulernen." Sein Blick wanderte zu Boden. Was bin ich für ein Freund? Ich hätte mehr wissen müssen.

„Am 10. August", warf Bibi ein und gab 1008 ein. Doch die Anzeige blieb unerbittlich: Falscher Code.

„Andere Zahlen?", fragte Kimberly, doch sie klang ratlos.

„Sie wohnt im 18. Bezirk", sagte Bibi und tippte 1180 ein. Wieder falsch.

„Verdammt!", fluchte Oliver leise. „Wir könnten sie finden, wenn wir den PIN-Code wüssten."

Kimberly warf Ömer einen gespielten Vorwurf zu: „Warum kennst du Sara nicht besser?" Doch als sie seinen niedergeschlagenen Gesichtsausdruck bemerkte, fügte sie mit einem Lächeln hinzu: „Was nicht ist, kann ja noch werden."

Bibi nickte. „Ja, Ömer. Das wird schon."

Doch die Spannung im Raum war greifbar. Sie hatten nur noch wenige Stunden, und jeder falsche Versuch brachte sie näher an die Sperrung des Handys. Ömer fühlte, wie die Verantwortung schwer auf seinen Schultern lastete. Ich muss sie finden. Das sind wir ihr schuldig.

Dario, der bis dahin absolut still gewesen war, schaltete sich plötzlich ein: „Nur weil Sara in Ömer verliebt ist – oder Ömer in Sara –, heißt das doch nicht, dass Ömer alles über Sara wissen muss."

Es war totenstill, als Dario plötzlich die Augen weit aufriss und sich mit der flachen Hand auf die Stirn schlug: „Moment mal! Ömer hat vier Buchstaben. Was, wenn Sara die Ziffern für Ömer als PIN-Code genommen hat?"

Oliver runzelte die Stirn, während sein Kopf die Verbindung herstellte. „Die Ziffern auf einer Handytastatur? O ist 6, M ist 6, E ist 3, und R ist 7 …"

Bibi tippte die Zahlen 6637 ein, und dieses Mal leuchtete das Handy auf. „Es hat geklappt!", rief sie, ihre Augen leuchteten vor Erleichterung.

„Zeig mal!", sagte Oliver aufgeregt. Er nahm das Handy in die Hand, öffnete die App für die zuletzt verwendeten Dateien und fand ein Video. „Sie hat ein Video aufgenommen", sagte er, seine Stimme voller Hoffnung. „Vielleicht sehen wir etwas."

Sie legten das Handy zurück auf den Tisch, und alle beugten sich gespannt darüber. Im Video war Sara zu sehen, wie sie in die Kamera sprach, aber noch bevor sie etwas sagen konnte, stürmte eine Gestalt von hinten auf sie zu.

„Ich bin der Programmierer! Gib mir den goldenen USB-Stick!" rief der Mann. Saras Gesichtsausdruck wechselte von Überraschung zu Panik, bevor das Video abrupt endete.

Die Gruppe starrte fassungslos auf den Bildschirm.

„Ich weiß, wo Sara ist", sagte Ömer plötzlich mit fester Stimme. „Los, nehmt die Taschenlampen. Kimmy, vergiss das Tagebuch nicht. Bibi, speichere bitte die Telefonnummer des Inspektors. Kommt!"

# XXIV

Während sie in der Hütte gewesen waren, war der Wind aufgefrischt und hatte dunkle Regenwolken über das Feriencamp und den See getrieben. Es nieselte bereits, und die Luft war kalt und feucht. Die wenigen Sterne, die durch die Wolkendecke geschienen hatten, waren nun vollständig verschwunden, und die Dunkelheit fühlte sich erdrückend an.

„Auch das noch", flüsterte Kimberly, als sie sich im Schein der Taschenlampen vom Camp entfernten. Ihre Stimme war leise, fast trotzig, doch in ihren Augen lag Unruhe. Sie wusste, wie ernst die Lage war, und die Worte von Professor Lehrner hallten noch in ihrem Kopf nach: „Wer eigenmächtig handelt, wird mit Konsequenzen rechnen müssen."

„Glaubt ihr, er wird uns wirklich bestrafen?", fragte Bibi zögernd und zog ihre Jacke enger um sich. Der Regen hatte ihre Haare bereits feucht gemacht, und sie fröstelte.

„Natürlich wird er", murmelte Oliver und fuhr sich durch die Haare. „Ich meine, der Mann war todernst. Wenn er herausfindet, dass wir das Camp verlassen haben …"

Ömer ging schweigend voran. Seine Taschenlampe leuchtete den schmalen Pfad vor ihnen aus, doch seine Gedanken waren woanders. Was, wenn sie uns erwischen? dachte er. Was, wenn wir Sara nicht finden und trotzdem Ärger bekommen?

„Wir haben keine Wahl", sagte er schließlich, seine Stimme fester, als er sich fühlte. „Sara braucht uns. Und … wenn wir nichts tun, was passiert dann?"

Kimberly warf ihm einen prüfenden Blick zu. „Aber was, wenn wir sie nicht finden? Was, wenn der Programmierer uns überlistet?" Ihre Stimme zitterte leicht, aber sie versuchte, sie stark klingen zu lassen.

„Wir finden sie", sagte Ömer entschieden. Er blieb stehen und drehte sich zu den anderen um. Der Lichtkegel seiner Taschenlampe fiel auf ihre Gesichter, die von Sorge und Unsicherheit gezeichnet waren. „Hört zu, ich weiß, was Professor Lehrner gesagt hat. Und ich weiß, dass das Konsequenzen haben wird. Aber ich kann nicht hier herumsitzen und nichts tun, während Sara da draußen ist. Sie würde dasselbe für uns tun."

„Aber was, wenn …" begann Bibi, doch Oliver schnitt ihr das Wort ab. „Es gibt kein was, wenn. Wir müssen es versuchen. Ich bin dabei."

Kimberly nickte langsam. „Ich auch. Aber wir müssen vorsichtig sein. Wenn Professor Lehrner uns erwischt … ich weiß nicht, ob ich mir das jemals verzeihen könnte."

„Wir werden nicht erwischt", sagte Ömer und drehte sich wieder um. „Und selbst wenn … ist das nicht wichtiger als Ärger zu bekommen? Sara ist hier draußen. Allein. Verängstigt. Wir sind ihre Freunde. Wir müssen ihr helfen."

Für einen Moment herrschte Stille. Nur das leise Plätschern des Regens und das Rauschen des Windes waren zu hören. Schließlich brach Dario die Stille. „Ömer hat recht. Wenn wir erwischt werden, dann ist das eben so. Aber ich will nicht später hier sitzen und mich fragen, ob wir sie hätten retten können."

Bibi nickte schließlich. Ihre Augen waren glänzend, doch sie wischte schnell mit dem Handrücken darüber. „Okay. Wir machen das. Aber … lasst uns vorsichtig sein. Wir dürfen keinen Fehler machen."

Die Gruppe setzte sich wieder in Bewegung, ihre Schritte gedämpft auf dem nassen Boden. Die Taschenlampen tanzten durch die Dunkelheit, doch die Kälte und die unheimliche Stille machten die Atmosphäre schwer erträglich.

„Hoffentlich weiß der Inspektor zu schätzen, was wir hier tun", murmelte Kimberly leise.

„Hoffentlich weiß Sara zu schätzen, was wir hier tun", fügte Oliver hinzu.

Ömer sagte nichts, aber in seinem Inneren tobte ein Sturm. *Bitte sei da, Sara. Bitte sei da.*

Ömer ging voran, hinter ihm Kimberly, Oliver, Bibi und Dario. Ihre Schritte waren leise, aber entschlossen, während sie den schmalen Pfad zum Seeufer entlangliefen. Das Nieseln ging allmählich in einen beständigen Regen über, der ihre Kleidung durchnässte und den Boden rutschig machte.

„Psst", mahnte Ömer plötzlich und hob die Hand, um die Gruppe zum Anhalten zu bringen. „Wir müssen absolut leise sein. Wir wissen nicht, ob der Typ da ist. Ich meine, wir brauchen vor dem keine Angst zu haben – er war ein schmächtiger Kerl –, aber wenn er eine Waffe hat, wird es brenzlig."

Bibi schaute zu Dario, ihre Augen weit vor Nervosität. „Beschützt du mich?", flüsterte sie.

Dario legte seinen Arm um sie und antwortete mit gespielter Tapferkeit: „Natürlich."

Ömer drehte sich zu ihnen um. „Ich schleiche mich mal an", flüsterte er. „Ich gebe euch Bescheid, wenn ich mich umgesehen habe."

Bevor die anderen protestieren konnten, war Ömer bereits über die Lichtung gelaufen, sein dunkler Umriss verschwamm im Regen. Der nasse Boden sog jeden seiner Schritte auf, doch seine Knie zitterten bei jedem Schritt näher zur verfallenen Hütte. Die Veranda knarrte leise unter seinem Gewicht, als er sich zur Tür schlich.

Er hielt inne, legte eine Hand auf die Klinke und lauschte. Das Pochen seines eigenen Herzens war lauter als alles andere – bis er plötzlich ein lautes, rhythmisches Schnarchen hörte.

Erleichtert atmete Ömer aus, ging von der Tür weg und näherte sich vorsichtig einem der Fenster. Mit zittrigen Fingern wischte er den Regen vom Glas und spähte hinein. Der Programmierer lag ausgestreckt auf der Couch, die Augen fest geschlossen, das Gesicht entspannt im Tiefschlaf. Ömer musste unwillkürlich grinsen. Tief und fest am Schlafen – perfekt.

Leise zog er sich zurück und eilte zu seinen Freunden. „Er schläft", flüsterte er triumphierend, als er wieder bei der Gruppe ankam.

Oliver hob die Augenbrauen. „Wirklich? Dann packen wir ihn in die Couch, zerstören den Mechanismus, mit dem er von innen herauskommt, und fertig. Was meint ihr? Schaffen wir das?"

„Ja, wir schaffen das", flüsterten die anderen entschlossen.

Ömer nickte. „Wie funktioniert der Mechanismus?"

„Du musst nur den goldenen Knauf ziehen", erklärte Oliver.

„Alles klar", murmelte Ömer, während Bibi bereits ihr Handy zückte.

„Ich rufe den Inspektor", sagte sie.

Dario trat näher an sie heran. „Ich bleibe bei dir und warte auf den Inspektor. Irgendjemand muss hier draußen für Ordnung sorgen."

Ömer klopfte ihm anerkennend auf die Schulter. „Guter Plan. Wir übernehmen den Rest."

Gemeinsam schlichen sich Ömer, Kimberly und Oliver zurück zur Hütte. Der Regen wurde stärker, und das Prasseln auf den Blättern klang fast wie Flüstern. Die Spannung wuchs, als sie die Veranda erreichten.

„Seid absolut leise", flüsterte Ömer eindringlich.

Er legte die Hand auf die Türklinke und drückte sie vorsichtig nach unten. Die Tür öffnete sich – wie in den vergangenen Nächten – lautlos. Mit einem Nicken deutete er Kimberly und Oliver, draußen zu warten.

Wie ein Jäger auf der Pirsch schlich sich Ömer hinein, seine Schritte waren kaum hörbar. Sein Blick fiel auf die Geheimtüre, die im Gegensatz zur gestrigen Nacht, offen stand. Die Minuten zogen sich quälend in die Länge, jeder Schritt fühlte sich wie eine Ewigkeit an. Das leise Schnarchen des Programmierers drang zu ihm und beruhigte ihn ein wenig, doch die Anspannung blieb.

Endlich erreichte er die Couch, und sein Blick fiel auf den schlafenden Programmierer. Der Mann bewegte sich nicht, sein Brustkorb hob und senkte sich ruhig. Ömer spürte, wie sich die Erleichterung langsam in ihm ausbreitete. Er schläft. Alles wird gut.

Doch plötzlich flutete ein blauer Lichtschein durch das Fenster. Das grelle Leuchten des Polizeiautos zerschnitt die Dunkelheit wie ein Blitz, und die ganze Hütte wurde für einen Moment erhellt. Ömer hielt den Atem an. Sein Herz hämmerte in seiner Brust. Bitte, bitte, lass ihn nicht aufwachen.

Der Programmierer rührte sich, grunzte leise und drehte sich auf die Seite. Dann öffnete er plötzlich die Augen. Doch bevor er etwas sagen konnte, reagierte Ömer blitzschnell. Mit einem entschlossenen Ruck zog er den goldenen Knauf der Couch, auf der der Programmierer lag. Es dauerte nur einen Moment, und der Mann verschwand mit einem dumpfen Geräusch im Inneren der Couch.

Ömer zögerte nicht. Neben der Couch lag ein kaputter Stuhl, und er riss mit einem kräftigen Ruck ein Bein ab. Mit aller Kraft begann er, auf den Knauf einzuschlagen. Jeder Hieb hallte durch die Hütte, und mit einem lauten Krachen flog der Knauf schließlich davon. Eine lose Metallfeder, die den Mechanismus ausmachte, schoss ebenfalls klirrend zu Boden. Der Mechanismus war zerstört – der Programmierer saß fest.

Im Inneren der Couch begann der Mann wütend zu toben. „Ihr werdet Sara nie finden!", rief er hämisch, während er gegen die Innenwände der Couch trommelte. Seine Worte waren wie Messer, die sich in Ömers Gedanken bohrten.

„Ich habe ihn eingesperrt", sagte Ömer, jetzt etwas ruhiger, zu Kimberly und Oliver. Doch seine Stimme klang angespannt, fast heiser vor unterdrückter Panik.

Oliver grinste schief, doch Kimberly warf einen besorgten Blick in Richtung der Couch. „Und wenn er recht hat? Wenn wir Sara nicht finden?", fragte sie leise. Ihre Stimme zitterte, und ihre Augen verrieten die gleiche Sorge, die Ömer tief in sich spürte.

„Wir finden sie", sagte Ömer, seine Stimme fester. Es war nicht nur eine Antwort an Kimberly, sondern auch an sich selbst – ein verzweifeltes Mantra, um die wachsende Angst zu ersticken.

„Los, durchsucht die Hütte", rief er. „Kimmy, hast du das Tagebuch?"

Kimberly nickte, zog es hervor und schlug es hektisch auf. „Es stand etwas von einem Spiegel", murmelte sie, ihre Finger blätterten über die Seiten. Sie las laut: „Die Unwissenden lachen, während die Beobachter sehen. Die Schlüssel liegen im Schatten der Macht. Traue niemandem und sieh das Geheimnis in einem Spiegel."

„Ein Spiegel", murmelte Oliver und deutete auf den großen Spiegel, der die Wand dominierte.

Kimberly blätterte weiter, während Ömer und Oliver den Spiegel genauer betrachteten. Dann entdeckte sie eine zweite Passage: „Die Schatten werden länger, doch die Kontrolle wächst. Vertraue niemandem. Selbst die freundlichsten Gesichter können Feinde sein. Du findest das Geheimnis in einem Spiegel."

„Das ist fast identisch!", rief Kimberly. Sie runzelte die Stirn und dachte laut nach: „Aber warum steht das hier zweimal? Was übersehe ich?"

Bibi und Dario stürmten derweil mit dem Inspektor zur Veranda. „Täter? In der Couch?" fragte der Inspektor ungläubig, während Bibi ihm das Video auf Saras Handy zeigte.

Drinnen starrte Oliver weiter in den Spiegel. Plötzlich rief er: „Es ist eine Reflektion! Ömer, geh zur Wand und beweg dich langsam entlang!"

Ömer sah ihn verwundert an. „Wieso? Was soll das bringen?"

„Tu es einfach!", sagte Oliver. „Ich glaube, ich sehe etwas im Spiegel, das in der Wand verborgen ist!"

Zögernd ging Ömer seitlich vom Spiegel zur Wand und bewegte sich vorsichtig entlang der Fliesen.

„Weiter … weiter … Stopp!", rief Oliver plötzlich. „Hier! Genau hier! Drück die Fliese!"

Ömer legte die Hand auf die Fliese und drückte sie. Mit einem tiefen Ruck öffnete sich eine verborgene Falltür.

Unten im Keller saß Sara mit angezogenen Knien auf der alten Matratze. Die Dunkelheit um sie herum war bedrückend. Der Geruch von Schimmel und Feuchtigkeit lag schwer in der Luft. Sie hörte das leise Ticken einer Uhr, das wie ein unaufhörlicher Countdown wirkte.

Ihre Gedanken überschlugen sich. Was, wenn niemand kommt? Was, wenn sie mich vergessen haben? Sie war gemein zu Ömer gewesen, so gemein, und jetzt … Vielleicht denkt er, ich verdiene das. Vielleicht denkt er, es wäre besser, ohne mich. Ein leises Geräusch riss sie aus ihren Gedanken. Ein dumpfer Schlag, dann das Knarren von Holz. Ihr Herz setzte einen Schlag aus. Wer ist das? Schritte. Jemand kam die Treppe hinunter. Ihre Finger krallten sich in die Matratze, während sie vor Angst kaum atmen konnte.

Plötzlich hörte sie eine Stimme: „Sara?"

Ihr Herz schlug schneller und ihre Welt hielt für einen Moment an. Das konnte nicht sein. Ömer?

„Ömer!", rief sie zurück, und ihr ganzer Körper zitterte, als sie ihm entgegenrannte. Im schwachen Licht seiner Taschenlampe erblickte sie sein Gesicht – ernst, besorgt, aber voller Erleichterung.

Sie stürzte sich in seine Arme. „Lass mich nie mehr los!", flüsterte sie, und die Tränen, die sie die ganze Zeit zurückgehalten hatte, liefen ihr jetzt über das Gesicht.

„Wir haben dich", sagte Ömer leise. „Alles ist gut. Wir haben dich."

Kimberly und Oliver kamen die Stufen hinunter und erstarrten einen Moment, als sie Sara sahen. Kimberly legte ihr sanft eine Jacke über die Schultern. „Du bist in Sicherheit. Wir bringen dich hier raus."

Draußen stand der Inspektor nun vor der Hütte. „Los, wir sehen uns das an", sagte er, als plötzlich Sara, Ömer, Kimberly und Oliver durch die Falltür kamen.

„Wir haben sie!", rief Kimberly triumphierend, und Sara blickte dem Inspektor mit Erleichterung entgegen. Ihre Beine fühlten sich schwach an, aber das Wissen, dass sie in Sicherheit war, gab ihr neuen Halt.

„Gut gemacht", murmelte der Inspektor und musterte die Jugendlichen mit einer Mischung aus Respekt und Erstaunen. Dann wandte er sich direkt an Ömer. „Ich glaube, ich muss mich bei euch bedanken. Ohne eure Hartnäckigkeit …"

Doch Ömer hob schnell die Hand, um ihn zu unterbrechen. Seine Augen huschten nervös zu Kimberly und Oliver, dann zu Sara. „Das muss nicht sein", sagte er hastig. „Bitte kein Wort zu unseren Professoren, sonst bekommen wir Ärger."

Der Inspektor zog eine Augenbraue hoch. „Ärger? Ihr habt eine Entführung aufgedeckt und einen Kriminellen gefasst."

„Ja, aber …" Ömer zögerte und wählte seine Worte sorgfältig. „Professor Lehrner hat uns ausdrücklich verboten, uns einzumischen. Wenn er erfährt, was wir gemacht haben, könnte er uns trotzdem bestrafen. Bitte, das bleibt unter uns."

Kimberly nickte zustimmend. „Es reicht doch, dass Sara wieder sicher ist, oder?"

Der Inspektor schnaubte leise, doch er schien die Bitte zu akzeptieren. „Na schön. Aber nur, weil ihr mir das Leben deutlich leichter gemacht habt."

Sara, die immer noch von den Erlebnissen überwältigt war, sah Ömer mit großen Augen an. In ihrem Blick lag eine Mischung aus Dankbarkeit, Zuneigung und Schuld. „Ich wusste, dass ihr mich finden würdet", flüsterte sie, während ihre Stimme vor Emotionen bebte.

Ömer schüttelte leicht den Kopf und lächelte schief. „Natürlich würden wir das. Wir lassen niemanden zurück."

Kimberly legte Sara eine Hand auf die Schulter. „Wir bringen dich jetzt zurück ins Camp. Und keine Sorge, das bleibt unser kleines Geheimnis."

## XXV

Der Klang der Essensglocke durchbrach die Stille des frühen Morgens und weckte die Jugendlichen aus einem unruhigen Schlaf. Nach den Ereignissen der letzten Nacht hatten sie beschlossen, zusammenzubleiben, und so lagen sie alle kreuz und quer in der „Höhle" der Jungs. Die Matratzen waren kaum groß genug, um alle bequem zu beherbergen, doch keiner hatte sich beschwert. Die Nähe gab ihnen ein Gefühl von Sicherheit – etwas, das sie nach all der Aufregung dringend brauchten.

Bibi, Kimberly und Sara schlichen sich leise hinaus. Die frische Morgenluft ließ sie leicht frösteln, und die Nässe des Regens in der Nacht hing noch in der Luft. Kimberly warf Sara einen kurzen Blick zu. „Alles okay?" fragte sie leise. Sara nickte, doch ihre Augen verrieten noch die Erschöpfung und die Nachwirkungen der Angst, die sie durchgestanden hatte.

Sie umrundeten das Lager und gingen zur Küchenhütte, wo Professor Lehrner und Frau Professor Kurz bereits das Frühstück zubereiteten. Als Professor Lehrner Sara erblickte, weiteten sich seine Augen vor Überraschung. Einen Moment lang war er sprachlos, doch dann breitete sich ein Ausdruck von Erleichterung und Freude auf seinem Gesicht aus.

„Sara!" sagte er fast atemlos und trat näher. Doch hinter der Freude lag auch ein Anflug von Ärger in seiner Stimme. „Du warst einfach verschwunden! Weißt du, wie viele Sorgen wir uns gemacht haben?"

Sara senkte den Blick, ihre Hände umklammerten nervös die Ärmel ihres Pullovers. „Es tut mir leid, Professor Lehrner. Wirklich", sagte sie leise. Ihre Stimme zitterte leicht. „Ich wollte ein paar schöne Aufnahmen von wilden Tieren machen und … ich habe mich verlaufen." Sie biss sich auf die Lippe, während sie diese Notlüge vorbrachte, und hoffte, dass er keine weiteren Fragen stellen würde.

Professor Lehrner musterte sie mit einem prüfenden Blick, doch schließlich nickte er. „Es kommt nicht mehr vor, ja?" sagte er, seine Stimme sanfter. „Wir machen uns nur Sorgen um euch." Dann fügte er hinzu: „Es gibt gleich Frühstück. Du wirst sicher hungrig sein."

Sara drehte sich um, um zu den anderen Mädchen zu gehen, doch Frau Professor Kurz hielt ihn mit einem Blick zurück. „Stefan", sagte sie leise, „glaubst du ihr?"

„Kein Wort, Kathrin", antwortete er ruhig. „Aber sie wird es uns schon verraten, wenn sie bereit dazu ist."

Am Frühstückstisch saßen Bibi, Kimberly, Sara, Dario, Ömer und Oliver zusammen. Die fröhliche Stimmung des Lagers war gedämpft; die Ereignisse der letzten Tage hatten Spuren hinterlassen. Während die anderen mit gedämpften Stimmen redeten, saß Ömer schweigend neben Sara. In der Nacht war es ihm nur wichtig gewesen, dass sie heil zurückgekommen war. Doch jetzt, im Licht des neuen Tages, brannte ihm eine Frage auf der Seele: Was war wirklich passiert?

Behutsam wandte er sich an Sara. „Wie … wie ist das gestern passiert?" fragte er. Seine Stimme war leise, fast zaghaft. „Ich habe nur das Video gesehen. Aber was ist dann passiert?"

Sara sah ihn an, und für einen Moment flackerte Schmerz in ihren Augen. Sie atmete tief durch und begann zu erzählen. „Er … er hat mich in einen weißen Lieferwagen gesperrt", sagte sie langsam, ihre Stimme zitterte leicht. „Er hat gewartet, bis die Polizisten vom Hauptquartier weggefahren sind. Dann … dann hat er mich gezwungen, mit ihm zu kommen."

Bibi, die neben Dario saß, legte eine Hand auf Saras Arm. „Hat er dir … hat er dir wehgetan?" fragte sie vorsichtig.

Sara schüttelte den Kopf. „Nein …" Sie zögerte, suchte nach den richtigen Worten. „Aber ich hatte so große Angst. Es war so dunkel im Wagen, und ich wusste … ich wusste nicht, wohin er mich bringen würde." Ihre Stimme brach kurz, und sie senkte den Blick, als ob sie sich für ihre Angst schämte. „Es fühlte sich an, als ob jede Minute ewig dauerte. Und dann … dann habe ich etwas verloren."

„Was hast du verloren?" fragte Bibi sofort, ihre Augen füllten sich mit Sorge.

Sara sah auf ihr Handgelenk, wo sie sonst immer ihr Armbändchen trug – das zierliche Band aus bunten Perlen, das sie seit Jahren nicht mehr abgelegt hatte. Sie hob ihren Arm und zeigte die nackte Stelle. „Mein Armbändchen. Ich hatte es noch, als er mich in den Lieferwagen gezwungen hat. Aber es muss mir dort heruntergefallen sein."

Bibi sah sie geschockt an. „Das war doch dein Lieblingsarmband! Warum hast du nicht danach gesucht?"

Sara schüttelte den Kopf. „Ich hatte keine Chance. Alles ging so schnell, und ich war so verängstigt. Ich habe es erst gemerkt, als ich schon längst aus dem Wagen draußen war. Es ist wahrscheinlich immer noch dort."

Bibi seufzte tief, legte dann aber beruhigend eine Hand auf Saras Schulter. „Es ist nur ein Armband, Sara. Du bist wichtiger."

Kimberly nickte und sprach sanft: „Das Armband war ein Symbol. Aber das, was dir wirklich wichtig ist, kannst du nicht verlieren – wir sind hier, und wir stehen alle hinter dir."

Sara ließ die Hände langsam sinken und blickte zu Ömer. „Und dann ... als ich die Falltür aufgehen hörte, hatte ich solche Angst." Ihre Stimme wurde leiser. „Ich dachte, er kommt zurück. Und dann warst du es."

Ein leises Lächeln stahl sich auf ihr Gesicht, während sie Ömer direkt in die Augen sah. „Als ich dich gesehen habe, Ömer, ist mir ein Stein vom Herzen gefallen. Du ... du bist gekommen. Du hast mich gefunden."

Ömers Herz schlug schneller. „Natürlich bin ich gekommen", sagte er leise. „Ich würde dich nie im Stich lassen."

Ihre Worte hallten in der Stille des Tisches wider. Dann beugte sie sich plötzlich zu ihm hinüber und zog ihn an sich. Ihre Lippen berührten seine in einem zärtlichen Kuss, voller Erleichterung, Dankbarkeit und Zuneigung.

Die anderen sahen für einen Moment schweigend zu, doch dann hörte man ein leises Räuspern von Oliver. „Äh ... ich nehme an, wir sollten ihnen einen Moment geben?" sagte er und grinste breit.

Sara und Ömer lösten sich voneinander, beide mit einem Hauch von Röte auf den Wangen. Doch in Saras Augen war keine Spur mehr von Angst zu sehen – nur Freude und Dankbarkeit.

Nach dem Frühstück, als sich die Gruppe auf den Weg zum Seeufer machte, fiel Sara etwas hinter die anderen zurück. Ömer blieb bei ihr, und sie schlenderten nebeneinander her. „Weißt du", begann Sara leise, „ich habe gestern über so vieles nachgedacht, als ich da unten war. Über das, was wichtig ist. Und ... du bist wichtig."

Ömer hielt kurz inne und sah sie an. In seinen Augen lag eine Wärme, die Sara das Herz schneller schlagen ließ. „Du bist mir auch wichtig, Sara", sagte er. „Mehr, als ich dir bisher zeigen konnte."

Sie lächelte, ein ehrliches, warmes Lächeln. „Dann sollten wir vielleicht öfter darüber reden. Und nicht erst, wenn einer von uns entführt wird."

Ömer lachte leise. „Guter Plan."

Ihre Hände berührten sich, und ohne es wirklich zu merken, verschränkten sie die Finger ineinander. Gemeinsam gingen sie weiter, während die Sonne zaghaft durch die Wolken brach und einen Hauch von Wärme über das Camp legte.